여성동학다큐소설
북한편

동이의 꿈

동이의 꿈

박석흥선 지음

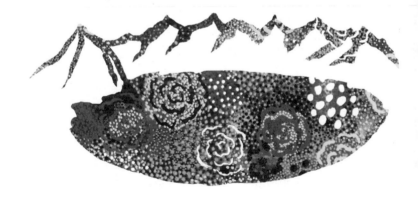

동여 모시는사람들

여성동학다큐소설 북한편

동이의 꿈

등 록 1994.7.1 제1-1071
1쇄 발행 2015년 11월 25일

지은이 박석흥선
펴낸이 박길수
편집인 소경희
편 집 조영준
디자인 이주향
관 리 위현정

펴낸곳 도서출판 모시는사람들 03147
　　　　서울시 종로구 삼일대로 457(경운동 수운회관) 1207호
전 화 02-735-7173, 02-737-7173
팩 스 02-730-7173
인 쇄 (주)상지사P&B(031-955-3636)
배 본 문화유통북스(031-937-6100)
홈페이지 http://www.mosinsaram.com

값은 뒤표지에 있습니다.
ISBN 979-11-86502-28-0   03810

이 도서의 국립중앙도서관 출판시도서목록(CIP)은 e-CIP 홈페이지(http://www.nl.go.kr/
ecip)에서 이용하실 수 있습니다.(CIP제어번호: 2015028679)

머리말

기적을 이루는 시소게임

　서로 다른 지역에서 전혀 모르던 사람들이 같은 마음을 내는 것은 기적을 이루는 일이다. 마음을 모아 올바른 일을 함께한다는 것은 하늘이 하시는 일이다. 동학소설 쓰기도 그렇게 기적처럼 이루어졌다. 세상의 낮은 존재에게도 하늘이 있다는 고귀한 사상이 혁명과 만나 동학혁명을 이룬 것처럼.

　동료 선생님에게 최신판 『백범일지』를 받은 며칠 후 경주 용담정에서 첫 동학소설 워크숍이 있었다. 각자 자기가 쓸 지역을 정할 때 나는 새털같이 가벼운 마음으로 열여덟 나이에 동학에 입도한 백범의 고향 황해도를 선택했다. 그러나 유적지 탐방이 어렵고 연구 결과물이 있는 남쪽 지역과는 다르다는 것을 바로 자각하면서 가벼운 선택에 대한 대가를 치러야 했다.

　글을 쓰느라 지도를 자주 보며 황해도가 그리 멀지 않은 거리에 있다는 것을 알게 된 것이 소득이라면 소득이다. 이웃집 드나들 듯이 세계 여행을 하는 시대에 가장 먼 오지보다 더 멀어 갈 수 없는 그곳이 우리의 지척에 있다. 갈 수 없는 곳이라 심정적으로 멀다고 생각하면서 오래 금을 긋고 높이 담을 쌓았다.

황해도는 청일전쟁의 길목이요, 싸움터였다. 조선과 청나라에 대한 침략 계획을 세운 일본 군대는 동학농민군을 상대로 학살을 자행했고, 이것은 전라남도 진도와 황해도 기린도의 '서남 몰아붙이기 작전'과 '경신년 간도대학살'로 이어졌다. 그 이후 동남아 지역과 태평양 섬들은 일본군대의 지배하에 들어가 호된 역사의 질곡을 겪어야 했다. 한반도의 평화가 세계 평화와 연관이 있음을 깨닫게 한다.

동학을 공부하면서 양반과 천민이라는 신분 간의 갈등과 자국의 이익을 위해 다른 나라의 희생을 담보로 하는 열강들의 경제적인 이익 다툼에 마음이 아팠다. 심지어 나라를 찾겠다는 독립운동을 하면서도 서로 반목하고 죽이는 모습에 실망과 안타까움도 느꼈다. 인간 사회가 '나' 아니면 '너'라는 존재의 집합체이니 우선 나 자신의 분별심과 우매함부터 들여다봐야한다는 생각도 통절하게 하였다.

그러나 쌀 한 톨에서도 그 안에 담긴 우주를 보고, 신분 계층이 엄연한 사회에서 집에서 부리던 계집종을 딸과 며느리로 삼으며, 가진 자가 없는 자와 함께 나누는 유무상자의 정신을 실천하고, 정갈한 마음으로 하늘에 정성을 드리던 신실한 믿음은 분명 지난 시절에도 있었고 지금도 살아 있다. 그래서 아직도 세상은 여전히 존재하고 있고 살 만한 세상이다. 문제는 아는 것을 이루는 실천이라고 생각한다.

예수를 믿기만 하는 것이 아니라 예수처럼 살고, 동학의 정신을 아는 것만이 아니라 실제로 동학을 하고, 자신만 드높이기보다 다른 존재를 더 귀하게 여겨 주어 그 환한 빛으로 세상을 가득 채우는 것이 실천이라는 것을 소설 쓰기를 통해서 배웠다. 부족한 글솜씨와 게으름은 두고두고 실천하는 것으로 메우겠다.

이 소설을 쓰기 위하여 자료를 찾고 인터뷰와 공부를 하면서 얻은 표현(문장)이 일부나마 소설 속에 인용되기도 했으나 일일이 출처를 밝히지 못하였음을 양해 바란다.

끊임없이 상대를 높여 주어 자신도 함께 높아지는 즐거운 시소게임을 이 세상에서 사랑하는 여러분과 함께 이루고 싶다.

2015년 북한산 자락에서 통일을 기원하며
박석홍선

동이의 꿈

머리말 ———————— 5

1장/ 유배지 ———————— 9

2장/ 홍경래의 난 ———————— 37

3장/ 백두산 이야기 ———————— 63

4장/ 개항 ———————— 98

5장/ 아기 접주가 된 소년 ———————— 117

6장/ 불타는 산하 ———————— 134

7장/ 해주성에 횃불을 올리다 ———————— 169

8장/ 다시 서는 사람들 ———————— 194

9장/ 해주성에서 총궐기하라 ———————— 211

10장/ 아기 접주 김구, 시대와 국경을 넘다 — 235

11장/ 다시 동학의 꽃을 피우려 ———————— 251

12장/ 동이의 꿈 ———————— 271

참고문헌 및 자료 ——— 276

연표 ——— 278

1장/ 유배지

"톡 톡 톡….."

동이는 며칠을 호되게 앓아 핼쑥해진 얼굴로 마당에 나와 하얀 비석치기 돌멩이를 발로 톡톡 찼다. 오늘은 꼼짝 말고 누워 있으라던 어머니의 얼굴이 떠올랐지만 마을에 귀양살이 온다는 사람이 궁금하여 더 이상 누워 있을 수가 없었다. 몇 번을 달그락거리며 문고리를 잡고 망설이다가 기어코 일어나 마당으로 나왔다.

어젯밤 열이 올라 잠을 못 이루고 뒤척이는 아들 동이를 걱정하던 해주댁은 남편과 두런두런 이야기를 나누었다.

"나라에 큰 죄를 지은 사람이 경상도에서 우리 마을로 유배형을 받아 온다는데 글쎄 이웃에 있는 아전 댁에 거처하게 되었대요. 얼마나 큰 죄를 지은 사람이면 그 먼 경상도에서 여기까지 오는 건지, 원."

"내일쯤 관아에 도착한다는데 이렇게 멀리까지 오는 걸 보니 큰 죄를 지은 것이 분명하구먼. 우리야 뭐 그 속을 알 수가 있나."

화답이라도 하듯 뒷산에서 소쩍소쩍 구성진 소리로 소쩍새가 울었다. 진달래꽃이 지고 초록 잎들이 무성해지면 이즈음 마을에선 소쩍

새와 검은등뻐꾸기가 자주 울었다. 열 살배기 동이는 죄를 지은 사람이 왜 이곳 황해도까지 귀양을 오는지 도무지 이유를 알 수 없었다. 뒤척이는 중에도 동네 입구에 있는 장승의 모습이며 절 입구에 있는 무서운 사천왕상이 떠오르며 몸이 움츠러들었다.

'죄인이라면 아주 무서운 사람이 오는 것일까?'

마당에서 맴돌던 동이가 살그머니 사립문 밖으로 나오자 공깃돌 놀이를 하던 누이가 놀란 얼굴로 쳐다보았다. 아픈 동생을 돌보라는 어머니의 말에 문밖에 나가고 싶은 걸 억지로 참고 문간에 앉아 있었던 것이었다.

"어머니가 너 아프니까 나오지 말라고 하시지 않던?"

"이제 다 나았다, 뭐."

"정말?"

비석치기 돌을 쥐고 꼼지락거리던 동이는 아침에 밭일을 나간 어머니가 돌아오기 전에 그 죄인이 어서 왔으면 하고 조바심이 났다. 자꾸만 동구 밖 쪽을 내다보는데 오늘따라 매미가 손님맞이 하듯 길고 요란하게 매암매암 울어 댔다.

갑자기 마을이 소란스러워져서 동이는 더 참지 못하고 뛰어나갔다. 누이도 벌써 저만치에 있고 동갑내기 수돌이도 마을 어른들과 함께 무리 지어 섰다. 들녘에서 돌아온 해주댁은 마을 사람들과 함께 당산나무 앞에 서 있다가 동이를 보고는 눈을 부라리면서도 손을 꼭 잡아 주었다.

낯선 모습으로 행장을 차린 커다란 사람이 관아의 군졸과 함께 들어왔다. 한적한 마을이라 타지 사람에 대한 관심은 대단했다. 노골적으로 드러내지는 않았으나 장돌뱅이가 신기한 물건이나 이야깃거리를 들고 오는 날처럼 눈에서 눈으로 고갯짓이 오가며 분주했다.

'나도 저기에 있는 수돌이처럼 곁에서 잘 보았으면 좋겠는데….'

더 잘 보고 싶은 마음에 어머니의 손을 잡아끄는 순간 동이는 갑자기 온 세상이 깜깜해지는 어지럼증을 느끼며 그 자리에 풀썩 쓰러지고 말았다. 동이는 까무룩 정신을 잃었다.

동이가 깨어난 것은 술시도 다 지난 밤 무렵이었다. 자꾸만 무언가 무서운 것이 쫓아오는 것 같아 뿌리치다가 움푹 파인 시커먼 구덩이에 빠져 놀라 깨어 보니 꿈이었다. 무언가 웅얼웅얼 낮은 소리가 나는 쪽으로 고개를 돌리니 처음 보는 어른이 동이를 내려다보고 앉아 있었다.

"이제 깨어났구나, 잘 이겨 내어 다행이다. 아주 용하구나."

지친 듯하였으나 마른 얼굴에 눈빛이 따스했다. 소스라쳐 일어나려는 동이에게 어른은 다시 조용히 말을 했다.

"아니다, 조금만 더 누워 있어라."

구수하니 정감이 있는 목소리였다. 이마에 열이 있는지 만져 보더니 동이의 가슴께에 있는 이불을 살짝 토닥거려 주었다. 낯선 사람과 함께 방에 있는 것이 겸연쩍은 동이는 일어나고 싶어 몸을 살짝 비틀었다. 툇마루에서 들여다보던 누이는 동이가 깨어나는 기적을 알아채고 아버지를 불렀다.

"아버지, 동이요. 동이가 일어나려고 움직여요."

허둥거리며 달려온 아버지를 따라 누이도 걱정이 가득한 얼굴로 방 안으로 들어왔다. 동이는 아버지 얼굴이 눈앞에 나타나자 반가운 마음에 얼른 손을 내밀었으나 힘없는 손목은 제풀에 풀썩 꺾이었다.

"아이구, 녀석이 이제 살아나네요. 고맙습니다. 이 은혜를 어찌해야 할지 모르겠습니다."

"아닙니다, 아이가 힘을 잘 내었습니다, 허허."

집에 가고 싶어 꼼지락거리는 아들의 마음을 읽은 동이 아버지는 집에서 눈물 바람을 하며 약을 달이고 있는 아내에게도 빨리 알리고 싶었다. 축 늘어진 동이를 보고 까맣게 타들어 갔던 가슴에 자기도 모르게 두 손이 모아졌다.

"아들 녀석은 지금 어떻습니까? 집으로 데려가도 되는가요?"

"예, 일단 어려운 고비는 넘긴 것 같습니다. 무슨 일이 생기면 바로 연락하시지요. 더 이상 열이 오르진 않을 것 같습니다."

동이는 방문이 열리고서야 비로소 여기가 아전 댁인 것을 알았다. 초가지붕 밑에 굵은 기둥이며 댓돌이 높직한 이곳은 가끔 어머니의 심부름으로 들어왔던 곳이다. 그런데 당산나무 아래에서 어머니와 함께 서 있던 자기가 왜 침통이 어지럽게 놓여 있는 이 방에 누워 있는 것인지 몰라 어리둥절하기만 했다.

해주댁은 약을 달이면서 두 손을 비비고 치성을 드리다가 아버지

등에 업혀 오는 아들의 인기척을 듣고 달려 나왔다. 동이는 자기를 끌어안고 울먹이며 쏟아 놓는 어머니 넋두리를 통해 아까 자기를 보살펴 주던 그 낯선 어른이 나라에 큰 죄를 지었다는 사람임을 알았다.

키가 많이 크고, 검고 마른 얼굴에, 목소리는 할아버지처럼 낮고 따스하고…. 그 어른의 생김새를 곰곰이 떠올려 보던 동이는 어머니가 먹여 주는 노르스름한 물을 한 종지 마시고 다시 혼곤한 잠에 빠져 들었다.

유배지에서의 첫날, 몸은 천길만길 가라앉아 물먹은 솜처럼 무거웠으나 백사길은 쉽게 잠을 이룰 수 없었다. 평생을 깃들어 살며 떠날 일이 없을 줄 알았던 고향을 떠나 유배지로 명을 받은 황해도로 왔다. 세상이 무너져 깨지는 고통을 겪고 나자 오히려 서서히 안개가 걷히더니 희미한 빛이 차올랐다. 용담정에서 수운 스승님을 만나 여러 동도(東徒)들을 사귀며 함께 공부했던 일들이 스치듯 하나하나 떠올랐다.

경주 대추나무골에서 태어나고 자란 백사길은 심지가 굳고 덕망이 있는 사람이었다. 마을 사람들의 신임을 얻어 향청의 우두머리 격인 좌수가 되어 향청에서 마을 대소사를 의논하여 처리하고 사람들 사이의 분쟁을 조정하기도 했다.

나라에서 임명한 수령이 임지로 내려오면 마을의 향청과 의논하여 정사를 처리하는 것이 관례였다. 이전의 수령은 이방이나 호방을 향청으로 보내어 의견을 묻고 함께 의논할 일을 미리 기록하여 보내기도 하였다. 그러나 새로 부임한 수령은 마을에서 영접하는 인사를 했을 때 만난 이후로 향청에 무엇 하나 의논하는 일이 없었다.

수령이 불법적으로 걷는 세금과 결세가 많아졌다고 백사길을 찾아와 어려움을 하소연하는 사람들이 늘어났다. 세상이 점점 어두운 심연으로 가라앉는다는 생각에 답답한 나날을 보내고 있을 때, 어렸을 때부터 함께 동문수학하였고 마을 대소사를 의논하던 친구 수암이 오랜만에 집으로 찾아왔다.

"자네 용담정에서 살던 근암공 선생의 아드님 얘기를 들었나? 십 년 동안 세상 공부하고 다니다가 돌아왔다는데, 기도를 드리고 수련을 하는 중에 세상의 이치를 깨우쳤다는 소문이야. 같이 한번 찾아가 보세."

백사길은 그 아들 얘기보다도, 퇴계학 학풍으로 영남 지방에서 신망을 받던 근암 선생이 머물던 용담이라는 곳에 가 보고 싶은 마음에 길을 따라나섰다. 용담 계곡은 흐르는 물소리로 시원했고 구미산 숲은 녹음으로 푸르렀다. 드문드문 많아지던 사람들이 언덕배기를 돌아 계곡에 접어들자 연락부절로 오고 갔다.

용담정에 도착하니 사람들이 집 안팎에 가득하고, 겨우 넘어다 본 방 안에서는 수운이 한 자가 넘는 종이 가득하게 거북 구(龜) 자를 써서 먹물을 말리고 있었다. 막 발끝을 딛고 일어나 용틀임하는 것 같은 글씨를 보며 속으로 감탄하던 백사길은 다른 사람들 틈에 끼어 앉아 찬찬히 수운의 얼굴을 살펴보았다.

하얀 두루마기를 단정히 입은 수운은 말소리며 사람을 응대하는 태도가 낮고 공손했다. 그러나 짙은 눈썹 아래 조금 커 보이는 두 눈은 사람의 마음을 꿰뚫어 보는 것처럼 형형하게 빛났다. 앞에 앉은 선비 차림의 사내가 질문을 하였다.

"여기저기서 민란이 일어나고 나라의 기강은 흔들리는 데다가 바다에는 외국에서 온 이양선이 출몰하니 세상이 갈수록 캄캄하게만 느껴집니다. 어찌 살아야 할지 모르겠습니다."

"천심즉인심(天心卽人心)입니다. 모든 사람이 신령한 한울님을 모신 귀한 존재인 것을 우리 스스로 깨우쳐 알아야 합니다. 세상이 어지러울수록 하늘의 지극한 기운과 하나가 되어 힘을 얻어야 합니다. 하늘을 공경하고 천리를 따르는 사람들이 많아지면 어지러운 세상은 바로 되고, 캄캄한 눈앞은 밝게 열릴 것입니다."

백사길은 놀라서 수운의 얼굴을 쳐다보았다. 어디에서도 듣지 못한 말이었다. 담담하게 이르는 그 말이 백사길에게는 천지를 깨치는 우렛소리처럼 들려왔다. 자기도 모르게 말이 입 밖으로 터져 나왔다. 질문이라기보다는 가슴을 뒤흔드는 말에 대한 확인이었다.

"이 세상 사람들이 모두 하늘을 모신 존재라는 말입니까?"

급작스런 목소리에 여러 사람이 백사길을 돌아보았지만, 백사길의 눈에는 오직 수운의 얼굴만이 광채를 띠며 다가올 뿐이었다.

"그렇지요. 그러니 모두가 모심을 받아야 할 귀한 존재입니다."

"양반과 상놈의 처지가 다른데도 그렇습니까?"

수운은 빙그레 웃으며 천천히 고개를 끄덕였다. 몇몇이서 서로의 얼굴을 쳐다 보면서 웅성거렸다.

"동귀일체(同歸一體), 결국은 모두가 하나입니다."

한쪽 구석에서 고개를 숙이고 앉아 있던 남루한 옷의 젊은이가 몇 번을 망설이는 눈치더니 굳은 표정으로 말을 꺼냈다.

"우리 같은 천한 것들은 그저 나라님만 믿고 죽을힘을 다해 일하고 있사오나 악질이 돌면 병들어 죽고 먹을 것이 없으면 굶어 죽을 일만 남은 것 같습니다요."

"우리나라는 지금 나쁜 병이 가득하고 백성들이 편하지 않으니 산 생명이 다치는 운수입니다. 보국안민(輔國安民)하여 하루빨리 잘못되어 가는 나라를 바로잡도록 도와 백성을 편안하게 하는 것이 나라를 살리는 길입니다."

수운이 방 안은 물론이고 마루와 멍석이 깔린 마당까지 가득 찬 사람들을 향해 강론과 문답을 하고 자리를 뜬 다음에도 용담에 모여든 사람들의 이야기는 밤늦도록 이어졌다. 하룻밤을 보내고 돌아오는 사람들 편에 수운이 집에서 부리던 두 여자 종을 수양딸과 며느리로 삼았다는 말을 들었다. 그날 이후 용담 계곡을 드나들며 강론을 듣고 주문을 외던 백사길은 수운의 제자 중에서도 여러 사람들이 쳐다보는 제자가 되었다.

소문은 삽시간에 경상도 일대에 퍼져 나가 용담 계곡으로 통하는 길마다 오가는 사람들로 마른 먼지가 가라앉을 틈이 없었다. 상민, 천민을 가리지 않고 제자로 받아들여 모두가 한울님을 모시고 있다고 가르치고 대접하는지라, 그 부류 사람들이 많았다. 그러나 새로운 가르침이 무엇인지 알아보려는 양반 선비들도 적지 않았다. 그들은 근암의 혈육인 수운의 가르침이 근암 선생의 것과 어찌 다른지 자못 궁금해했다.

게다가 수운의 글씨가 귀신을 쫓는다는 소문이 돌아 글씨를 얻으러 오는 사람에, 하도 사람이 많으니 사람 구경하러 오는 사람조차 몰리면서 몇몇 사람들이 문앞에서 순서와 자리를 정하는 일까지 맡아야 했다. 한가한 마을인 가정리 일대에 일찍이 없던 장관이었다.

그러나 용담 계곡의 그 장관은 오래가지 못했다. 많은 사람들이 몰리고 주문을 왼다, 천제를 지낸다, 검무를 춘다 하는 소문이 퍼져 나가자 경주 관아에서 관인을 보내 사람을 모아들이고, 가르치는 일을 일절 중지하라는 엄명을 내렸다. 섣달을 며칠 앞두고 수운은 조용히 행장을 꾸려 애제자 중희만을 데리고 길을 나섰다.

백사길은 간 곳을 모르는 스승이 돌아오길 기다리며 집에서 주문 공부에 정성을 기울였다. 가끔씩 인편에 가르침을 담은 가사를 전해 오는 것으로 스승이 강건하심을 확인할 수 있는 것이 그나마 다행이었다. 해가 바뀌어 봄이 지나고 여름이 한창 접어들었을 때 홀연히 스승이 대추나무골 백사길의 집에 나타났다.

스승은 당신이 머무는 것을 일절 입 밖에 내지 말도록 당부했고 백사길은 그 말에 따랐다. 그러나 어떻게 알았는지 검곡의 최경상이 문안을 드리러 오고 그 후로 제자들이 드나들게 되자 수운은 다시 용담으로 돌아가 사람들을 맞았다. 오랫동안 수운을 그리워하던 사람들은 전보다 더욱 부지런히 용담 계곡을 메워 나갔다. 그러자 이번에는 경주 관아에서 관졸들을 풀어 수운을 붙잡아 가더니 옥에 가두고 말았다.

수운은 며칠 후 풀려나와 용담으로 돌아왔지만, 한동안 사람들의 출입을 사절하였다. 그러나 이미 몰려드는 사람은 인력으로 어찌할 수 없이 늘어만 갔고, 경상도 일대 도처에서 동학을 공부하는 사람들의 모임이 펼쳐졌다.

수운은 용담을 떠나 경상 북부 지역의 제자들 집을 전전하며 글을 쓰고 가르침을 펴 나갔다. 임술년(1862) 그믐, 매곡동 손봉조의 집에 머물고 있던 수운은 통문을 돌려 제자들을 모이게 했다.

"우리 도를 펴고 가르침을 베푸는 일도 법식을 갖추어야겠기에 각처에 별도의 접을 정하고, 접주를 임명코자 합니다."

경주부에서 접주가 된 백사길에게도 인근 마을 사람들이 모여들었다. 경상도 일대는 물론 충청도 지역의 마을마다 시천주 소리가 드높아지고, 동네 아이들도 거리낌 없이 주문과 용담 가사를 외며 돌아다니게 되자 서원의 유생들이 나서서 동학을 엄금하라는 통문을 돌렸다. 곧 조정에 상소가 잇따라 당도했다.

"동학은 하늘을 섬기니 천주학이나 마찬가지라 할 수 있습니다. 반상의 구별이 없어 백성들이 모여들고 풍속을 어지럽히니, 엄히 다스려 훗날의 걱정거리를 뿌리 뽑아야 합니다.”

1863년 겨울, 조정에서 파견한 선전관 정운구는 문경 새재에서 경주로 가는 마을마다 동학 주문 소리가 들린다는 보고서를 올리고 부하를 동학 입도자로 가장하여 탐문한 끝에 수운을 체포하였다. 수운은 사도로써 민심을 현혹하고 모반을 꾀한 대역 죄인이라 하여 참혹한 고문을 당하였으나 한 치의 흔들림 없이 당당하게 동학의 교의와 보국안민의 대의를 설파하였다. 대구 감사 서헌순과 심문관들은 산에서 제사 지내며 검으로써 모반을 꾀한 일로만 몰아붙인 끝에 사형에 처할 것을 결정하였다.

수운은 벚꽃이 점점이 흩날리는 갑자년(1864) 3월 10일 대구 관덕당 뜰에서 마흔한 살의 나이로 참형을 당하였다. 주자학의 가르침에 어긋난다며 좌도난정률의 조문을 적용하였고 참수한 후에는 남문 밖에 사흘 동안 효수했다. 백사길도 들이닥친 포졸들에게 체포되어 대구옥에 갇혀 재판을 받았다. 엄중한 취조 끝에 황해도 문화현으로 유배형이 내려졌고 함께 공부한 도반들도 각처로 유배형을 받아 흩어졌다.

황해도는 땅이 거칠고 메마르며 서리가 일찍 내리는 곳이라고 했다. 그러나 서쪽으로는 서해 바다가 자리하고 넓게 펼쳐진 재령평야와 연백평야가 있고 풍부한 어장이 있어 벼슬아치들이 너도나도 한자리 차지하려고 눈독을 들이는 곳이기도 했다.

유배지에 온 날 첫날 밤, 백사길은 결국 잠자리에 들지 못했다. 오히려 정신은 또렷이 맑아지기만 했다. 가까스로 몸을 추스르고 흩어진 마음을 모아 주문을 나지막하게 외기 시작했다.

"지기금지 원위대강 시천주조화정 영세불망 만사지…."

그렇게 주문을 외기를 한 식경이나 했을까. 땅속으로 깊게 침잠하듯 앉아 있는 백사길 앞에 불현듯 스승님이 나타났다. 그러나 그것은 체포되어 천 리 길을 오가던 스승의 모습이 아니었다. 스승은 눈부시도록 찬란한 빛에 싸여 자신을 바라보며 환히 웃고 있었다.

'아아, 스승님….'

스승님을 부르려고 하는데 말은 나오지 않고, 뜨거운 눈물이 먼저 흘렀다. 스승님의 죽음이 허망한 끝이 아니라는 생각에 백사길은 희열인 듯 통곡인 듯 울음을 터트렸다. 스승의 환한 미소는 벼랑 끝에서 굴러떨어지는 백사길을 안아 올리는 찬란한 날갯짓이었다.

다음 날 동이는 새벽닭 소리에 자리에서 일어났다. 부엌에 나가려고 옷을 추스르던 해주댁은 동이가 꼼지락거리며 일어나는 기척을 보이자 윗목에 놓아두었던 약 종지부터 얼른 동이의 손에 쥐어 주었다.

"웬일로 이렇게 일찍 일어났니? 참말로 큰일 날 뻔했지. 어서 이 물 마셔라."

"어머니, 이게 무슨 물이지요?"

"응, 이것이 경주에서 온 분이 처방해 주신 약이다. 동이야, 너 아주 죽었다가 다시 살아난 폭이다. 맥없이 축 늘어져서 숨을 안 쉬니 얼마나 놀랐는지 아니? 알고 보니 그 어른이 공부도 많이 한 좌수 어른이란다. 침도 잘 놓고 약이 될 만한 것들을 많이 알고 계시더라. 너에게 약이 되는 것들을 여러 가지 일러 주시는데 마침 수돌 엄마가 구월산에서 캐다 말린 승검초 뿌리가 있어서 이렇게 달인 거야. 그런데 그 어른이 동학이라는 것을 믿고 경주 접주라나 하는 자리에 있었는데 그것이 나라에서 엄하게 금지하는 것이라 벌을 받고 이렇게 쫓겨났다더라."

"어머니, 동학이란 것도 있어요?"

"글쎄, 그것이 저 아랫녘 사람들은 너나없이 따르는 것이라는데 이 에미가 어찌 알겠냐?"

퀭하지만 어제와는 달리 영기를 되찾은 동이의 눈망울이 순간 반짝 빛났다.

백사길은 새벽 어스름부터 마당에 나와 마을을 감싸고 있는 우람진 산을 바라보고 서 있었다. 제법 골이 깊고 산세가 웅장한 것이 고향의 토함산을 닮았다. 어제와는 달리 동네의 정경이 하나둘 눈에 들어왔다. 집집마다 두툼하게 이엉을 덮은 초가집 주변에 배나 사과 같은 과실수를 심어 놓은 것도 정겨웠다.

"어르신, 일어나셨어요? 제 자식 때문에 오시자마자 혼을 쑥 빼셨습니다."

돌아보니 어머니의 남색 치맛자락을 붙들고 어제보다 훨씬 보기가 나아진 자그마한 아이가 동그란 눈을 깜빡이며 백사길을 바라보고

섰다. 황해도 아낙의 태도는 투박하지만 남정네인 자신을 보고도 가리거나 미루는 기색 없이 활달했다.

황해도에 접어들면서 백사길이 눈여겨본 것은 예사 백성들의 행동거지였다. 그중에서도 색다른 것이 있다면, 천민이 아닌 상민들도 남녀 간에 내외가 없다시피 한 모습이었다.

어제도 백사길은 자기가 머물게 된 아전 한상유 집에서 남녀가 한 밥상에 마주 앉아 스스럼없이 이야기하며 식사를 하는 모습을 보았던 것이다.

백사길은 아이의 안색을 찬찬히 살피며 물었다.

"잠은 잘 잤니? 몸은 좀 나아졌는가?"

"아이고, 그냥 다 죽어 저세상으로 간 것을 끌어올린 폭이 아니겠습니까? 제 자식을 살리셨습니다."

해주댁은 허리를 납작 구부리며 자식 살린 어른에게 감사의 마음을 표했다.

"앞으로도 승검초 뿌리나 단너삼 뿌리를 몇 번 더 달여 먹이십시오. 그리고 워낙 몸이 허하니 기력이 회복되면 침을 좀 놓아 주겠습니다."

백사길은 동이를 보면서도 당부했다.

"잘 먹고 얼른 회복해야 한다. 그런데 네 나이가 몇 살인고?"

동이가 겸연쩍어하며 미처 말을 못 하자 어머니가 대신 거들었다.

"열 살 먹었습니다. 이렇게 아직 몸이 작지만요."

"그래 서당은 다니고 글공부는 하니?"

해주댁은 아이 대신 말하며 손사래를 쳤다.

"고모부한테 가끔씩이나마 배웠는데, 달포 전에 돌아가신 뒤론 통 글공부를 못 하고 있습니다."

백사길은 다시 한 번 동이의 얼굴을 바라보았다. 마르고 갸름한 얼굴에 핏기가 없는 것을 보면 아마도 기력이 약하고 입이 짧은 아이일 터였다. 그러나 아이의 제법 영특해 보이는 눈망울에 백사길의 마음이 잠시 머물렀다. 그는 희미하게 고개를 끄덕였다.

'그래, 거두어야 할 인연을 이렇게 만나는 게지….'

두 달 후 동이네 집 건넌방에 작은 서당이 하나 꾸려졌다. 백사길은 소일 삼아 아이들에게 글공부를 가르치고 싶다고 했고, 아전 한상유는 동네를 벗어나지만 않는다면 무슨 일이든 해도 좋다고 했다. 서당에 다니지 못하는 마을 아이들이 소문을 듣고 한 명 두 명 찾아오기 시작했다. 백사길은 누가 오든 마다하지 않고 맞아들였다. 여자아이든 노비의 자식이든 가리지 않았다. 동이 누나 윤이도 동이 옆에 앉아 글자를 배우게 되었다.

글을 익힐 때까지 기다려 주는 훈장님은 다른 어른들과는 달리 야단치는 법도 없고 매를 들지도 않았다. 공부를 시작하기 전이나 마친 후에는 늘 눈을 감고 심고를 하게 했다.

처음에는 자주 까먹던 아이들도 차츰차츰 공부하기 전에 눈을 감고 의젓하게 심고를 하게 되었다. 동이는 공부할 때마다 마음속으로 '공부 시작하겠습니다.' '공부 마쳤습니다.'라고 웅얼거렸다.

더위가 한풀 꺾이고 맑은 바람이 선선하게 부는 날이었다. 백사길은 공부를 끝낸 동이와 수돌이가 쑥부쟁이에 앉아 있던 잠자리를 잡아 날개를 떼고 날아가지 못하도록 장난을 치며 키득거리는 것을 보았다.

"동이와 수돌이는 지금 무엇을 하고 있느냐?"

"잠자리를 가지고 놀고 있습니다."

"헤헤, 이렇게 하면 얘는 날지 못하고 이렇게 돼요."

장난스럽게 웃고 있는 수돌이의 손바닥 위에 한 쪽 날개가 찢긴 잠자리가 균형을 잡지 못하고 파닥거렸다. 백사길은 잠자리를 놓아주게 하고, 다른 아이들까지 모두 방으로 들어오라고 하였다. 동이와 수돌이는 쭈뼛거리며 무릎을 꿇고 앉았다.

"모든 사람의 마음 안에는 무엇이 있다고 했지?"

"한울님이요."

"그렇지. 잘 아는구나. 그런데 저 나무나 곤충에게도 너희와 똑같이 한울님이 있다. 잠자리에게도 생명이 있고 한울님이 있는 거야."

"사람한테만 있는 게 아니구요?"

"그래, 사람이 소중한 것처럼 생명이 있는 것은 모두 소중한 것이다. 마당에 있는 돌멩이나 빗자루도 다 귀한 것인데 하물며 생명이 있는 것은 오죽하겠느냐? 나보다 힘센 사람이 나를 함부로 하면 마음이 어떠하더냐? 그렇게 당할 때도 그게 장난처럼 느껴지더냐? 누가 네 팔을 비틀고 뽑아내려 든다면 어떻겠느냐?"

동이와 수돌이는 얼굴이 점점 굳어지며 고개를 푹 숙였다. 생각만 해도 오싹한 일이다. 잠자리에게 한 것처럼 누가 자신의 팔과 다리를 가지고 함부로 장난을 친다고 생각하니 몸이 자기도 모르게 오그라들며 움츠러들었다. 울상이 된 동이가 먼저 빌었다.

"잘못했습니다."

"저도 잘못했습니다."

"그래, 작고 힘없는 생명이라도 소중히 대하여라. 하늘을 모시고 사는 사람들은 하찮은 물건까지도 귀하게 여기는 마음을 가져야 하느니라. 너희들은 저기 저 하늘처럼 넓은 마음으로 힘없고 자그마한 것들까지 품어 주는 사람이 돼야 한다."

"예."

두 아이들은 스승이 가리키는 하늘을 말없이 올려다보았다. 푸른 하늘은 구름 한 점 없이 깨끗하고 드높았다. 백사길이 두 아이의 잔등을 따스하게 쓸어 주니 금세 아이들의 얼굴이 풀어지며 빙그레 웃음이 담겼다. 두 아이는 얼른 잠자리가 있는 곳으로 뛰어가서 풀숲에 놓아주었다. 할 수만 있다면 다시 날개를 다시 붙여 하늘로 날려 주고 싶었지만, 한번 떨어진 날개를 붙여 줄 방도가 없었다.

백사길이 침을 놓아 준다는 소문을 듣고 아픈 사람들이 드문드문 찾아오기 시작했다. 사람에 따라 침을 놓아 주거나, 주변에서 구하기 쉬운 약재를 권해 주던 백사길은 부황 난 사람들이 찾아올 때마다 마음이 아팠다. 밥 한 그릇이 그들을 살리는 명약이었으나 한 톨이라도 긁어모아 세금으로 바쳐야 하는 것이 그들의 형편이었으니 그들의 입에 들어가는 것은 겨우 허기나 속이고 말 변변찮은 것들뿐이었다.

물산이 풍성하기로 치면 경상도보다 이곳 황해도가 열 배나 나았지만, 소출이 많으면 많은 대로, 적으면 적은 대로 농민들의 삶은 온몸이 바짝 조여진 채 힘겨운 숨을 몰아쉬는 것과도 같았다.

나라의 재정을 확보한다고 공명첩을 남발하여 양반은 늘어나는데 세금 낼 평민이 줄어들자 새로 내놓은 것이 총액제였다. 농가에 세금을 부과하는 게 아니라 고을마다 거두어들일 세금의 총량을 정했다. 조정이나 관으로서는 필요한 만큼의 세금을 거두게 되는 셈이지만 죽어나는 것은 백성들이었다. 거둘 만큼 거두고서도 모자란다는 핑계로 뜯어내는 일도 많았다.

수돌이네가 집을 버리고 야반도주한 날은 차가운 밤바람이 제법 선뜩한 시월 초순이었다. 수돌이 누이 길례는 짐을 싸다 말고 마당에 나가 웅크리고 앉았다. 뒷동산 새 소리에 서러운 마음이 더욱 북받쳐 올랐다. 방문을 열고 두리번거리며 딸을 찾던 임 씨는 쪼그리고 앉아 있는 길례를 발견하고 곁에 앉았다.

"어머니, 꼭 이렇게 한밤중에 도망가듯 떠나야 해요?"

"이미 결정한 일이야. 네가 이렇게 울고불고해도 소용없어."

"우리가 무얼 잘못했어요? 왜 우리가 떠나야 해요?"

"휴, 가난이 죄지 뭔 잘못이 있겠니?"

농사짓던 땅 몇 마지기는 얼마 전 다른 집에 넘어가 버렸다. 그 와중에 아침부터 환곡을 받으러 온 이방은 쌀의 품질이 나쁘다고 트집을 잡더니 양을 더 잡아야 한다며 그나마 몇 자루 남아 있지도 않은 것을 실어 가 버렸다. 쌀자루를 붙잡고 막아서던 아들 수돌이만 맥없이 두들겨 맞았다.

"이럴 때 네 아버지라도 계시면 오죽 좋으냐?"

"아버지…."

두 모녀의 눈에 새롭게 눈물이 흘렀다. 수돌 아버지가 있을 때는 가난하긴 했지만 쉬지 않고 바지런하게 일하여 끼니 걱정은 안 하고 지냈다. 그런데 올여름 홍수에 떠내려간 다리를 놓는다고 관아에 불려가서 며칠을 일하러 다니더니 무너진 돌무더기에 허리를 다쳐서 돌아왔다. 끙끙 앓으면서도 환곡을 갚아야 한다고 가을걷이를 할 때 무리를 하더니 결국 몸져눕고 말았다.

자리보전한 지 달포가 지나던 어느 날 임 씨가 아침에 일어나 보니 남편이 자리에 없었다. 혹시나 해서 어둑어둑한 길을 더듬어 찾아가 보니 남편은 논둑 곁에 쓰러져서 벌써 이 세상 사람이 아니었다.

"이제 암만 생각해도 우리는 먹고살 길이 없어. 아버지가 다치고 주변에 도움받은 것이 얼마니. 그리고 아까 이방의 눈치를 보니까 너를 가만히 둘 것 같지가 않아. 꼭 오늘 밤 떠나야 해."

바깥으로 나오지 말라는 어머니 말에 길례는 실랑이하는 소리에
도 귀를 막고 나가지 않았었다. 그러나 마지막 남은 식량 자루를 쥐
고 놓지 않는 수돌이를 죄인 취급하며 때리기 시작할 때에는 도저히
모른 척 할 수가 없었다. 방 안에서 뛰쳐나가 무릎 꿇고 앉아 있는 수
돌이를 감싸고 막았다. 갑자기 이방은 사람들을 제지하며 말리는 시
늉을 하더니 묘한 웃음을 띠고 길례를 보았다. 마치 힘없는 먹잇감을
앞에 둔 고양이 앞에서 쥐가 된 기분이었다. 그 눈빛을 떠올리자 길
례는 자기도 모르게 부르르 몸서리가 쳐졌다.

"짐이라고 별것도 없다. 간단히 챙기고 가자."

"어디로 갈 건데요? 갈 데도 없으면서."

"외가로 가자. 부치는 땅이 좀 있으니 거기 가서 좀 매달려 봐야겠
다. 어서 일어나. 수돌이가 기다린다."

방에 들어가니 얼굴에 시퍼렇게 멍이 든 수돌이가 누워 있다가 부
스스 일어났다. 길례는 자기 몫의 짐이라고 묶어 놓은 봇짐을 어깨에
메었다. 한 바퀴 휘휘 둘러보던 임 씨는 아쉬운 표정으로 손때 묻은
반닫이를 몇 번이고 어루만졌다. 그러더니 어서 가자고 오누이의 등
을 떠밀며 곧 방에서 나왔다.

집을 나와 한참을 숨차게 걷던 길례는 뒷산을 휘돌아가는 곳에 있
는 정자를 보더니 주춤하고 머뭇거렸다. 이곳은 길례가 처음으로 동
이 외삼촌 준기와 만났던 곳이다. 솜씨 좋은 준기는 이곳에서 나무를

깎아 노리개를 만들어 주곤 했다.

"뭐하고 있니, 빨리 오지 못하고. 더 늦기 전에 서둘러야 해."

정자 앞에서 머뭇거리는 길례를 보고 앞서가던 임 씨가 재촉했다. 준기가 주었던 붉은색 댕기를 풀어 근처 나뭇가지에 묶었다. 되돌아온 어머니의 지청구를 듣고서야 길례는 정자 앞을 떠났다. 달도 없는 밤에 세 사람은 황황히 마을을 떠났다. 마을 사람들과 속정을 나누고 눈물을 섞어 가며 허물없이 지냈으나, 모진 목숨을 스스로 끊지 않자면 남은 것은 그 길뿐이었다.

수돌이 가족이 한밤중에 집을 버리고 떠난 지 이레가 되는 날, 동이는 수돌이가 어디로 갔냐며 묻고 또 물었다. 해주댁이 들일을 나가는데 당산나무 아래에서 장연댁이 잔뜩 약이 오른 얼굴로 사람들과 이야기를 하고 있었다.

"아이고, 내가 아주 들들 볶여서 못 살겠어. 아니, 왜 도망간 이웃집 사람들 것까지 우리들한테 떠맡긴대요?"

"마을에서 내는 양이 정해져 있으니 우리가 채워야 한다지 않아!"

"요즘처럼 살기 힘들면 나부터라도 도망갈 지경이야. 오죽하면 제 살던 곳을 버리고 가겠어! 우리가 못 견디고 전부 도망가 버리면 누구한테 세금 받으려고 이리 괴롭히누!"

"그러게 말이네. 이렇게 죽어라 죽어라 하면 누가 농사짓고 누가 세금을 바치려나. 모두가 양반이고 세금 뜯어 가는 사람 천지인데."

마을의 당산나무는 의견을 말하고 시시비비를 가리는 공청이기도 했다. 엊그제는 어머니한테 함부로 하고 포악질을 했다는 소문이 난 순돌이가 동네 어른들에게 불려 와 혼쭐이 나기도 했다.

"스무 섬 소출에 세금 닷 섬을 냈더니, 이번엔 세금이 올랐다고 뜬금없이 두 배를 내야 한다는 거야. 우리 동네는 쌀 저장하는 창고가 멀어 곱절이나 돈이 더 든다는 핑계로 말이야."

"어쩌면 그렇게 걷을 때마다 오만 가지 이유로 악착같이 쓸어 가는지 모르겠어. 추수가 끝난 지 얼마 되지도 않았는데 곡간이 텅 비어 바람 소리만 나게 생겼네그려."

모두들 한 마디씩 하며 한숨을 내쉬었다. 일 년 농사에 손에 거머쥔 것이 없으니 허망한 생각뿐이었다. 추수를 하고 쌓아 놓은 낟가리를 이리저리 찢어 나누다 보면 가져갈 것이 없는 사람들은 빈 지게가 남부끄러워 헛기침만 해 댔다. 봄에 할아버지가 된 만수 아범도 얼마 전에 당한 일을 보탰다.

"살기 힘들다고 군역세를 한 필씩으로 줄인 게 언제인가? 그런데 요번에는 글쎄 네 필을 내야 한다지 않아!"

"그건 왜지요? 만수네는 장정이 두 명인데."

"돌아가신 아버지 몫에다가 아직 오줌도 못 가리는 수동이 몫도 받아 낸다네."

"허허, 저런 저런, 쯧쯧."

"우리에게 제대로 된 환곡이나 주는가? 쭉정이만 잔뜩 담아 먹잘 것도 없는 것을 주질 않나…. 저울을 속여 양을 적게 주지를 않나."

"가을에는 품질 나쁘다고 트집 잡고 더 받아 가는 것은 어떻고?"

"줄 때와 받을 때 재는 양도 달라요. 세금 받을 때는 고봉으로 받지 않던가!"

총액을 채우고 자기 배에 담기 급급한 벼슬아치들의 귀에는 백성들의 한숨 소리가 들리지 않았다. 나라 재정이 줄었다고 중앙에서는 상납하는 돈을 늘리라고 독촉이고, 양반이 늘어난 만큼 거둘 돈이 줄어든 지방 관청은 환곡 고리대나 잡세를 늘려 부족분을 채우려고 하였다. 억울한 일을 당한 농민들은 그저 마을 당산나무 아래에 모여서 핏대를 올리는 수밖에 없었다.

찬바람이 유난히도 윙윙거리며 문풍지를 울리던 섣달 그믐밤, 동이 외삼촌 준기가 쫓기듯 집으로 찾아왔다. 자다가 수런대는 소리에 잠이 깬 동이는 시커멓게 수염이 난 외삼촌의 얼굴이 낯설게 보였다. 해주댁은 풍천마을에서 민란이 일어났다는 소식에 동생 준기에게 무슨 흉한 일이라도 있을까 보아 안절부절못하던 중이었다. 준기는 아무 말 없이 동이 옆에 그대로 드러눕더니 죽은 듯이 잠만 잤다.

사흘이 지나도록 자리보전을 하고 있는 준기를 해주댁이 두들겨 깨웠다. 커다란 덩치가 마음고생을 해서 그런지 많이 홀쭉해져 있었다.

"도대체 풍천에서 무슨 일이 일어났는지 말 좀 해 보거라. 이렇게 잠만 퍼 자니 답답해 죽겠구마는."

"좀 쉬라고 놔두지 무얼 그리 흔들어 깨워?"

말은 그렇게 했으나 동이 아버지도 사정이 궁금하긴 마찬가지였다. 준기는 동이 아버지가 일하는 조지소에 종이를 구하러 자주 왔던 풍천 지역 별감 황기정의 집사였다. 황기정은 나무를 만지는 손재주가 있고 글을 잘 아는 준기를 눈여겨봤다가 이태 전에 풍천으로 데리고 갔었다.

"풍천에서 민란이 일어났다고 소문이 여기까지 났었어. 그래 별감 어른은 무사하냐?"

"어르신이 향당의 의견을 모아 이방과 풍천 부사의 비서인 책객을 조사해야 한다고 등장을 올렸어요. 무고한 사람에게 죄를 뒤집어씌우고 뇌물 받고 풀어 준 일, 돈 받고 향임 직을 팔아먹은 일을 낱낱이 적었는데 마을 사람들에게 부당하게 거둔 돈이 모두 팔천 냥이나 되었대요."

옆에서 듣고 있던 해주댁은 돈의 액수에 입이 떡 벌어지고 눈이 휘둥그레졌다. 이런 촌에서는 돈이라고 생긴 것은 단 한 푼 구경하기도 힘든 처지였다.

"자신들 문제로 소장을 올린 것을 안 이방과 책객이 관노비를 동원해서 모여 있는 사람들을 개 패듯이 때리고 몰아냈지요. 마을 사람들은 피투성이가 되어 각자 흩어지기 바빴구요."

듣고 있던 해주댁이 분하다는 듯이 주먹을 부르쥐었다. 잘못한 사람은 따로 있는데 소장을 올린 사람들만 몰매를 맞다니 부당한 생각이 들었다.

"그래서 그 후엔 어떻게 됐다니?"

"설을 지낸 후에 더 많은 사람들이 다시 관아로 몰려갔어요. 아예 작정을 하고 풍천 부사를 끌어내리고 향청도 때려 부쉈지요. 나중에는 아전과 장교들 사는 집까지 부수고요."

"세상에, 풍천이 아주 난리가 났구나."

민란이 수시로 일어나자 나라에서는 백성들과 함께 관리들에 대해서도 책임을 묻기 시작했다. 예전에는 민란 주도자를 무조건 효수하였으나 주모자인 별감 황기정은 두 차례 형장을 맞고 섬으로 유배 가는 것으로 그쳤다. 나라에서 들불처럼 번지기 시작하는 백성들의 봉기에 눈치를 보는 것이라는 소문도 있었다.

글깨나 한다는 한미한 선비들이 소장을 써 주고 조목조목 이치를 따져 가며 관의 처사에 항변하는 일에 참여하면서 농민들의 봉기는 점점 조직적으로 변하고 있었다. 행상을 하는 사람들, 유리걸식하는 사람들도 민란에 대거 참여하였다.

한참 설명을 하던 준기가 해주댁을 바라보며 진즉부터 묻고 싶었던 얘기를 꺼냈다.

"그나저나 수돌이랑 길례는 잘 있나요?"

"아이고, 왜 그 소리가 안 나오나 했다. 그러지 않아도 두어 달 전 수돌이 집에 이방이 찾아가 환곡을 갚으라고 시비를 걸어 한바탕 한 뒤에 집도 세간도 다 버리고 떠났어."

"예? 아니 그 얘기를 왜 이제야 해요?"

준기는 자리에서 벌떡 일어나 밖으로 뛰쳐나갔다. 언제 아팠던 사람이냐 싶게 몸이 날랬다. 홑옷을 헤치며 찬바람이 맨몸을 회초리질해도 거기에 마음 쓸 겨를이 없었다. 헐레벌떡 뛰어가 숨을 몰아쉬며 외진 들녘에 있는 수돌이네 집에 들어서니 인기척이 없는 집이 한눈에 보기에도 폐가로 변해 있었다. 혹시나 하는 마음에 방 안을 들여다본 준기는 가슴에 쿵 하고 무엇인가가 떨어지는 것을 느꼈다. 알량한 세간마저 누군가 떼메 가고, 텅 빈 방은 어느새 귀퉁이가 허물어지고 흙벽에 바람구멍이 나 있었다.

넋 나간 사람이 되어 집 주변을 하릴없이 두리번거리던 준기는 무엇에 홀린 듯이 정자로 뛰어갔다. 정자 근처의 나뭇가지에는 낯익은 붉은 댕기가 빛이 바랜 채 묶여 있었다. 길례에게 노리개를 만들어 주던 그 나뭇가지였다. 그날 밤 준기는 뒷산을 헤매고 다니느라 풍천에서 온 날보다 더 거칠고 험한 모습이 되어 돌아왔다. 쥐고 있는 댕기는 무엇이냐고 다그쳐 묻는 해주댁에게 끝내 아무 말도 하지 않았다.

두문불출하고 꼼짝도 하지 않고 누워 지내던 준기는 열흘이 지나고서야 자리를 털고 일어났다. 옆에 놓인 종이에 동이가 그린 그림을 들여다보니 막대기를 든 사람이 이리저리 움직이는 형상이 그려져 있었다. 준기는 아직도 부기가 빠지지 않은 부숭한 얼굴을 하고 동이에게 물었다.

"동이야, 도대체 이 그림들이 다 무어냐?"

"우리 선생님이 추는 칼춤인데 원래 큰 스승님이 추셨던 춤이라 하던데요."

"칼춤을 추는 선생님이 다 있단 말이냐?"

"예, 우리에게 글 읽는 것과 글씨 쓰는 것도 가르쳐 주는데, 그것 말고도 좋은 말씀을 많이 해 주세요."

"그게 무엇이더냐?"

"움직이는 것이나 움직이지 않는 것이나, 보이는 것이나 보이지 않는 것이나 이 세상에 있는 것들은 모두 귀한 존재래요."

"그래? 동이는 선생님이 가르쳐 주는 말을 잘 알아듣는가?"

"잘 모르는 말도 있지만 좋은 말인 것은 알아요."

백사길은 날씨가 좋은 저녁이면 야트막한 동산에 올라가 칼춤을 추었다. 그림 그리기를 좋아하는 동이는 아버지가 묶어 준 종이에 자기가 눈여겨보았던 춤 동작을 그리며 놀곤 했다.

해주댁은 준기에게 동이가 백사길의 침을 맞고 살아난 일이며 그동안 공부했던 것을 이야기해 주었다. 그리고 보니 동이가 예전에 보았던 것보다 제법 살이 오르고 볼이 붉은 아이가 되어 있었다.

며칠 후 백사길과 마주하게 된 준기가 동이의 그림 이야기를 하자 백사길은 말없이 빙그레 웃기만 하였다. 대신 백사길은 핏발이 선 일렁이는 눈에 다부진 덩치를 가진 젊은이를 찬찬히 살펴보았다.

"자네가 풍천에서 왔다는 얘기는 들었네. 그나저나 마음고생이 심했겠군."

"나라는 백성들을 보살피기는커녕 자기 배를 불리는 대상으로 삼고 있습니다. 게다가 왜상이 수시로 드나들고 세상이 어수선하여 금방이라도 나라가 무너질 거라는 흉흉한 소문이 도는 판국입니다. 이런 세상에 벼슬아치가 다 무슨 소용이랍니까? 망할 놈의 세상!"

준기의 이글이글한 두 눈은 세상에 분노하며 흔들리고 있었다. 뒤집을 수만 있다면 당장이라도 뒤집어엎고 싶었다. 백사길은 고개를 끄덕이며 준기의 울분 섞인 말을 말없이 들어 주었다.

백사길의 방을 드나들다가 이른 봄기운이 푸릇푸릇 일어나는 동산에서 백사길이 추는 춤사위를 처음 본 날 준기는 마을의 행사나 두레판에서 판굿을 벌였다던 할아버지가 생각났다.

"제 외조부는 절에 살면서 판굿을 벌이는 걸립패였습니다. 그래서인지 저도 어렸을 때부터 풍류에 쉽게 젖어 들었지요. 홍경래 난 때 정주성에 들어갔다가 탈출해서 황해도까지 흘러들어 온 분이지요. 백성들의 마음을 헤아리지 못하여 난리가 나는 것은 예나 지금이나 변함이 없는 것 같습니다. 그동안 과연 백성들의 삶이 얼마나 달라졌을까요?"

"홍경래 난이라면 평안도에서 일어났던 거사가 아닌가?"

"네, 그곳이 제 외할아버지의 고향입니다."

준기는 어렸을 때 외할아버지 운보의 무릎 앞에서 듣던 옛이야기를 풀어 놓기 시작했다. 백사길은 준기에게 오십 년 전에 일어났던 홍경래 이야기를 들었다.

2장/ 홍경래의 난

    대륙에서 불어오는 차가운 북서풍이 매섭게 휘몰아치는 십이월의 겨울밤, 타오르는 봉기군의 횃불이 평안도 가산 땅의 어둠을 걷어 냈다. 무리들의 맨 앞에 나선 키 작은 사내가 주먹을 불끈 쥐고 카랑카랑한 목소리로 외쳤다.

    "우리 평안도 땅은 단군조선 옛터이며 단군 시조의 땅입니다. 예의가 바르고 문물이 뛰어난 곳이지요. 그런데 지금 나이 어린 임금이 왕위에 있어 간신배가 들끓고 김조순 무리가 나라를 멋대로 하고 있소. 어진 하늘이 재앙을 내려 큰 흉년이 들었고 굶어 죽은 무리가 길에 널려 있으며 산 사람이 모두 죽을 지경이 되고 말았소. 우리 관서 지방의 호걸들이 군사를 일으켜 백성들을 구하고 의로운 깃발을 들어 올리는 것은 참된 임금을 위하고 나라를 다시 살리는 길이 될 것이오. 격문을 띄워 지방의 군수들에게 미리 알리니 절대로 요동치지 말고 성문을 활짝 열어 우리 군대를 맞으시오."

    말을 마치자 모두 만세 소리를 외치며 힘차게 창을 흔들어 댔다. 봉기군들의 입에서 나오는 허연 입김들이 차가운 밤하늘에 퍼져 나갔다. 주먹을 휘두르고 쌓인 울분을 발에 실어 언 땅을 굴러 댔다. 어그러진 세상에 대해 불만을 토로하며 모인 사람들은 몰락 양반이며 상인과 농민 그리고 노비들이었다.

"이제 한 번 대차게 힘을 모아 싸워야 해. 그동안 우리 서북민이 얼마나 서러웠는가? 뼛골 빠지게 일하고 배불리 먹어 보지도 못하는 세상. 참 오래도록 그저 참기만 했지. 이번에 우리가 한번 본때를 보여 줌세. 만날 이렇게 당하고만 살 텐가?"

"이곳 사람들에게 변변한 벼슬을 줬나. 사람 대접을 했나. 상전이 시키는대로 떠받들고 사느라 오그라진 어깨 한 번 펴지도 못하고 우리가 참 너무 맥없이 살았지, 그럼!"

평양의 향시를 통과하고 유교와 풍수지리를 익힌 홍경래는 한양에서 대과에 응시하였으나 번번이 낙방했다. 한양에서 보는 대과는 시골 선비에 대한 차별이 심하였고 과거를 통해 관직에 나아가기는 하늘에 별 따기만큼이나 어려웠다.

홍경래의 재능을 잘 알고 힘써 가르쳤던 외삼촌 유학권은 안타까웠다. 홍경래는 과거 공부만이 아니라 풍수지리 책과 여러 가지 술서를 익혔으며 사람들의 입에 오르내리는 정감록까지 두루 통달하고 있었다.

"외삼촌, 이제는 과거 시험을 접고 다른 길을 찾으려고 합니다."

"따로 생각해 둔 것이 있느냐?"

"산천을 두루 밟으며 땅을 살피는 풍수쟁이가 되겠습니다."

"네 실력이 아깝구나. 넌 무술과 병법에도 일가견이 있지 않느냐! 나라를 지키는 장군이 되어야 할 사람이 땅이나 바라보며 먹고살게 되지 않았느냐! 네가 벼슬을 했으면 나라를 구할 경륜을 펼칠 정도는 되는 사람인데, 시대를 잘못 타고난 게야. 쯧쯧."

홍경래는 산천을 내 집 삼아 떠돌다가 가산 땅의 풍수쟁이로 부잣집에 드나들던 우군칙을 만났다. 거사를 일으키기 십 년 전에 만난 스물여섯 살의 우군칙은 깡마른 몸매에 오 척 단구로 날카로운 눈매를 하고 있었다. 만나자마자 마음이 통한 두 사람은 다음 해에 병난을 의논하였다.

"지금 안동 김씨들 세도정치 놀음에 나라 꼴이 말이 아니라네. 돈 주고 관직을 사고판다지? 백성들은 하루 한 끼 입에 풀칠도 하기 어려워 초근목피를 씹으며 연명하고 있는데 관직을 산 자들이 과연 백성들을 위해 무엇을 하겠는가?"

"이곳 형편도 모르고 한양에서 내려온 수령은 자기 주머니 채우기에 바빠 백성들의 한숨에 땅이 꺼져도 나 몰라라 하는 형편이지."

"나는 홍삼 장사를 하면서 뜻을 가진 사람들을 만나 보겠네, 글을 아는 사람들을 많이 끌어모아야 할 거야. 그러면서 찬찬히 일을 도모해 나가세."

우군칙은 부유한 상인들을 끌어모으고 홍경래는 봉기군 기지를 마련하는 데 힘을 쏟았다. 벼슬이 막혀 현실에 불만을 품은 선비들과 상인들 그리고 힘센 장수들이 모여들었다. 우군칙은 금광을 연다는 소문을 내어 광부들을 모집하였다.

석 냥의 선금을 미리 준다는 소문이 퍼지자 가산과 박천 지방의 땅 없는 농민이나 품삯 노동자들, 그리고 유리걸식하는 유랑민들이 모여들었다. 황해도 지역에서도 오고 소식을 들은 마을의 향임들도 내응을 하겠다고 알려 왔다.

"절대 백성들에게 민폐를 끼치지 마라!"

훈련을 하고 엄한 군율로 다스려 민심을 얻었다. 봉기군이 정주를 떠나 곽산을 거쳐 선천에 입성하자 갑작스레 밀어닥친 봉기군의 기세에 놀라 피신했던 선천 부사 김익순은 투항하여 봉기군의 참모가 되었다가 도망쳐 나왔다. 김익순은 난이 평정된 후 반역죄로 처형되었고 봉기군에 대항하여 가산 관아를 지키다 장렬하게 죽었던 정시 부자와 반대되는 행동을 하였다 하여 사람들 입에 오르내렸다.

그의 손자 김병연은 후에 조부의 일을 알게 되자 출사의 뜻을 접고 방랑하면서 세태를 풍자하고 조롱하는 시를 많이 남겼다. 늘 삿갓을 쓰고 다녀 사람들이 김삿갓이라고 불렀다.

청천강 이북 십여 개 지역을 열흘 만에 점령했다는 소식을 듣고 조정에서는 평안 감사에게 군대를 동원하라는 명을 내렸다.

"평양성을 중심으로 원을 그리는 방어진을 구축하라! 한 놈도 살려 두지 마라. 후퇴하는 자는 법에 따라 처단할 것이다."

미처 새벽의 여명이 가시지 않은 시간에 박천 소나무 숲에서 대접전이 벌어졌다. 평안 병사 이해우는 백상루에 올라서서 양군의 전투를 내려다보면서 작전을 지휘하였다.

백상루는 관서 지방에서 첫 번째로 손꼽히는 누각으로 백 가지의 아름다운 경치를 볼 수 있다는 곳이었으나 얼음이 덮인 긴 강과 찬바람 몰아치는 너른 들판은 서로 죽고 죽이는 함성만이 가득했다.

겨울이어서 은폐할 것이 없는 평야에서의 전투는 언덕에 진을 친 관군에게 크게 유리하였다. 송림 전투에서 봉기군은 치명적인 타격을 입었다.

봉기군의 근거지를 없앤다고 관군들은 근처 마을에 불을 지르고 사람들을 죽였다. 힘없는 백성들은 피를 흘리며 나동그라지고 가족들은 뿔뿔이 흩어져 헤매었으며 잠깐 사이에 삶과 죽음이 나뉘었다.

관군들이 마을에 들이닥치던 날 아침 운보는 부모를 따라 마을 뒷산에 갔다. 겨울이 되어 허기진 배를 나물죽으로 연명하던 때였다. 금방 올 테니 집에 있으라는 어머니 말을 듣지 않고 그날따라 운보는 부모의 뒤를 끝까지 쫄랑쫄랑 따라갔다.

겨울산은 춥고 황량한 바람뿐이었으나 운보 아버지는 삭정이를 긁어모으고 어머니는 나무 틈에 남아 있는 마른 버섯들을 캔다고 돌아다녔다.

갑자기 바람을 타고 산으로 매캐한 연기 냄새가 올라왔다. 쭈그리고 앉았던 무릎을 펴고 일어나 보니 놀랍게도 마을은 온통 불바다가 되어 있었다. 바구니도 팽개치고 한달음에 뛰어 내려갔으나 마을로 들어갈 수는 없었다. 관군이 새까맣게 몰려와 온 마을에 불을 지르고 있었기 때문이었다. 집에 있는 노인과 두 딸을 살리겠다고 몸부림치는 운보 어머니를 붙잡느라 아버지는 한참 드잡이를 해야 했다. 아버지와 운보의 얼굴도 온통 눈물범벅이었다. 한참을 울며 통곡을 하던 운보 어머니는 망설이는 남편에게 매달렸다. 하나 남은 자식은 어떻게 해서든지 살리고 싶었다.

"운보 아버지, 차라리 우리도 정주성에 들어갑시다. 봉기군은 관군처럼 사람을 마구 죽이지는 않는다고 합디다. 여기서 이러다가 우리 운보에게 험한 꼴 보이겠소."

"성안에 쫓겨 들어가서 어찌 겨울을 보내겠는가, 차라리 다른 곳으로 피하는 게 낫지 않겠어?"

"아이고 운보 아버지, 지금 저게 눈에 보이지 않소? 어째 살아 있는 목숨을 통째로 버리려 합니까?"

"차라리 남쪽으로 도망가는 게 그래도 낫지 않겠나?"

내외는 운보를 끌어안고 어찌할 바를 모르고 있었다. 그러나 산으로 도망 온 동네 사람에게 마을이 물 샐 틈 없이 포위되어 있다는 말을 듣고 모든 것을 체념하고 돌아섰다. 홍경래는 마을 사람들을 정주성으로 데리고 들어갔다. 정주성의 관속배들은 이미 성문을 활짝 열어두었다.

조정에서 보낸 순무영 군사가 정주성에 도착하고 송림 전투에서 승리한 안주 관군도 모여들었다. 팔천 명의 관군이 성을 에워싸자마자 대포를 쏘다가 일시에 성으로 다가갔다. 성 아래를 내려다보던 봉기군이 다급하게 외쳤다.

"관군이 성으로 밀고 들어온다!"

"아직은 대응하지 마라! 좀 더 기다리고 잘 살펴라!"

얼마 지나지 않아 더욱 다급하게 외치는 소리가 들렸다.

"관군들이 성에 사다리를 놓았다!"

관군들은 성벽으로 달려들어 사다리를 놓고 기어오르기 시작했다.

"지금이다, 공격하라!"

공격이라고 해야 한 무더기씩 쌓아 둔 돌을 던지는 게 주된 무기였지만 죽기 살기로 내던지는 돌멩이에 관군은 주춤거리기 시작했다. 처음에는 관군과 맞서 싸우기를 꺼려하던 마을 사람들도 봉기군을 거들고 나섰다. 운보네 가족도 돌 나르는 일을 거들었다. 그러나 웬일인지 관군은 몰려왔다가 물러서기를 반복하며 성안의 봉기군을 괴롭히기만 했다. 금방이라도 성벽을 허물 듯이 달려들다가 물러서서 지리하게 대치하는 시간이 이어졌다.

관군의 노림수는 딴 데 있었다. 관군은 성안에 있는 봉기군의 양식이 떨어질 때쯤 다시 적극적인 공세를 취하기 시작하였다. 봉기군도 관군의 공세에 대비하여 밤에는 더 많은 횃불을 밝히고 총소리와 함성이 밤새도록 그치지 않도록 했다. 그러는 사이에 시나브로 봉기군의 기운은 점점 말라 가고 있었다.

식량이 바닥을 보이기 시작하자 봉기군은 여자들과 아이들부터 은밀하게 내보냈다. 가산댁은 전세가 이미 기울었다고 생각하고 그믐밤 아들 운보와 함께 뒷산을 이용해 성을 탈출하였다. 곧 따라갈 터이니 먼저 나가 있으라던 남편의 얼굴을 그 뒤로 다시는 볼 수 없었다.

관군은 성 밖의 언덕배기에 토성을 쌓아 성을 내려다보며 공격을 하였고, 북장대 쪽으로는 땅 밑으로 파고 성벽을 폭파할 준비를 하였다. 굴 파는 작업을 끝낸 관군은 인근 광산의 화약 기술자들을 동원하여 화약을 장전하였다.

사월 중순 새벽, 화약에 불을 댕기자 천지가 무너지는 소리와 함께 성벽 한쪽이 무너졌다. 그것으로 싸움은 그만이었다. 일거에 밀려드는 관군 정예부대를 오합지졸인 봉기군이 맞서 싸우기란 애초부터 역부족이었다. 홍경래는 총에 맞아 전사하고, 살아남은 주모자들은 체포되어 서울에서 처형되었다. 봉기군과 함께 한 1,900여 명이 모두 참수를 당했다. 4개월간의 봉기는 창공에 불씨를 흩날리며 스러져 갔다.

백성들 사이에서는 홍경래가 죽지 않고 섬에 살고 있다는 소문이 떠돌았다. 소문은 몇 배나 부풀려지면서 농민들의 가슴에 전설이 되었다. 홍경래의 불사설을 믿으며 백성들은 권력을 가진 자들과 맞설 힘을 얻었다.

후두둑 떨어지는 빗방울에 운보는 잠이 깼다. 산속에서 열매 몇 알을 따 먹다가 나무둥치에서 자기도 모르게 잠이 들었다. 같이 산을 뒤지며 열매를 찾아 먹던 아이들 소리가 저만치에서 들렸다. 비는 안개가 되어 온통 산을 뿌옇게 만들었다.

"야, 여기에 산뽕나무 열매가 많아."

"어디, 어디?"

"야아, 거 좀 밀지 마라."

아이들이 왁자하게 몰려가는 소리가 들렸다. 난리에 쫓겨 온 사람들이 산골짜기에 진을 쳤다. 저마다 집을 빼앗기고, 한두 명씩의 가족을 저승에 보내고, 죽음보다 더 못한 생이별을 겪었다. 관군에게 쫓기기를 거듭하며 숨어든 곳은 낮에도 밤처럼 숲이 무성한 깊은 산속이었다. 산은 넉넉한 품으로 고단한 백성들을 품어 안았다. 칡이며 나무 열매를 따 먹으며 허기를 달래던 사람들은 밤이면 상처투성이의 몸을 흙바닥에 누이고 죽거나 헤어진 가족을 생각하며 흐느꼈다.

그나마 울 수 있는 건 양반 지옥이었다. 10월에 접어들자 벌써 눈이 내리기 시작하여 변변한 입성조차 갖추지 못한 도망꾼들을 죽음으로 내몰았다. 관군의 창칼에 도륙된 사람보다 얼어 죽는 사람이 더 많을 지경이었다. 죽은 시체를 노리는 짐승들로 눈뜨고는 보지 못할 생지옥이 펼쳐졌다.

산에 들어온 지 두 달이 넘게 지났는데도 정주성에 있던 아버지는 여태 돌아오지 않았다. 아버지가 했던 말이 귀에 쟁쟁했다.

"먼저 묘향산에 있는 보현사에 가 있어라, 그럼 내 곧 따라가갔어."

"당신은 언제 오실라고요?"

"곧 따라가지 뭐. 운보는 어머니 잘 모시고 가야 한다."

"아버지도 같이 가면 안 돼요? 우리 같이 가요 아버지."

"곧 갈 테니 어서 서둘러 가거라. 아버지가 좀 늦더라도 잘 지내야 한다."

아버지는 그날따라 운보를 오래오래 업어 주었다. 가끔 업어 달라고 하면 사내자식이 뭐 그리 업어 달라고 하냐며 호통을 치던 아버지였다. 아버지의 흙냄새 나는 잔등에서 느껴지던 따스한 체온이 그리워진 운보는 갑자기 힘이 쭉 빠져서 안개비를 맞으며 터덜터덜 보현사가 있는 산등성이로 내려왔다.

정주성에서 있던 일이 잊히지도 않고 자꾸만 생각났다. 그해 겨울 바람은 유난히도 차갑고 비수처럼 날카로웠다. 마을에서 쫓겨 와 봉기군과 지내던 석 달 동안 아이들은 아이들끼리 모여서 돌을 나르며 봉기군을 도왔고 부녀자들은 부녀자들끼리 모여 사람들 먹일 밥을 하였다.

저녁이 되어 모닥불을 피우면 어른들은 집에 두고 온 식구들 생각을 하며 눈물을 흘렸다. 관군이 마을에 불을 지르고, 뛰쳐나오는 사람들을 모두 죽였다는 얘기를 할 때는 어느 누구라고 할 것도 없이 모두 함께 엎어져서 땅을 치고 통곡을 하였다.

목청 좋은 이는 노랫가락으로 심금을 달래고, 피리를 부는 이는 애

끓는 소리로 서글픔을 더했다. 봉기군의 기세를 높여야 한다고 악기 소리로 신명을 돋우는 사람도 있었다. 운보는 북소리와 날아갈 듯이 경쾌한 꽹과리 소리가 좋았다. 북소리가 나면 놀다가도 얼른 달려가 그 앞에 앉았고 꽹과리 소리에 신이 나서 어깨를 으쓱거리기도 하였다. 운보가 관심을 보이자 칠재 아재는 무릎 앞에 앉혀 놓고 가르쳤다.

"운보야, 농악 놀이는 신명으로 하는 것이다. 꽹과리를 배우려면 숨 쉬는 연습부터 하고 거기에서부터 신명을 끌어내야 해."

칠재는 꽹과리 채로 손바닥 치는 연습부터 하게 했다. 그리고 며칠 지나자 손에 꽹과리를 걸게 하였고, 소리 만드는 연습을 하게 했다.

"꽹과리 소리는 말하듯이 해야 하는 거다. 채는 가볍게 들고 손목을 사용하지 말고 팔꿈치로 쳐라. 옳지, 잘한다. 팔꿈치가 네 옆구리를 건드리는 것을 가볍게 느끼면서 쳐야 하는 것이야."

제법 소리가 익어 운보가 꽹과리를 잘 치게 되자 칠재는 자기의 꽹과리를 아예 운보에게 넘겨주었다.

운보는 밤낮없이 북쪽 봉우리에 있는 북장대 근처에서 꽹과리 연습을 하였다. 찬바람 속에서 두들겨 대느라 손이 곱아 터져도 아픈 줄 모르고 마냥 신나게 두들겨 댔다.

성안에서 탈출하기 전날 봉기군 참모들과 함께 돌아다니는 홍경래 장군을 보았다. 자그마한 키에 수염을 기른 갸름하고 하얀 얼굴이었다. 달도 없는 칠흑 같은 밤 수많은 횃불들 앞에서 연설하는 모습에 운보의 가슴은 쿵쿵 뛰었다. 그것이 운보가 본 홍경래의 마지막 모습이었다.

맞아 죽고, 창칼에 찔려 죽고, 얼어 죽고, 굶어 죽고도 살아남은 사람들은 결국 깊은 산속으로 모여들었다. 산세가 기기묘묘하고 초목에 향이 머문다는 묘향산은 숲이 울창하고 계곡이 많았다. 산나물이 풍부하고 짐승이 무리 지어 다니며 기암절벽이 많은 곳이었다. 그러나 이제는 몇 명인지 헤아릴 수도 없이 많은 사람들이 산자락마다 불을 질러 논밭을 일구고 나물과 열매를 찾아 허기를 달랬다.

보현사에는 운보 아버지의 일가 친척뻘 되는 도운 스님이 있었다. 온몸이 상처투성이에 몸을 제대로 가리지도 못하는 옷을 걸치고 절에 도착한 날 삼촌 스님은 운보를 씻기고 머리를 밀어 주었다. 작은 절 옷을 입히니 그대로 동자승이 되었다. 운보는 스님들의 잔심부름을 눈치껏 잘하여 귀여움을 받았다.

도운 스님은 마을 쪽으로 볼일이 있어 나갈 때마다 어린 운보를 데리고 나갔다. 아침 공양이 끝나고 막 어머니 심부름을 마쳤을 때 도운 스님이 운보를 불렀다.

"운보야, 오늘은 스님이랑 같이 마을에 내려가자. 봇짐 하나 싸 가지고 나오너라."

신이 난 운보가 다람쥐처럼 빠르게 채비를 하고 나섰다.

"스님, 오늘은 어디로 갑니까?"

"응, 향산 고을에 볼 일이 있어 간다."

운보는 오늘도 강 구경을 하게 되어 신이 났다. 고향의 집 근처에 흐르던 달천과는 비교도 안 되게 큰 강이 보일 때면 삼촌 스님은 을지문덕 장군 얘기를 해 주곤 했다. 주변 나라를 다 점령한 수나라가 고구려에 쳐들어왔는데 을지문덕 장군이 살수에서 백만 명이나 되는 수나라 군사를 무찔렀다는 것이다. 근처에 있는 칠불사 얘기도 빼놓지 않았다. 수나라 병사가 청천강에 다다랐을 때 물이 깊은지 얕은지 알지 못해 건너지 못하고 주춤거리고 있는데 일곱 승려가 나타나 물 위를 가볍게 스쳐 지나가자 수나라 병사도 그 칠불 뒤를 따라 건너다가 다 빠져 죽었다는 것이다. 일곱 분의 부처님, 칠불이 도와주었다는 이야기였다.

"스님들은 그렇게 요술을 부릴 줄 아나요?

"그럼, 간절히 마음을 먹으면 못할 것도 없지."

"저도 마음먹으면 요술을 부릴 수 있나요?"

"요술 부릴 줄 알면 그걸로 무얼 하려고?"

"우리 식구가 다 함께 살도록 다시 살려 놓으면 좋겠어요. 아버지와 누나들이 자꾸만 보고 싶어서…."

도운은 그만 측은한 생각이 들어 할 말을 잃고 말았다. 대꾸하는 대신 어깨를 가만히 감싸 주었다.

'이 어린것이 세상의 험한 꼴을 너무 많이 보았구나. 마을에서 불타 죽은 일가붙이들과 죄 없이 죽어 간 수많은 백성들은 어찌 그리 험하게 죽어 갔을꼬? 아아, 관세음보살.'

짐승과 진배없는 살림이지만, 금수보다 못한 구실아치나 양반들의 횡포가 없는 것으로 치면 오히려 나은 것이 산 생활인지라, 딱히 돌아갈 집도 없어진 무리는 그대로 화전민으로 눌러살았다. 운보와 운보 어머니는 그나마 보현사에 깃들어 사는 형편이니 그중 나은 편이었다.

몇 해가 지나 키가 훌쩍 큰 청년 운보는 절에서 제법 한몫을 하는 일꾼이 되었다. 더 이상 아버지를 기다리고 보채는 동자승이 아니었다. 공양간 보살이 된 어머니를 도와 나물을 캐고 나뭇짐도 졌다. 산에는 냉이며 달래, 참나물, 머루, 도라지가 지천이었다. 밤이면 허리가 아프다고 힘들어하는 어머니를 위해 온갖 약초를 구해다가 달여 드리는 일도 능수능란했다.

스님은 이제 운보를 데리고 산으로 다니기 시작했다. 휴정 스님과 유정 스님이 임진왜란 때 승병을 이끌었다는 얘기도 했다. 서산 대사가 제자 사명당 대사와 처영 스님을 독려하여 금강산과 지리산에서 승병이 일어나도록 하고 자신은 묘향산을 중심으로 승병 천오백 명을 모아 평양 전투에 참가했다는 것이다.

"저 탑 안에 서산 대사의 사리가 모셔져 있다. 절을 올려라."

안심사에 가면 스님은 잊지 않고 탑을 가리키며 절을 올렸다. 극락전 뒤 계곡을 따라 향로봉 가는 길에 있는 단군굴이며 그 너머에 있는 만폭동 폭포에도 데리고 갔다. 길도 없이 칡덩굴과 머루덩굴이 발을 잡아끄는 낭떠러지 비탈을 오르면 커다란 석굴이 있었다. 녹색과

백색 무늬 화강암이 둘러있는 석굴의 넓은 안쪽에는 세 개의 위패가
놓여 있었다.

"저것은 무엇인가요?"

"환인님과 환웅님, 그리고 단군님 삼신의 위패다. 우리는 천손, 그
러니까 하늘의 자손이라고 전해진단다. 널리 인간 세상을 두루 이롭
게 하자는 생각을 펼치셨다고 하지."

산에는 유난히 박달나무가 많았다. 단군굴을 내려와 낭떠러지를
타고 만폭동 계곡으로 가면 다른 세상이 펼쳐졌다. 일곱 폭이나 되는
은색의 폭포가 장관을 이루고 사방이 물소리로 가득 찼다. 그대로 하
늘의 자손이 된 평화로운 기분이 들었다.

가슴 한 자락을 열면 할퀴어진 상처와 슬픔으로 출렁거리는 강이
있었다. 그 강가에서 세상의 어둠에 서러워하고 아파하면서 깊이 빠
져드는 때도 있었다. 그러나 운보는 더 이상 거기에서 머무르지 않기
로 하였다. 이제 그 강을 벗어나 너른 바다로 나갈 것이다. 하늘빛을
담은 바다로 가서 그대로 하늘이 될 것이다.

절 뒷산에 풀벌레 소리가 쓰람쓰람 깊어지면서 보현사에 가을이
찾아왔다. 툇마루에 앉아 운보 어머니와 길게 이야기를 나누던 삼촌
스님이 겨우내 쓸 땔감 준비를 하느라 절 뒷마당에서 장작을 쪼개고
있는 운보를 불렀다.

"운보야, 어머니하고는 이야기를 했는데 내가 이제 황해도에 있는

절에 가려는 참이다. 패엽사라는 절인데 그곳도 여기처럼 아주 오래되고 유서 깊은 절이지."

운보는 갑작스러운 말에 놀라 말없이 삼촌 스님의 얼굴만 바라보았다.

"그곳에 너를 데려갈 생각이다. 한번 세상 구경도 할 겸 같이 가면 어떻겠니?"

"저는 괜찮지만 어머니는 어떻게 하구요?"

세상 구경이 하고 싶기는 한데 어머니가 마음에 걸려 운보는 슬그머니 어머니 눈치를 살폈다. 어머니는 이미 마음을 정하였는지 웃음을 지으며 허락한다는 표시로 고개를 끄덕끄덕했다.

"스님이 함께 가시는데 이 에미가 무슨 걱정이 있겠니? 이제껏 보현사에만 있었으니 한번 바람도 쐴 겸 잘 다녀와라. 이곳은 아무 걱정할 것 없다."

"어머니가 허락하신다면 스님과 함께 다녀올게요. 어머니, 그동안 건강하게 잘 계셔야 해요."

이틀 후 스님과 운보는 간단한 행장을 차리고 절 문을 나섰다. 수없이 마을을 지나고 강을 건너고 숲을 지났다. 고향 마을 쪽을 지나면서도 일부러 그쪽으로는 얼굴도 돌리지 않았다.

황해도 구월산은 소문대로 명산이었다. 골골마다 가을이 머물러 산천을 물들이고 하늘의 조화가 올올이 장엄하게 펼쳐졌다. 그저 산에 머무는 것만으로도 심신이 가벼워지고 편안해졌다.

패엽사에 머문 지 사흘째 되는 날 절 입구의 넓은 공터에서 풍물패를 만났다. 채재쟁챈챈 어디선가 뒷골을 짜릿하게 울리는 쟁한 풍물소리가 그를 불렀다. 점심 공양 후에 잠시 쉬다가 막 절 마당에 나서려던 참이었다. 벌떡 일어나 나가 보니 굿패들이 줄지어 늘어서서 판놀음을 하고 있었다. 그 굿패 기량은 그동안 보던 풍물패와는 차원이 달랐다. 운보는 그 기예와 가락에 눈이 휘둥그레지고 가슴이 방망이질했다. 멍석말이, 기와밟기, 고사리꺾기 등 기예와 놀이는 끊임없이 이어졌다. 며칠 전 눈인사를 나눈 스님이 옆에서 굿판을 보고 있어 운보가 말을 건넸다.

"절 마당에서 굿패들이 판놀음을 벌이나 봅니다."

"이 마을에는 걸립패가 조직되어 있지요. 수시로 이곳에 머물기도 하며 판놀음을 합니다."

돌림버꾸가 시작되어 자진가락을 치던 버꾸재비들은 안으로 돌고 나머지 쇠재비(농악대)들은 밖으로 옆걸음질해 돌면서 서로 다른 방향으로 돌기 시작할 무렵이었다. 꽹과리를 든 쇠재비 하나가 빙빙 도는 대열에서 빠져 나오더니 바로 뒤에서 보고 있던 운보에게 악기를 맡기고 쌩하니 어디론가 급하게 사라졌다.

"아이구, 아까부터 배가 살살 아프다고 하더니만 그예 소식이 왔나 봅니다."

"스님이 잘 아는 사람입니까?"

"예, 모두가 이곳에 머물면서 마을 행사에 참여하는지라 늘 얼굴을 보고 지내는 사이지요."

지휘를 하던 상쇠가 꽹과리 소리를 찾아 두리번거리는 눈치를 보이자 운보는 자기도 모르게 아직도 스르릉 울고 있는 꽹과리에 슬며시 왼쪽 검지를 걸었다. 재쟁재쟁재쟁 가만가만 슬몃슬몃 꽹과리에 호흡을 맞춰 보며 말을 걸어 보았다. 만져 본 지 오래되어 이제는 아주 잊었다고 생각했는데 놀랍게도 꽹과리가 슬며시 기대 오며 말을 받아 주기 시작했다.

운보는 채쟁쟁 채쟁쟁 반갑다고 인사를 건넸다. 꽹과리도 반갑다는 듯이 채재쟁 채재쟁 마음 한 자락을 열었다. 어느새 쇠재비들 속으로 들어간 운보는 적당히 앞 사람과 보조를 맞추며 꽹과리가 이끄는 대로 가락을 잡히고 들썩들썩 발로 땅을 밀어 대며 신명에 취해 분위기를 맞추었다. 한바탕 놀고 나니 온몸에 비 오듯 땀이 흐르며 몸과 마음이 뻥 뚫린 듯 개운해졌다. 금세 한 마당이 끝나서 모두들 운보 옆으로 모이기 시작했다. 뒷간에 있다가 뒤늦게 나타난 쇠재비는 놀란 표정으로 운보를 보며 넋을 빼고 있었다. 상쇠가 먼저 앞에 나서며 물었다.

"시방 어디 패에 계시는 분인가요?"

"아, 죄송합니다. 오랜만에 쇠전을 만져 보다가 그만 저도 모르게 판에 끼고 말았습니다."

"그러니까 그…, 오랜만에 만져 보신다는 그 말씀은?"

"제가 어렸을 때 동네 어른을 졸라 몇 번 쇠전을 만져 본 일이 있습니다.”

“아니, 그럼 정식으로 선생을 잡아 두고 배운 것이 아니라는 말씀입니까?”

“네, 제가 주제넘게 끼어들었나 봅니다.”

모두들 모여들어 신기한 사람 보듯 운보를 바라보니 스님이 그제야 웃으며 이야기 틈에 끼어든다.

“매일 판을 잡고 노는 사람처럼 능숙해서 우리 패들이 이렇게 놀라는 거 아닙니까?”

“전에는 뵌 적이 없는 분인데 여기엔 어떻게 오셨는지….”

“삼촌 되시는 스님과 함께 며칠 전에 묘향산에서 왔습니다.”

이제 마흔 정도 갓 넘겨 보이는 상쇠는 무슨 말인가 더 할 듯하며 고개를 갸웃거렸다. 옆에서 지켜보던 스님이 한 번 더 나섰다.

“하하, 마침 쇠전 치는 사람이 필요하다고 하더니 패에 넣어주고 싶은가 봅니다.”

“어디 제가 그럴 깜냥이나 되겠습니까?”

“제가 보기에는 원래부터 이 패에서 함께 지내던 사람으로 보입니다, 허허.”

절 걸립패가 처음 만들어질 때부터 관여하였던 스님은 모든 상황을 다 꿰고 있어 시원시원하게 이야기를 이끌어 나갔다.

밖에서 돌아온 삼촌 스님은 벌써 소문을 들었는지 운보를 보자마자 그 얘기부터 꺼냈다. 오늘 하루 종일 온통 꽹과리 생각뿐이었던 운보가 머뭇거리며 말을 했다.

"스님, 여기 걸립패에서 저를 판에 넣어 준다니 이곳에 있고 싶은 생각이 듭니다. 어머니는 나중에 제가 모셔 오구요."

삼촌 스님은 별로 놀라지 않는 눈치였다. 그저 고개를 끄덕끄덕하며 잘 알았다는 표정이었다.

"너는 소리로 많은 사람들의 시름을 풀어 줘야 할 사람이라고 사형께서 말씀하셨다. 사람을 보는 눈이 있으시니 너를 여기에 보낸 것이 아니겠느냐?"

"예? 능인 스님께서요?"

"그래, 어머니는 내가 절에 연락해서 모셔 오도록 하마. 나는 능인 스님이 시키신 일이 있어 금강산 유섬사로 가야 한다. 잘 지내고 있다가 서신을 보낼 테니 우리는 다음에 만나기로 하자."

"스님…."

이렇게 갑자기 스님과 헤어진다고 생각하니 아쉬운 마음에 가슴이 뭉클했다. 삼촌 스님을 아버지처럼 의지하고 산 세월이 벌써 팔 년이 훌쩍 넘었다.

"너의 재주가 좋은 곳에 쓰일 때가 있을 것이다. 너의 신명 나는 소리가 사람들의 마음을 어루만지고 위안을 줄 것이야."

스님이 운보의 등을 툭툭 두드려 주는 순간 눈물이 왈칵 쏟아져 운보의 얼굴을 쉴 새 없이 적셨다. 언제 이렇게 마음속에 많은 눈물을 담고 살았을까. 정주성에서 칠재 아재의 두툼한 손에 어린 손을 잡히고서 신나게 꽹과리를 두드렸던 일이 어제 일처럼 생각났다. 낮이면 관군과 대치하느라 맘을 졸이다가도 밤이면 횃불을 켜고 모여 앉아 울고 웃으며 서로를 위로하던 사람들. 그들이 버틸 수 있었던 것은 곧 더 좋은 세상이 올 것이라는 믿음과 희망 때문이었다.

그런데 그때 그 많던 사람들은 이제 다 어디로 갔을까. 성안에서 식량이 떨어질 무렵 자기 몫을 덜어 주고 말없이 자리를 뜨던 어른들, 그 선량한 사람들이 잘 사는 세상이 오지 못하고 왜 그렇게 스러져야 했는지. 세상에서 버림받았던 그 사람들이 하늘나라에서는 좀 편하게 쉬고 있을까. 무엇보다도 새삼스럽게 아비의 체취가 그리워 운보는 울었다.

다음 날 스님은 금강산 유점사로 간다며 떠났다. 훗날 기별을 넣을 터이니 찾아오라고 했다. 운보는 스님을 구월산 아랫마을까지 바래다주고도 헤어지는 아쉬움에 몇 번을 뒤돌아보았다.

구월산에서 여섯 번째로 맞는 가을 무렵에 스님에게서 금강산 유점사에 오라는 기별이 왔다. 어머니가 만행하는 스님과 함께 운보에게 왔고 그 사이 구월산 아랫마을에 사는 공양주 보살의 딸과 혼례도 치렀다.

볼우물이 유난히 귀엽고 자그마한 처녀는 운보가 마을 행사로 당 굿이나 두레굿을 끝내고 온 날이면 맛있는 것을 챙겨 주기도 하고, 굿패들이 모여 연습을 하는 날이면 멀찌감치 남의 눈에 띄지 않는 곳에 자리 잡고 앉아 하염없이 풍물 소리를 듣기도 했다. 운보 어머니는 운보의 마음을 떠보더니 싫은 내색이 없는 것을 보고 그 처녀 집에 사람을 보내 말을 넣었다. 운보가 혼례를 치르는 날, 황해도에 내로라하는 재비들이 모여들었다. 풍악이 날아갈 듯 하늘로 울려 퍼지던 봄, 운보는 순옥을 색시로 맞아 가슴에 품었다.

운보가 몇 명으로 단출하게 패를 꾸려 금강산으로 떠나던 날이었다. 딸 송이의 손을 잡은 순옥은 한 손으로는 불룩하게 솟아오른 배를 안고 환하게 웃으며 배웅을 하였다. 운보는 눈에 넣어도 아프지 않을 것 같은 송이에게 눈을 맞추며 앙증스런 손에 몇 번이고 입맞춤하여 주었다.

"송이야, 뱃속의 동생도 잘 돌보고 할머니와 엄마랑 잘 있어라."

"아버지는 언제 오시나요?"

"오래 걸리진 않을 거여, 아버지도 송이 보고 싶어 오래는 못 있어."

어머니는 떠나는 행사가 길어 날이 새게 생겼다며 먼 길에 어서 가라고 등을 떠밀었다. 그동안 며느리와 손녀가 생긴 어머니는 운보를 떠나보내면서도 예전처럼 서운한 낯빛이 아니었다. 운보가 결혼하여 새 식구를 맞이하는 날 어머니는 누구보다도 기뻐하였고 송이가 태어나던 날에는 무슨 일이 생겼나 깜짝 놀랄 정도로 큰 소리로 흐느껴 울었다. 식구가 없던 집에 아기가 생기니 너무 좋아 눈물이 난다고 했다.

추수하는 때라 지나가는 마을마다 두레굿을 쳐 주고 복을 축원하는 마당밟이를 했다. 궁벽한 마을일수록 판놀음을 크게 벌여 마을 사람들과 춤을 추고 노래를 불렀다. 벼슬아치들의 가렴주구에 납작 지붕이 허물어져 가는 집에서도 농악 소리가 나면 내남없이 흥거워하였다. 가난한 마을일수록 마음 씀씀이가 더 정겨웠다. 곤궁한 살림에도 나물이며 소박한 먹을거리를 추렴해 냈다. 마을에 혼사 같은 경사가 있는 때는 며칠씩 묵어 달라고 요청을 하기도 했다.

금강산 유점사에는 첫눈이 내릴 무렵 도착하였다. 스님은 편지로 금강산 오는 길에 마을들을 고루 들르면서 오라고 당부를 했다. 시절이 힘들수록 보살피는 손길 하나에 힘이 나는 거라며 주름진 민초들 마음을 보듬고 살리는 풍류를 하라고 했다.

유점사에 가까워질수록 몸은 물먹은 솜처럼 노곤하였으나 다섯 명 재비들 얼굴은 점점 보름달처럼 훤해졌다. 이 세상에서 귀한 대접을 받아야 하는 사람은 바로 하루 종일 땅에 납작 엎드려 공을 들이고 사는 백성들이었다. 그들이 하늘이고 보살이었다.

금강산은 봉우리가 기묘하고 빼어나 과연 명산으로 꼽을 만하였다. 봉우리마다 성스러운 기운이 서려 있고 바위마다 곳곳에 불상을 새겨 놓은 모습이며 아름드리 나무들로 겨울이어도 풍광이 좋았다. 유점사는 생각한 것보다 훨씬 더 크고 웅장한 절이었다. 여섯 해 만에 운보는 재비들과 함께 도운 스님과 상봉하였다.

"그동안 어머니 모시고 잘 지냈느냐?"

"예, 평안하게 잘 지내십니다."

"이제는 애 아빠가 되었지 뭡니까? 둘째 소식도 있구요."

같이 간 북재비가 거드니 스님이 만면에 가득 웃음을 띠고 반색을 하였다.

"어이구, 그거 듣던 중 제일 반가운 소립니다."

도운 스님은 좌중에 서로를 소개하고 절 구경을 시켜 주었다. 신라 초기에 창건했다는 절에는 느릅나무가 유난히 많았다. 까마귀가 쪼는 곳을 파서 만들었다는 오탁수라는 샘물을 권하며 스님은 예전처럼 자상하게 이야기를 해 주었다.

"석가모니가 입적하신 뒤 인도에는 살아생전에 부처를 못 뵌 것을 애통히 여긴 사람들이 많았다지. 정성 들여 금을 모아 53구의 불상을 만들어 바다에 띄웠단다. 인연이 있는 땅에 갈 것을 발원하였는데 그것이 신라의 포구에 닿았다. 마을의 군수가 나가 보니 불상들은 없고 바닷가 나뭇잎이 모두 금강산으로 뻗어 있더라는 거야. 하얀 개가 앞장을 서기에 따라갔더니 큰 느티나무 아래 연못 가장자리에 53불이 그대로 와 있었다지. 임금께 소식을 올려 그 자리에 절을 짓고 유점사라 이름을 지었다는구나."

백천교 일대 마을 사람들이 모두 모여 부처님 점안식을 하는 날이 되었다. 기교를 부리지 않은 꽹과리 가락으로 법고놀이가 시작되었다. 잠시 세상의 시름을 내려놓고 모두들 한마음으로 어우러지기 시작했다. 세상에 귀한 것이 생명이고 인간이라. 인간의 지극한 정성이 또한 으뜸 귀한 것이 아니겠는가. 운보는 모두들 좋은 세상을 품게 되기를 정성스레 기원하며 박수 소리에 법고놀이를 마쳤다.

운보는 아까부터 사람들 틈에서 삿갓을 쓴 한 사람에게 자꾸 눈길이 갔다. 삿갓을 써서 얼굴은 자세히 볼 수가 없으나 풍모가 예사롭지 않아 보였다. 사람들이 수군거리는 소리가 들려왔다.

"저 사람이 김삿갓이란 분이여, 김병연."

"그렇게 시를 잘 짓는다지? 양반들을 놀려 먹는 통에 내로라하는 사람들도 아주 곤욕을 치른다는구먼."

"그래도 그 시 하나 받으려고 싫은 내색도 못 하고 줄을 선다는데!"

병연과 눈이 마주친 운보는 어디서 본 듯한 생각이 들어 눈을 떼지 못했다. 병연도 자기를 쳐다보고 있는 운보가 낯설지 않게 느껴졌다. 그러나 아무리 생각해도 어디서 만났는지 생각이 나지 않았다. 운보는 고향인 가산마을이며 정주성, 보현사와 패엽사를 차례대로 떠올려 보았다.

병연도 고향인 양주와 어렸을 때 살았던 곡산, 영월 그리고 홍경래 난 때 봉기군에게 항복하여 모반대역죄로 죽었다는 할아버지 생각에 정주성까지 떠올렸다. 그러나 그곳은 내가 아니고 할아버지와 관계된 곳일 터…. 영월 관풍헌에서 열린 백일장에서 장원을 한 후 시를 지어 마음껏 조롱한 선천 부사 김익순이 자기 할아버지였다는 사실을 뒤늦게 알고 얼마나 지옥 같은 충격 속에서 헤매었던가.

한참 머릿속으로 이곳저곳을 더듬어 생각하던 병연은 먼저 한 손으로 삿갓을 슬쩍 들어 올리며 운보와 인사를 했다. 그러나 두 사람 주위로 몰려드는 사람들 때문에 길게 바라볼 틈도 없었다.

운보와 병연은 그대로 서로에게 눈인사를 하고 헤어졌다. 하늘이 유난히 파랗고 구름 한 점 없는 날이었다. 억압과 분노로 생긴 싸움터에서 마주했던 관군과 봉기군. 그들의 후손으로 태어나 돌이킬 수 없는 상처를 입었던 두 사람은 흘러가는 세월 속에서 스쳐가듯 한 번 만났다.

3장/ 백두산 이야기

병인년(1866)이 되었다. 백사길이 경주를 떠나온 지도 거의 두 해. 그가 머무는 방에는 많은 사람들이 드나들었다. 민란을 주도하기 위해 은밀히 거사를 문의하는 사람도 있었고, 돈 벌 궁리를 하여 찾아오는 사람도 있었다. 백사길은 물이 흐르듯 변함없는 표정으로 오가는 사람들을 맞았다.

준기 아버지가 남도에서 흘러들어 와 패엽사에서 경전을 간행하는 일을 주관했으며, 꽤 학식이 있었다는 얘기를 전해 듣고 준기에게 책을 읽히고 쓰게 한 지도 일 년 남짓 되었다. 처음 준기에게 글을 쓰게 했을 때 백사길은 준기가 생각보다 훨씬 글재주가 있는 것에 놀랐다.

"글은 부친의 손에 배웠는가?"

"네. 어렸을 때 경전을 간행하는 일터가 제 놀이터였습니다. 부친은 제가 아장아장 걸어 다녔을 때부터 무릎에 앉혀 놓고 글자를 가르쳐 활자를 찾아오게 했다고 합니다."

"허어, 그런 일이. 그럼 부친은 지금 생존해 계신가?"

갑자기 준기의 얼굴이 굳어지며 어두운 기색이 스치더니 고개를 숙이고 한동안 말을 잇지 못했다.

"부친은 제가 여덟 살이 되던 해 봄 집을 떠난 후 돌아오지 못했습니다. 자세한 사정을 모르겠으나, 권문세가에 쫓기는 처지가 되어 몸을 피하신 거라는 얘기도 있고, 스스로 그 집에 찾아가 담판을 지었다는 얘기도 있고, 반죽음을 당해 움직일 수 없는 형편이라는 소리까지 들은 적도 있습니다."

"주변에 속 시원히 말해 주는 어른이 없었던가?"

"집이래야 절 아래 딸린 암자로 마을과는 거리가 멀었습니다. 모친은 하루아침에 쫓기듯 사라진 아버지를 기다리며 넋을 놓으셨습니다. 부친 이야기도 어머니가 세상을 버린 후 철이 들 무렵에야 스님들 하시는 말씀을 겨우 귀동냥한걸요. 둘만 남은 우리 남매를 거두어 주신 분이 바로 조지서 장인 어른이시구요."

조지서 장인 어른이 바로 동이 할아버지였다. 사정을 전해 들은 동이 할아버지는 책을 만드는 일로 준기 부친에게 큰 신세를 진 일이 있다며 그날로 두 아이를 집으로 데리고 갔다. 백사길은 더 이상 묻지도 않고 그랬느냐며 그저 여러 번 고개만 끄덕였다.

준기에게 침놓는 것을 가르치기 시작한 것은 지난해 가을부터였다. 말귀가 밝은 준기가 가르쳐 주는 대로 제법 잘하게 되었을 때 백사길은 자신의 몸에 침을 놓게 하였다. 행여 준기가 자신의 재기만 믿고 자만할까 보아 혹독하게 연습을 시키고 눈물을 쏙 뺄 만큼 혼쭐을 내는 일도 있었다.

"정신을 어디에 놓고 있는 것이냐! 순간의 판단이 목숨을 가르게 되는 것이야. 항상 아무것도 모른다고 생각하고 겸손해야 한다. 의술은 하늘의 기운을 빌려 사람의 몸을 낫게 하는 것이다. 마음공부를 단단히 해야 하는 것이야."

약초가 되는 것들을 거두느라 여름내 온 산을 헤매어 얼굴이 새까매지고 눈 쌓인 산길에서 하루살이를 채취하거나 마른 버섯을 캐느라 눈밭에 뒹굴기도 수십 번 하였다. 공연한 것을 시작하였나 하는 마음이 들어 마음이 뒤숭숭할 때면 산 중턱 바위에 앉아 하염없이 먼 곳을 바라보다 내려오기도 수없이 하였다.

백사길의 도움 없이도 웬만큼 의술을 펼칠 수 있게 되자 백사길은 준기에게 자신의 침통을 물려주었다. 손때가 묻어 반들반들해진 작은 나무 침통을 물려주던 날 준기가 감사한 마음에 엎드려 절을 하자 백사길도 허리를 굽혀 제자에게 절을 했다.

"사람이 아픈 것은 곧 한울님이 아프신 것이고 사람의 마음을 어루만져 주는 것이 한울님을 섬기는 것이다. 아픈 곳이 똑같더라도 하는 일이나 먹는 습관에 따라 다른 처방이 있다는 것을 잊지 말아라. 그리고 실력을 믿고 자만하는 순간 마음이 탁해져 환자에게 나쁜 기운이 가게 된다는 것을 명심, 또 명심해야 한다."

"예, 명심하겠습니다."

그날 백사길은 준기가 그렇게도 궁금해하던 칼춤 이야기를 해 주었다. 스승인 수운이 칼춤을 추어 더욱 핍박을 받았다고 생각하여 좀처럼 칼춤에 대한 이야기를 하지 않았었다. 춤사위를 기억하려고 막대기를 들고 춤을 추었을 뿐 결코 스승처럼 목검을 들지 않았다. 그것은 아픈 기억이었다. 칼춤은 동학 도인들 사이에서 은밀하게 감춰졌고, 행여 그 흔적이 남을세라 지우려고 노력한 비밀스러운 것이었다.

"나무칼을 들고 춤을 춘 것도 수련의 일종인가요?"

"수련이란 내 몸의 기운을 바르게 하고 한울님으로부터 받은 마음 그대로를 회복하는 공부이다. 지극한 정성으로 수련을 하여 한울님의 마음과 기운에 다가가면 몸이 떨리면서 하늘 기운을 느끼게 되는데 이를 강령이라 하지. 어떤 사람들은 강한 기운에 이끌리며 몸이 저절로 솟구치게 된다. 수운 선생은 이러한 공부의 결과를 21자 주문으로 정리하여 이것을 외움으로써 지극히 한울님을 위하고 그 은혜에 보답함으로써 한울님과 하나임을 깨달을 수 있게 하였는데, 그때의 기운 합일 과정이 강령으로 나타나고, 그 정성에 응하여 한울님의 가르침이 강화로 나타나기도 하는데, 그 기운이 검을 통해 나타난 것이 칼춤이지."

"칼춤도 춤이라면 다른 춤을 출 때처럼 신명이 우러날까요?"

"한울님의 기운이 드러나는 게 신명이라면 칼춤은 당연코 신명의 소산이요, 나아가 신명을 불러내는 몸짓이 되지. 말하자면 칼춤은 한울님으로부터 오는 기운을 받아 표현하는 것이야. 춤사위의 움직임과 칼의 힘이 어우러져 후천개벽을 향한 의지를 보여주는 것이지."

"칼춤을 출 때 칼 노래를 부른 이유는 무엇이었을까요?"

백사길은 가끔 칼춤과 함께 노래를 부르기도 했다. 잔잔하게 가슴으로 부르는 그 소리는 때로는 담담한 솔바람처럼, 때로는 나지막한 파도 소리처럼, 어떤 때는 겨울산의 웅웅거리는 찬바람 소리처럼 가슴을 헤집어 놓았다.

"수운 선생은 매월 초하루와 보름에 산에 올라 하늘에 제사를 지내면서 칼춤과 칼 노래로 우리를 단련시켰다. 허물어지는 나라를 도와 백성을 편안하게 하자는 보국안민의 마음으로 짐작했었지."

원래는 나무칼을 사용하였다는 말을 듣고 준기는 한나절 나무를 다듬어 백사길과 자신의 목검을 만들어 냈다. 목검을 받아 든 백사길은 무릎을 꿇고 고개를 숙여 오래도록 심고를 드렸다. 준기는 백사길이 부르는 노래와 춤사위를 하나하나 눈에 담고 마음에 새겼다.

마을에는 어디고 배나무가 흔하였다. 봄바람이 불면 짧은 꼭대기 눈에서 다섯 갈래의 하얀 꽃이 피어 주변을 환하게 하고 한가위 무렵이면 열매가 익어 녹색을 띤 갈색 껍질 안에 다디단 속살을 품었다. 배나무와 함께 버드나무가 흐드러진 동산에서 백사길과 준기는 칼춤을 추었다.

두 손바닥 위에 목검을 올려 가슴 앞에서 한 일 자로 만들고 그 상태 그대로 머리 위로 정성스럽게 들어 올렸다. 그것으로 하늘과 땅을 이은 사람의 형상이 완성되니, 그야말로 천지인이 일체가 되는 광경이었다. 잠시 머무는 듯하다가 칼을 오른손으로 옮겨 잡고 검의 부리가 하늘로 향하게 한 다음 오른쪽 방향으로 천천히 반원을 만들어 내렸다. 활짝 피어 흐드러진 벚꽃이 바람에 흔들려 하늘하늘 떨어져 내려오듯 전혀 무게감이 느껴지지 않았다. 한 치의 흐트러짐 없는 단정한 움직임에 준기는 저도 모르게 숨을 멈추고 있다가 침을 꿀꺽 삼켰다.

오른쪽 팔꿈치를 살짝 뒤로 당기면서 왼손을 반듯하게 펴서 손등을 왼쪽 눈썹 앞에까지 가져와 살짝 닿을 듯이 멈추었다. 왼발 아래쪽을 향해 비스듬히 내리던 칼 부리가 다시 하늘을 향하니 힘차고 강한 기운이 하늘 속으로 퍼졌다. 왼쪽 엄지 발끝을 살짝 들고 칼을 어깨 높이로 들더니 그대로 한 바퀴 빙 돌았다.

여느 춤이라기보다는 의식이나 무술에 가까운 동작이었다. 두 사람은 달이 서쪽으로 기울어질 무렵까지 칼춤을 추었다. 장맛비를 맞아 여름 이파리와 줄기가 쑥쑥 커 가듯이 열여덟 살의 호기심은 백사길의 가르침으로 촘촘히 채워져 세상을 향하여 만개하고 있었다.

문화현 인근에 사는 조덕삼은 수족처럼 부려 먹는 마름 강 서방을 데리고 양반의 팔자걸음으로 자기가 위임받은 농토를 여기저기 돌아보고 있었다. 농사일을 주관하고 소출을 따져 상민들이 부담할 몫을 거두어 양반인 지주에게 상납하는 것이 소작 관리인인 그의 몫이었다. 그 과정에서 농간을 부려 남부럽지 않게 재물도 장만했다.

가을걷이가 끝난 허허로운 땅 위에 찬바람이 몰아쳤다. 들일을 마무리하던 농민들이 그의 행차에 황급히 고개를 조아렸다. 아픈 사람을 돌보아 달라는 부탁에 길을 나선 백사길과 준기는 누구에게나 하던 버릇으로 고개를 단정히 숙였다. 나그네의 인사까지 덤으로 받은 조덕삼의 입이 한껏 벙그러지다가 마지막은 삐쭉쭈름하게 옆으로 머무르며 어깨에 한껏 힘을 주었다.

'흥, 양반이 별건가? 요즘은 돈 없으면 양반도 내 앞에서 딱 저런 꼬락서니지.'

며칠 전에 자기 집에 찾아왔던 동네 양반 오진수가 떠올랐다. 누추한 행색이었으나 선비의 체모는 잃지 않은 오진수가 자기 집 하인들이 품을 팔게 해 달라고 찾아왔다. 한양에서 높은 벼슬아치의 이권에 휘말려 몰락했다는 소문이 도는 오진수는 아들까지 병약하여 병수발을 하느라 곤궁한 처지였다.

오진수를 세워 놓고 이리저리 잇속을 따져 보던 조덕삼은 한참을 머릿속으로 계산하고 나서야 오진수의 부탁을 받아들였다. 그의 여식이 총명하다고 소문이 자자하니 자기 아들 운길과 엮어 볼 욕심이 났던 것이다.

며칠 뒤 조덕삼이 보낸 강 서방이 오진수의 집에 뻔질나게 드나들기 시작하자 두 가문이 연분을 맺게 된다는 소문이 동네 사람들에게 퍼졌다. 열여섯 살 수연은 손님들이 집에 들 때마다 기겁하며 방으로 숨기 바빴다. 수연을 안쓰럽게 생각하던 유모가 조용히 그 집 사정을 알아보았다.

"아가씨, 친정 조카에게 부탁하여 넌지시 그 집 사정을 알아보았습니다."

"뭐라고 얘기하던가요?"

"그 어른 성격이 깐깐하기가 보통이 아닌가 봐요. 그래도 그 집 아드님은 부친과 같은 성격은 아니래요. 그런데….."

"왜요? 무슨 일이 있나요?"

"글쎄, 이걸 말해야 하는지 말아야 하는지….. 좋아하는 처자가 있는데 형편이 어려워 마을을 떠났다네요. 둘 사이를 집 어른들은 모른다나 봐요. 처자네 땅이 모두 그 집 소유로 넘어가서 먹고살 길이 없어 떠난 거래요. 일하는 사람 말로는 그 도령이 지금 병이 나서 앓아누웠답니다."

수연의 얼굴에 핏기가 가시며 하얘지는 것을 보고 유모의 얼굴도 덩달아 흐려졌다. 그렇지 않아도 요즘 수연은 밥도 잘 안 먹고 틈만 나면 강가에 가자고 하여 말없이 앉아 있다가 오곤 하여 불안한 생각이 들던 차였다. 유모는 얘기 끝에 자기 조카에게 들은 말을 덧붙였다.

"그런데 아가씨, 옆 마을 문화현에 웬 용한 사람이 있다 합니다. 주로 곤궁한 사람들의 병을 치료해 준다는데 거기에 다녀온 사람들 말이 그분이 천하에 이인(異人)이라는 거예요. 아픈 사람만이 아니라 걱정이 있거나 어려운 문제가 생겨 뭘 물으러 가면 좋은 말씀을 그렇게 잘 해 준다지 뭡니까? 한데….."

"뭔데요…?"

"그 어른이 실은 동학이라 하는, 나라에서 금지하는 도술을 하다가 유배를 와 있는 분이라….."

그날 밤 날이 새도록 뒤척인 수연은 다음 날 아침이 되자 유모에게 문화현에 찾아가자고 졸랐다. 잠도 안 오고 숨이 잘 안 쉬어진다는 수연의 말에 유모는 조카를 통해 그 의원이 사는 곳을 알아보았다.

동이가 일찌감치 백사길의 허락을 받고 칼춤을 그리기로 한 날이었다. 저녁 식사를 마친 백사길과 함께 동산으로 간 동이가 한참 그림 그리느라 몰두하고 있는데 옆에서 갑자기 인기척이 났다.

"그림을 아주 잘 그리는구나."

야무지게 생긴 젊은 처녀의 목소리가 낭랑했다. 옆에는 나이가 좀 들어 보이는 늙수그레한 여인이 서 있었다. 동이는 얼굴이 빨개져서 얼른 그림을 덮었다. 웬일인지 가슴이 두방망이질 치기 시작했다.

"저기 계시는 분이 함자 백, 사 자 길 자 쓰시는 분이니?"

"네."

동이는 얼떨결에 자리에서 내려왔다. 함께 온 유모라는 사람은 근처에서 좀 떨어져서 섰다. 백사길이 다가오자 이번에는 처녀가 일어났다. 동이도 눈치껏 근처에서 떨어진 곳으로 물러났다.

"초면에 이렇게 실례를 하게 되어 송구합니다. 찾아뵙고 여쭐 일이 있어 왔습니다."

"그럼 여기에 앉아 얘기합시다. 앉으시오."

살짝 돌아앉은 처녀의 둥글고 단정한 이마가 고집이 있어 보였다. 열대여섯이나 먹었을까, 어린 나이에도 차분한 눈매가 기품이 있었다.

"선생님에 대한 말씀은 익히 들었습니다. 저는 오수연이라고 합니다. 대대로 사족인 집안의 여식이오나 이제는 가세가 몰락하여 사는 것은 상민이나 다름이 없습니다. 그런데 저는 원치 않는 집안 자제와 결혼을 해야 하는 상황이 되었습니다. 만약 그렇게 된다면 저는 차라리 죽는 것이 낫다고 생각하고 있습니다."

"허, 무슨 사연이라도 있는 것 같소."

백사길은 입술을 깨물고 앉아 있는 수연을 자세히 바라보았다. 얼굴에 수심은 가득하나 고운 눈매에 눈동자는 흔들림이 없이 맑았다.

"동네에 졸부가 된 상민이 있사온데, 재산을 앞세워 저를 데려가려 합니다. 부모님은 그분의 농간을 막아 낼 길이 없어 보입니다."

"상민이라는 신분이 마음에 걸리는 것입니까?"

"신분이라는 허울은 이미 벗어 버린 지 오랩니다. 하오나 저도 여자 된 몸이고 보니, 진실한 사람을 만나 인륜지대사를 치르고 싶은 생각만은 버릴 수 없습니다. 저는 진실하지 않은 이 세상이 두렵습니다. 저에게 새 세상으로 가는 길을 알려 주십시오. 그러면 선생님이 공부하신다는 그 동학을 저도 받아들일 것입니다."

백사길의 입가에 헛헛한 웃음이 배어나왔다. 유배 온 처지에 있는 사람에게 찾아와 새로운 세상을 열어 주면 동학을 인정하겠다는 처자가 나타난 것이다.

"새 세상으로 가는 길이라…. 내가 믿는 그 동학이 처자에게 새로운 세상을 줄 거라고 생각하는가?"

"이렇게 바르지 못한 세상이 두려워하여 막는 것이라면 한번 믿어 볼 만한 구석이 있는 것이라고 되짚어 생각해도 되지 않겠습니까?"

"허허, 그렇게 되는 것인가?"

백사길이 호탕하게 웃는 것을 바라보던 동이는 스승과 처자 사이의 얘기가 길어지자 궁금하여 귀를 쫑긋했다. 한 식경이나 되었을까, 한결 표정이 밝아진 처자가 자리에서 일어났다.

"죽을 만큼 힘들다는 생각에 세상을 버리려 한 적도 있었지만 이젠 새롭게 깨우쳐야 할 세상이 있어 살아야겠다는 생각이 듭니다. 다음에 곧 찾아뵙겠습니다. 아직은 제가 이해하지 못하는 내용도 있지만 더 공부해서 깨우쳐 보겠습니다."

수연이 돌아가고 난 후 다시 칼춤을 추는 백사길 옆에서 그림을 그리던 동이는 이번에는 수연의 동그란 눈과 볼우물을 그리기 시작했다. 금방이라도 눈물이 나올 듯이 울먹울먹한 얼굴에 입술을 살짝 치켜올려 주니 돌아갈 때의 모습이 되었다.

"새로운 시대, 더 나은 세상이 온다는 말처럼 힘이 나는 말이 있을까요?"

달포 뒤에 수연이 동학 도인이 되겠다고 백사길을 찾아왔다. 화사하게 핀 봄꽃들이 바람에 하늘하늘 날리는 날 맑은 물 한 그릇을 떠 놓고 입도식을 했다. 정갈하고 소박한 입도식이었다. 심고를 올리고 주문을 외우는 중에 정성껏 떠 놓은 청수의 한쪽이 힘 있게 빙글 돌더니 그릇에서 넘쳤다. 수연은 그것이 좋은 징조라고 웃었다. 백사길은 몇 년 전 자신의 입도식이 생각났다.

백사길은 용담정에서 친구 수암과 입도식을 했다. 다섯 명이 입도하고 물러 나온 자리에서 한 마디씩 소감을 말하였다. 수암이 결연한 음성으로 말을 꺼냈다.

"우리 다섯 명은 이제 하늘을 모시고 스승님의 동학을 함께 공부하는 수행의 형제가 되었네. 어두운 세상에서 앞을 모르고 헤매다가 수운 선생님을 만나 이렇게 입도하게 되니, 그 은덕이 무궁하다는 생각이 들어. 그래서 나는 다짐을 하나 하려고 하네."

"그것이 무엇인가?"

"나는 자네들이 먼저 깨달음을 얻도록 늘 염원하도록 하겠네. 그리고 사람들에게 널리 전하는 역할을 할 것이네. 깨달음을 얻는 사람이 많아지면 그만큼 좋은 세상이 더 빨리 오지 않겠는가?"

"그렇겠지."

"우리와 인연이 되어 동학을 알게 되는 사람들이 우리보다 더 먼저 하늘의 도를 깨달을 수 있도록 헌신하세."

모두들 좋은 생각이라며 그렇게 하겠다고 고개를 끄덕였다. 내친

김에 옆에 있는 종이를 끌어다가 서약서까지 썼다. 종이 한쪽에 다짐하는 글을 쓰고 다른 한쪽에 동그라미를 그렸다. 원 바깥에서 햇살모양이 되도록 일자로 각자의 이름을 썼다. 자기가 알게 된 세상이 너무 좋아서 함께 널리 알리자고 맹세한 시절이었다.

그러나 시대가 받아들이지 않았다. 평등 세상을 민중은 받아들였으나 지배층이 받아들이지 않았다. 단지 마음을 닦고 비워 하늘을 모시자는 것이었다. 모든 사람을 귀하게 여기자는 것이다. 그러나 진리의 세상으로 한 걸음 다가서기 위해서는 큰 희생이 필요했다. 권력을 가진 자의 탐욕은 가장 먼저 자기의 눈과 마음을 어둡게 하여 세상을 바라보고 살피는 마음을 거두어 버렸다.

결국 지배층은 동학에 좌도난정의 벌을 내려 백성들이 그 세계를 알지 못하도록 막았다. 수운은 관군들이 자기를 잡으러 온다는 것을 알았으나 피하지 않았다. 부당한 권력은 거부하였으나 자신이 사는 세계의 규율을 무시하지도 않았다. 자기의 죽음을 알고 미리 해월 최시형에게 도를 전하고 멀리 피하라고 일렀다.

한밤중을 틈타 관군들이 용담정에 은밀히 잠입한 날 수암은 경주에서 멀리 떨어져 사는 외가의 장례식에 일손을 돕느라 집을 비우고 없었다. 백사길은 비밀리에 몇 자를 써서 사동의 손에 쥐어 주며 수암에게 전해지도록 했다.

"선생님과 나는 후일을 기약할 수 없는 처지가 되었네. 부디 자네는 몸을 숨기고 멀리 떠나 주게. 동학의 불씨를 지키는 것이 자네의 길이네."

친구와 헤어진 것이 어제 일처럼 생생했다. 백사길은 수연에게서 수암의 모습을 떠올렸다. 쉽지 않은 일이었다. 수연은 이제 막 조선 정부가 금하는 길을 들어선 것이다. 그러나 그 길의 마지막에는 광명이 있을 것이다. 좀 더 나은 세상을 만드는 생명의 빛이. 백사길은 수연에게 스승으로부터 배운 동학의 가르침을 전하고 수련 방법을 지도하기 시작했다.

동이네 집에 차린 서당은 학동들로 시끌벅적했다. 백사길은 아이들이 공부할 때 먼저 배운 아이가 나중에 배우는 아이들에게 도움을 주고 가르치게 했다. 아이들은 배우기도 하고 가르치기도 하면서 자기들끼리 머리를 맞대고 공부를 하였다. 맨 나중에 글을 배운 아이는 자기가 배운 것을 가르쳐 줄 아이가 언제 오냐며 기다릴 정도가 되었다.

"배움은 이렇게 서로에게 흘러가야 한다. 한 사람만 알아도 이렇게 많은 친구들이 배우게 되지 않느냐? 자기가 배우고 익힌 것을 다른 이에게 가르쳐 주니 여러 명이 고루고루 문리가 트이게 되겠구나. 이 이치를 잘 명심해라. 자기가 배운 것을 이렇게 친구들에게 알게하니 얼마나 좋으냐?"

"네, 좋아요. 가르치는 게 재미있어요."

"그렇지. 함께 나누니 여러 사람이 즐겁고 좋지 않으냐? 자기가 가진 것을 이렇게 나누어라. 내 것을 나누어 주고 나도 어려울 때 도움도 받고 하는 것이 사람 사는 이치인 것이야. 열 사람이 먹을 것을 한 사람이 차지하고 자기 곳간에 쌓아 두고 있는 것이 옳으냐? 열 사람이 함께 먹고 두루 도와 가며 사는 것이 좋으냐?"

"두루두루 도와 가며 사는 것이 좋지요."

"그래, 그렇게 서로 나누어 먹으면 사람의 정도 함께 나누는 것이 되어 덜 먹어도 훨씬 배가 부르게 된다. 그러니 사람이 나누는 인정이란 것이 바로 요술 단지가 아니냐?"

"요술 단지? 야, 요술이다. 우리 옛날얘기 해 주세요. 요술 얘기요."

아이들 소리가 오늘따라 유난히 밝고 신이 났다. 벌써부터 침을 꿀꺽 삼키며 스물여섯 개의 똘망똘망한 눈동자가 백사길을 바라보고 앉았다. 아무래도 오늘은 이야기보따리를 풀어야 하는 날인가 보았다.

"그럼, 오늘은 백두산 삼형제 이야기를 해 주마."

"예!"

"옛날 백두산 깊은 산속에 큰 인삼밭을 가진 할아버지가 있었어. 그런데 사람들을 실컷 부려 먹고는 일한 값을 주지 않았지. 그래서 사람들은 그 노인을 사람을 잡아먹는 귀신이라고 불렀단다."

"그런 귀신이 있어요?"

"밤중에 무덤에서 나와 돌아다니는 귀신!"

"으아, 무섭다."

"노인이 일만 부려 먹고 돈은 주지 않기 때문에 사람들은 인삼밭에서 일하지 않기로 했어. 사람들이 거들어 주지 않으니 구두쇠 노인은 어려움에 처하게 되었지. 인삼 농사를 지을 사람이 없게 되니 그만 망하게 되었지 뭐냐? 그런데 어느 날 튼튼하게 생긴 삼형제가 나타나 인삼밭 일을 하겠다고 나섰어. 마을 사람들이 인삼밭 주인 영감에 대해서 말해 주었지만 그 말을 듣고도 일하러 갔지. 인삼밭 노인이 삼형제에게 말했단다. 뭐라고 했을까?"

"돈은 안 준다고요."

"그렇지. 품삯은 주되 자기가 보관해 준다고 했단다."

"그래서 삼형제는 뭐라고 했어요?"

"그 대신 조건이 있다고 했어. 일은 밤에만 하고, 일을 몽땅 도맡아서 할 것이며 이 일만 하지 다른 일은 하지 않겠다고 했다. 노인은 너무 좋아서 얼른 일을 맡겼단다. 그런데 노인에게는 어린 아들이 하나 있었어. 어느 날 아들이 마을에서 놀다가 그만 우물에 빠졌어."

"에구, 우물에 빠졌대."

"노인이 도와 달라고 소리쳤지만 주변에 있던 셋째는 '나는 이 일만 하지 다른 일은 하지 않는다는 조건이었습니다.' 하고 거들떠보지도 않았대. 그래서 노인은 첫째와 둘째에게 달려가서 사정사정하여 겨우 건져 내기는 했지만 이미 죽은 지가 오래된 후였지."

"아이, 불쌍하다."

"다음 날 아침 노인이 밖에 나가 보니 무덤이 열두 개나 파여져 있었어. 어찌 된 일이냐고 물으니까 첫째가 밤에만 일을 하기로 해서 밤새 파다 보니 가족과 친척들 무덤까지 다 팠다며 인삼밭을 무덤구 덩이로 만들어 놓았지. 둘째는 관을 스무 개나 사 왔어. 노인이 왜냐 고 물으니 일을 몽땅 맡기로 약속을 했으니 관을 있는 대로 몽땅 사 왔노라고 했다. 화가 난 노인은 관아에 가서 삼형제를 고발했어. 마을 사람들이 빨리 도망치라고 일렀지만 청년들은 조금도 걱정하지 않았단다. 관군이 잡으려고 하자 삼형제는 산으로 갔어. 관군들이 삼형제를 쫓아갔지만 도저히 잡을 수가 없었지. 산봉우리에 가서 삼형제는 커다란 산삼으로 변해 버렸어. 군사들이 이 산삼을 캐려고 하는 순간….."

"어찌 되었나요?"

"어떻게 되었어요?"

"군사들이 이 산삼을 캐려고 하는 순간…. 산삼은 그만 어디론지 사라지고 말았단다."

"하하, 요술이다 요술."

아이들이 웃으며 박수를 치기 시작했다.

"산삼이 어디로 갔는지 궁금하면 어느 산으로 가야 할까?"

"백두산이오."

"우리나라에서 가장 큰 산은 어디에 있지?"

"백두산에 있어요."

"그래, 백두산은 우리나라 모든 산의 뿌리가 되는 제일 큰 산이다. 옛날 우리나라는 백두산의 기운으로 많은 사람들이 신선처럼 살았지. 그러나 사람들이 욕심을 부리고 하늘의 도를 잊고 살아 그 기운이 사라졌단다. 그래도 백두산 속에는 아직도 숨어 사는 도인들이 계신다. 그분들은 세상을 구하려고 마음을 쓰고 있지. 가끔은 세상에 나오지만 우리들은 그분을 몰라본다. 진짜 모습을 드러내지 않고 남들 보기에 초라한 모습으로 다니기 때문이다. 너희들은 그분들이 너희 앞에 나타나면 알아볼 수 있겠니?"

"아니오."

"모르겠어요."

"남루하고 거지와 같은 모습을 하고 있는 사람을 만나게 되면 잘 대해 드려야 한다. 그분들은 자신들의 모습을 감추고 초라한 모습으로 다닌다고 했으니까."

"예, 알았어요."

동이는 언젠가는 백두산에 가서 스승이 이야기하는 도인을 꼭 만나겠다고 생각했다. 백사길은 그날따라 아이들의 모습을 오래도록 눈에 담았다. 그것이 백사길이 아이들에게 해 준 마지막 이야기였다. 아이들은 그날 이후로 다시는 백사길을 볼 수 없었다.

제법 선선한 바람이 불고 볕이 유난히 좋은 날이었다. 말을 타고 달려온 사내 두 명이 다급한 모습으로 백사길이 머무는 아전 한상유의 집 마당으로 들어섰다. 한상유와 평소에 친분이 있던 우종수네 하인들이었다.

"아니 자네들이 여기에 무슨 일인가?"

"여기 주인마님의 편지를 들고 왔습니다. 노마님이 위급하시니 의원 어른을 빨리 모시고 오라시는데요."

"어디 편지를 한번 보세."

모친이 며칠째 앓고 있는데 상황이 점점 나빠지고 있으니 빨리 와서 병을 보아 달라는 우종수의 간절한 편지였다. 건네받은 글을 읽자마자 백사길은 하인이 데리고 온 말을 타고 오십 리 떨어진 초리면으로 달려갔다.

대문 밖에 나와서 초조한 표정으로 이제나저제나 하고 기다리던 우종수는 백사길이 도착하자 바로 모친의 방으로 데리고 들어갔다. 집안이 온통 노마님의 병환으로 어수선한 분위기였다. 우 씨의 모친은 워낙 기력이 없는데다가 체한 상태로 제법 시간이 지난지라 위급했다. 급히 소상혈을 찔러 피를 빼고 침을 놓기 시작했다. 거의 한 식경이 지나서야 노마님의 얼굴에 핏기가 돌아오자 모두들 한시름 놓았다며 각자 방으로 돌아갔다.

"저의 모친을 이렇게 살려 주셔서 정말 고맙습니다. 이제 마음이 좀 놓입니다. 밤 늦은 시각이니 자리를 보아 놓겠습니다. 먼 거리를 급하게 오시느라 고되실 텐데 푹 쉬십시오."

"네, 그리하겠습니다."

말은 그렇게 하였으나 백사길은 자정이 지나도록 꼼짝도 않고 무언가 깊은 생각에 잠겨 있었다. 그러고는 자신의 기색을 살피며 건너편에 앉아 있던 주인 우종수에게 부탁했다.

"이 밤중에 고생스럽겠지만 열세 명분의 저녁밥을 지어 주면 좋겠습니다."

우종수는 아닌 밤중에 홍두깨라고 이게 무슨 일인가 싶어 눈이 휘둥그레졌다.

"네? 누가 지금 여기로 오는가요?"

백사길은 고개를 끄덕이며 아무런 표정의 변화도 없이 담담하게 말했다.

"예, 지금 여기로 사람들이 오고 있습니다. 밥을 먹지도 못하고 달려들 올 것이니 몹시 시장할 것입니다."

우종수는 묵은 병치레로 오늘내일하던 모친을 저만치나 살려 놓은 백사길이 대단한 사람으로 우러러보이는지라 더 묻지도 못하고 부인을 시켜 상을 준비하라고 일렀다. 부인은 정신없이 잠에 취해 자고 있던 언년이를 깨워 상을 준비하기 시작했다. 우 씨의 부인도 궁금하기는 마찬가지였다.

'어떤 사람들이 오기에 이 밤중에 열세 명분의 밥상을 준비하라는 걸까?'

자시가 막 지날 무렵 우종수의 집 밖에 포졸들이 도착했다. 한밤중이라 마을 안은 깊은 정적에 싸여 있었다. 대문이 굳게 닫혀 있어 포졸들은 그대로 담을 뛰어넘었다. 칼을 빼어 든 포졸들이 순식간에 방문을 열어젖히고 죄인을 묶는 붉은 오랏줄을 백사길 앞에 내던지며 뛰어들었다.

"죄인 백사길은 순순히 오랏줄을 받으라."

"이 사람들! 모두들 잠든 깊은 밤에 이게 무슨 소란인가! 내가 강도 죄인이나 된단 말인가? 나라 죄인이니 나라의 명령이라고 말하면 조용히 갈 것이 아닌가?"

낮으면서도 단호한 소리에 포교들은 움찔하고 물러서며 붉은 오랏줄을 얼른 걷어 버리고 칼을 내려놓았다. 백사길은 조용히 자기를 둘러싼 사람들 뒤를 가리켰다.

"저기 문 뒤에 서 있는 포교는 담을 넘다가 발을 다쳤으니 얼른 들어와서 약을 바르라고 하시오."

문 뒤에서 선 포교는 그때서야 자기 발에 피가 흐르는 것을 알아채고 내려다보았다. 할 말을 잃은 사람들이 놀란 얼굴로 백사길을 바라보았다. 우종수는 마당에 가득 들어찬 포졸들을 보고 넋이 나간 표정이 되었다.

"이 사람들에게 저녁밥을 차려 주십시오. 오십 리 길을 급하게 왔으니 시장할 것입니다."

조선에 천주교를 믿는 사람이 점점 늘기 시작하자 조정에 유생들의 상소가 빗발쳤다. 계속되는 상소에 나라에서는 서양 세력이 조선 땅에 발붙이지 못하도록 하는 정책을 세우고 서학 신봉자들을 대대적으로 검거하여 처형했다. 동학도 한울을 믿는 것이니 서학에서 이름만 바꾼 것이라며 서학 교도와 동학도에 대한 처벌을 함께 내렸다. 풍천 관아에도 조정의 명이 내려왔다.

"죄인 백사길을 풍천으로 압송하여 당장 처형하도록 하라!"

나라의 법부 훈령이 떨어지자 황해도 감사는 포교 여섯 명을 아전 한상유 집으로 보냈다. 포졸들이 도착했을 때 백사길은 초리면 우종수의 집으로 떠나고 없었다. 병자를 치료하러 갔다는 말에 문화현 포교 여섯 명과 그 수행인들, 우종수의 집을 아는 한상유까지 모두 열세 명이 그길로 우종수의 집에 달려온 것이다. 모두들 차려 낸 열세 개의 밥상에 앉아 말없이 밥을 먹었다.

새벽 동이 트기도 전 일행은 캄캄한 길을 나섰다. 우종수는 백사길을 호송해 가는 포졸들에게 먹을 것과 여비를 주며 아무쪼록 백사길을 잘 모시고 가 달라고 당부했다. 백사길은 앞으로 자신은 여기에 오기 힘들 것이라며 우 씨 모친을 위해 처방문을 길게 써 주었다. 우종수는 자기 모친을 살려 준 백사길이 이렇게 죄인으로 집을 나서게 되자 마음이 착잡하여 친분이 있는 한상유에게 불만을 토로했다.

"이렇게 훌륭한 분을 어찌 이리 죄인 취급을 한단 말인가?"

"나라의 명이 지엄하니 어쩔 수 없네. 나도 면목이 없네. 지금 이 상황에 무슨 할 말이 있겠는가?"

"참으로 마음 아픈 일이네."

"나도 그렇다네, 같이 몇 년이나 살았던 내 속은 오죽하겠는가?"

한상유도 마음이 무겁기는 마찬가지였다. 죄인의 신분으로 아전인 자기 집에 함께 있었으나 도착한 첫날부터 한 번도 죄인이라고 생각한 적이 없었다. 행실이 바르고 학식이 높아서 오히려 자신들이 도움을 받고 지냈다고 생각하는 형편이었다.

우종수는 못내 아쉬워하며 포졸들과 함께 집 밖으로 나서는 백사길을 배웅하였다. 할 수 있는 일이라고는 그저 두 손을 오래도록 잡아주는 것뿐이었다. 쉼 없이 달리던 일행 앞에 날이 점점 뿌옇게 밝아지면서 문화현에서 오 리쯤 떨어진 방고개가 나타났다. 백사길은 자기 옆에 있는 포졸에서 조용히 일렀다.

"이제 내 몸에 오랏줄을 묶게. 중죄인을 이렇게 허술하게 데리고 가면 그 책임은 자네들에게 갈 것이야."

모두들 말을 잃은 채 백사길의 몸에 붉은 오랏줄을 감아 묶었다. 백사길은 문화 관아에서 하룻밤, 그리고 풍천 관아에서 하룻밤을 보냈다. 백사길이 처형된다는 소문이 나자 관아에 구경꾼이 모이기 시작했다. 백사길이 도술로 조화를 부린다는 소문이 났다며 살피러 온 사람도 있었다.

"그런 사람 건드리다가 큰일 나는 거 아냐? 풍운조화 막 부려설랑 우리 풍천읍이 땅 밑으로 가라앉는 건 아닌지 모르겠네."

사람들이 모여 수군거렸으나 결박을 당하고 옥졸에게 끌려 나온 백사길의 얼굴은 태연하였다. 사람들의 눈이 순식간에 그리로 집중

되었다.

"나라 죄인 백사길을 올려 매라."

"거적을 덮고 물고를 올려라."

부사의 명을 받고 큰 소리로 외치는 형리의 호령 소리가 감영을 뒤흔들었다. 사령 대여섯 명이 바꿔 가며 사정없이 곤장을 쳤다. 매가 떨어질 때마다 흩뿌리는 피가 사령의 옷을 물들일 무렵 동리 사람들은 이제나저제나 하면서 백사길이 조화 부리기를 애타게 기다렸다. 그러나 조화를 부리기는커녕 말없이 매를 받아들이고 있던 백사길은 갑자기 불쑥 어깨를 들며 부사에게 말했다.

"사또, 오늘 미시(낮 2시)에 나라에 큰일이 있소. 지금 사람을 죽이는 데만 열중하는 것은 나라에 큰 불충이 될 거요."

사람들이 무슨 일이냐며 놀라 기웃거리기 시작할 때 파발마가 뿌연 먼지를 날리며 달려왔다. 역리가 땅에 내리며 급하게 장연 부사의 편지를 전했다. 장연의 터진목에 서양의 군함 세 척이 쳐들어왔으니 군대를 뽑아 보내라는 것이었다. 이양선이 또 쳐들어왔으니 난리가 났다며 불안해하며 웅성거리는 소리가 들렸다.

병인년(1866)에 천주교도들에 대한 유생들 상소가 빗발치기 시작하자 임금은 척사윤음을 내려 국내에 있는 프랑스 신부와 천주교도들을 잡아들였다. 프랑스 신부 네 명과 천주교도들이 처형을 당했다. 간신히 탄압을 모면하고 몸을 피한 리델 신부가 황해도 장연에서 배를 타고 톈진으로 탈출하였다. 그리고 청국에 파견된 프랑스 극동 함대 사령관 로즈 제독에게 박해 사실을 알리고 원정을 요청하였다.

"조선은 지금 천주교를 이단으로 몰아 우리 프랑스 신부들과 신도들을 마구 잡아 죽이고 있습니다. 하루빨리 조선으로 가서 이를 중지시키고 책임을 물어야 합니다."

프랑스 극동 함대 사령관 로즈는 군함 세 척을 이끌고 조선으로 왔다. 리델이 그 배에 함께 타고 와 양화진까지 갔다가 자기가 탈출했던 황해도 장연 터진목에 정박을 하고 다시 조선으로 기어들 궁리를 하였다.

난리가 났다며 장연과 풍천 사람들이 황급히 집안 단속을 할 무렵, 관청의 우두머리와 관속들은 군함을 어떻게 격퇴할지 대책을 세우기 시작했다. 풍천 부사는 벼슬아치들을 모아 놓고 회의를 열었으나 별 계책이 없어 모두들 입을 다물고 마른침만 삼키고 있을 뿐이었다. 백사길에게 무언가 해결책이 있을지도 모른다고 생각한 이방이 무겁게 입을 열었다.

"지금 나랏일이 위중하니 차라리 옥에 갇혀 있는 백사길에게 계책을 물으면 어떨까요?"

풍천 부사는 고개를 갸우뚱하며 난색을 표했다.

"조정에서 죄를 얻어 바로 내일이면 죽을 사람인데 조정을 위해 좋은 계책을 말할 리가 있겠는가!"

"아닙니다. 백사길은 충직하고 치우침이 없는 사람입니다. 나랏일을 위해서는 자기 한 몸도 바칠 수 있는 사람입니다."

모두들 백사길에게 한번 물어나보자고 고개를 끄덕였다. 그러나 그러기 전에 그가 소문처럼 비범한 사람인지 재주를 먼저 시험해 보기로 했다. 이방이 나서기로 했다. 이방은 노름할 때 쓰는 골패 한 쪽을 주머니에 넣고 밤이 되기를 기다려 감옥 문을 열었다. 낮에 형장 아래서 피를 흘리던 백사길은 앉은 채로 깊은 생각에 잠겨 있었다.

"몸이 힘드실 텐데 쉬지 않으시고 앉아 계십니까요?"

이방은 머뭇거리면서 넌지시 말을 붙여 보았다.

"괜찮소."

"저…, 황송하오나 잠깐 여쭐 말씀이 있어서 왔습니다만…."

"음, 장연 지방에 온 군함 때문에?"

이방은 깜짝 놀랐다. 백사길은 그런 이방을 바라보며 물었다.

"그런데 주머니 안에 홍류 쪽은 왜 넣고 왔노?"

"황송합니다. 용서하십시오."

이방은 저도 모르게 머리를 숙여 절을 하였다.

"나라가 난을 당하여 생각을 제대로 못 하는 것은 조정이나 향당이나 마찬가지인 모양입니다. 이렇게 감옥에 계시게 하고서…."

말 안 해도 다 알아들었다는 듯 백사길은 고개를 끄덕였다.

"아니오. 이게 다 천명이니 어찌 마음대로 하겠소?"

이방은 그 말에 더욱 미안해하며 자기가 죄를 지은 듯 머리를 아래로 깊숙이 조아렸다.

"모든 게 죄송스럽습니다만 난리에 해결책이 될 만한 것이 있을까 하여 감히 여쭈러 왔습니다."

"선비는 죽음으로써 나라에 충성하는 것이 마땅하니, 백번 죽어도 나라를 위해 계책 내놓기를 마다할 내가 아니오. 내 목숨이 있는 한 아는 데까진 말하겠소."

"그러면 터진목에 들어와 있다는 저 이양선을 어떻게 해야 되겠습니까?"

"병력으로 물리치는 것과 계교로 물리치는 것 두 가지가 있소."

"황해도 좌영이 있다고는 하나 병력은 보잘것없을 뿐만 아니라 조정에서 보낸 병사들도 한양 쪽을 방비하느라 이쪽까지 염두에 둘 여력이 없고, 우리로서는 한양에서 아무 일 없이 물러난 대신 황해도 쪽을 노략질하지 않을까 걱정입니다. 지금 가장 좋은 것은 계교로써 물리치는 길뿐인데, 선생님만 믿겠습니다."

백사길은 아무 말 없이 고개를 숙이고 생각을 하였다. 나라의 처지가 바람 앞에 등불처럼 위태롭게 흔들리고 있었다. 붓과 벼루를 가져오게 하였다. 백사길은 내일이면 처형될 처지인 자신의 처분을 바라고 불안한 눈망울로 모여 있는 사람들을 천천히 둘러보았다. 앞으로 이들이 받게 될 질곡의 무게가 고스란히 몸으로 느껴지며 목이 메었다.

아직 때가 아니니 물러가라는 간곡한 내용의 편지가 말 탄 군사에 의해 장연 부사에게 보내지고 그대로 배에 전달되었다. 몇 시간 지나지 않아 병선은 뱃머리를 돌려 청국으로 향하기 시작했다. 군함이 모습을 완전히 감추자 지켜보던 사람들은 안도의 한숨을 내쉬었다.

다음 날은 비가 흩뿌리기 시작하더니 오래도록 날이 어두웠다. 예정한 대로 백사길은 나라의 명에 의해 좌도난정률로 처형되었다. 몇 달 후 백사길의 아들 형제가 기별을 받고 고향으로 모셔 장사 지내려고 문화현으로 찾아왔을 때 백사길을 아는 동네 사람들이 몰려와 한바탕 눈물 바람을 하였다 .

백사길이 황해도에서 2년의 유배 생활 끝에 풍천 관아에서 죽음을 맞을 때, 수연은 산속 깊은 암자에서 청수를 떠 놓고 스승을 생각하며 21자 주문을 외고 또 외었다.

몇 시간이 지났는지도 몰랐다. 백사길의 모습이 수연의 감은 눈앞에 떠올랐다. 수많은 궁을(弓乙) 글자에 감싸인 모습이었다. 마치 궁을로 이루어진 꽃밭에 서 있는 형상이었다. 수연은 직감적으로 스승이 이제 세상을 떠난다는 생각을 했다. 벌떡 일어나 방문을 열고 마당으로 뛰어나갔다. 아직 낮이었는데도 어두운 하늘에 비가 추적추적 내리고 있었다. 수연은 암자 입구에 있는 너럭바위가 있는 곳까지 그대로 달려 나갔다. 그리고 한참을 서 있었다. 그냥 그래야 할 것 같았다.

얼마 지나지 않아 아래편 길모퉁이에서 백사길을 닮은 사람이 일가족인 듯한 사람들과 함께 올라왔다. 수연의 눈에는 표정이 너무나도 백사길과 닮아 어리둥절할 지경이었다. 반가운 마음에 자기도 모르게 불쑥 입 밖으로 말이 먼저 터져 나왔다.

"스승님! 스승님!"

검게 그을리고 선한 눈을 한 어른이 앞장서서 올라왔다. 행색은 남루했으나 강건하고 예의 바른 목소리로 물었다.

"처자는 누구신지요? 누굴 기다리는가요?"

"아… 죄송합니다. 제가 제가… 착각을 하였습니다."

"아마도 처자는 스승님을 기다리고 있었나 봅니다."

이야기 끝에 수암은 자기가 걸어온 길을 되돌아보았다. 깊은 산속의 외진 길에는 자기 가족 외에 아무도 없었다. 수연도 수암이 되돌아보는 길을 내려다보았다. 이제 막 한 잎 두 잎 물들기 시작한 나무들만 있을 뿐 길은 텅 비어 있었다. 세상이 텅 빈 것 같이 적막했다. 수연은 그때서야 울음이 터지기 시작하였다. 스승은 세상을 떠난 사람이고 이제 이 세상에서 만날 수 없는 사람이었다.

자리에 주저앉아 서럽게 울고 있던 수연의 두 손을 잡아 주고 너럭바위에 앉힌 것은 수암의 아내였다. 수암이 가족을 데리고 이곳까지 온 것은 황해도로 유배 온 친구 백사길 때문이었다. 그리고 세상을 떠난 친구 대신 새로운 인연을 만났다.

한 달이 채 지나지 않아 프랑스 사령관 로즈 제독은 다시 군함 일곱 척과 함께 군대를 동원하여 강화도로 쳐들어와 산성을 점령했다. 강화도는 서울의 목구멍이고, 정족산성은 강화도의 머리라고 불리던 곳이었다.

프랑스군은 김포에서 강화도로 잠입한 양헌수 부대의 공격을 받아 한 달 동안 점거했던 강화성을 물러나면서 관아에 불을 지르고 외규장각에 보존하고 있는 왕궁의 도서와 금은괴를 약탈하여 싣고 돌아갔다. 정조가 건립을 명하여 육 년 만에 공을 들여 완성했던 외규장각 안에는 왕실의 행사를 기록과 그림으로 남긴 어람용 의궤와 육천여 권의 왕실 책이 보관되어 있었다.

무더위가 기승을 부리고 넘어가던 팔월에도 중무장한 미국 상선 제너럴셔먼호가 대동강을 따라 평양 가까이 침입하였다. 통상 거절에도 불구하고 만경대 정자에 올라가 이를 막는 군인을 잡아서 감금하다가 싸움이 붙어 제너럴셔먼호가 불타는 일이 있었다.

그해 동학 도인들은 수많은 천주교인들과 함께 처형을 당했다. 자신이 알고 있는 세계만이 옳다고 생각하는 무지가 다른 세계를 알게 된 사람들을 박해하는 야만의 시절이었다.

준기는 백사길이 순도한 뒤에 홀로 동산에서 칼춤을 추었다. 비가 오거나 날씨가 궂거나 하루도 거르지 않았다. 이렇게 빨리 가실 줄 알고 침통까지 물려주었던 것일까. 생각할수록 스승의 빈자리가 허전했다. 준기는 동이에게 칼춤을 가르치기 시작했다. 어느 날 동이가 한 자락도 까먹지 않고 온전하게 춤 동작을 해내던 날 준기는 얼굴 가득 흡족한 표정으로 웃음을 띠었다. 준기의 웃는 얼굴은 이제 스승을 닮아 있었다.

"동이가 제법 잘 하는데! 이제 삼촌은 떠나야겠다. 글 잘 읽고 있어라. 나중에 잊지 않았는가 한번 보겠어."

백사길이 쓰던 목검은 동이에게 남겨졌다. 동이는 가끔 스승의 목검이 마치 스승님의 몸이나 되는 양 소중하게 쓰다듬었다. 나무로 만든 긴 칼에 아직 스승의 따스한 기운이 남아 있는 것 같았다. 한동안 동이와 서당 아이들은 백사길과 공부하던 방 앞에서 오래도록 서성였다. 아들의 안타까운 모습에 해주댁은 옷고름으로 눈물을 찍어 냈다.

준기가 떠나기 전날 동이 할아버지가 불렀다. 병석에 누운 노인은 예전에 조지서를 호령하던 호랑이 할아버지가 아니었다. 움푹 꺼져 거뭇해진 눈가에 쇠잔한 기운이 서렸다. 주변 사람들을 내보내고 나서 한참이 지나서야 노인은 담담한 목소리로 입을 열었다.

"소식 들었다. 이제는 떠나려는 것이냐?"

"네. 세상을 떠돌다 오려고 합니다, 어르신."

"그래, 그리하여라. 그런데 이제는…, 편지도 너에게 넘겨야 하겠구나. 네가 언제 올지 모르겠고 이젠 하루가 다르게 힘이 부치니 말이다. 저 장롱 맨 밑에 문을 열면 경전 책이 있다. 꺼내거라."

"여기 있습니다, 어르신."

"맨 뒷장에서 세 번째 장을 펼치거라. 그리고 자세히 보면 그 부분은 풀칠이 되어 있다. 살짝 힘을 주면 떨어지게 되어 있으니 해 보거라."

떨어진 책갈피에서 얇은 종이가 나왔다. 무언가 검은 자국이 있는 구깃구깃한 종이 위로 드문드문 글자가 보였다. 준기는 더듬더듬 글을 읽었다.

'집.안.에. 알.리.지. 말.고. 그.대.로. 나.와.라. 그.렇.지. 않.으.면. 자.객.을. 보.내. 네. 가.족.을. 몰.살.시.킨.다. '

놀란 준기가 노인을 쳐다보았을 때 노인은 기다렸다는 듯이 눈을 천천히 감았다. 마치 깊이 묻어 놓았던 먼 기억을 하나도 남기지 않고 끄집어내어 남김없이 가져오려고 혼신의 힘을 다하는 듯했다. 한참을 감고 있던 노인의 눈까풀이 파르르 떨리며 살그머니 열렸다.

"생각하면 참으로 무서운 일이었다. 어찌 그렇게 사람들이 모질 수가 있는 것인지…. 이 편지는 네 아비가 사라진 날 이 경전 옆에 있었다. 누군가 심부름꾼 같은 사람이 와서 준 종이를 읽고 그길로 바로 나갔다는데 그대로 깜깜무소식이더구나. 나는 그날 조지서 자리를 하루 종일 비운 참이었다. 아침에 나갔다는데 네 어미가 울며 소식을 전한 것이 해가 막 져 가는 저녁 무렵이었다. 놀라 네 아비가 경전을 간행하던 일터로 가 보니 네 아비 흔적은 어디에도 없었어."

노인이 자지러지게 기침을 하면서 이야기가 중단되었다. 준기는 몸이 굳어 아무 말도 할 수 없었다. 평생을 궁금해하던 이야기였다. 마른침도 삼킬 수 없어 숨을 죽이고 그린 듯이 앉아 있었다. 한참을 숨을 고르던 노인이 다시 입을 열었다.

"다음 날 아무도 안 보는 새벽에 일터를 뒤지기 시작했다. 아무 흔적도 없이 사라지다니 너무나 이상하지 않느냐? 무언가 조그마한 조각이라도 찾아야겠다고 생각하니 날이 밝을 때까지 기다릴 수가 없더구나. 그때 네 아비가 나에게 준다고 만들고 있었던 이 경전 책 옆에 조그만 알갱이가 있었다. 펴 보니 얼마나 손에 넣고 힘을 주어 비볐는지 날깃날깃 해어질 정도였다. 내용을 읽고 나서는 네 어미에게 알릴 수가 없었지. 남 모르게 수소문을 해 보아도 감쪽같이 사라진 네 아비를 다시는 찾을 수 없었어. 두 해가 지나 패엽사에 새로운 편지가 도착하기 전까지는. 네 어미는 이미 정신줄을 놓고 헤매고 다니다 목숨을 버리고 난 후였다."

편지에는 자신의 이야기가 적혀 있었다. 양반의 서자로 태어나 어렸을 때는 공부에 몰두하여 신동이라는 소리도 들었으나 철이 들 무렵에는 세상의 신산함에 말을 잃고 자랐다고 했다. 특히 바로 위에 있는 형의 구박이 심하였다. 적서의 차별이라고 했던가. 그 형이 장가를 들고 난 후 오래지 않아 첩을 들였다. 처지가 곤궁해진 몰락 양반의 딸이라 했다. 눈매가 그리도 고왔단다. 서로의 처지를 안쓰럽게 여기다가 우연히 말을 주고받았고, 그날은 그리도 가슴이 벅차고 밤새도록 가슴이 뛰고 벅차 잠을 이룰 수도 없었다고.

오래도 아니고 딱 한여름 동안이었다. 둘이 이야기 나누는 것을 본 형이 그대로 여자를 끌고 들어갔다. 그 여인이 새벽녘에 기어와 문을 두드리며 다 죽어 가는 소리로 애원했다.

"도망가세요. 될 수 있으면 멀리. 황해도 같은 곳으로…. 깊은 산속으로…. 그리고 잊어 주세요. 아무 일도 없었던 것처럼. 그것이 저를 돕는 길입니다. 저도 잊을 것입니다. 저는 죽어도 이 집 귀신이 될 것입니다. 쫓겨나도 돌아갈 곳이 없구요."

무슨 일인지 여인은 황해도라고 했고 그 길로 집을 뛰쳐나온 뒤에도 그 말만은 또렷하게 기억이 났다. 정처없이 헤매고 다니다가 정신을 차리고 보니 패엽사에 와 있더라 했다.

"패엽사에 온 편지는 네 아비가 보낸 것이었다. 집으로 끌려가서 모진 태형을 당했다는 얘기와 다리를 못 쓰게 되었다는 얘기, 충격으로 시력까지 희미해질 무렵 정신을 차리고 마지막일지도 모르는 편지를 쓰고 있으며 아마도 여인의 오라비가 이 편지를 전해 줄 것이라는 말, 그리고 편지는 보는 즉시 태울 것이며 가족을 부탁한다는 말이 쓰여 있었다. 웬일인지 편지에는 희미한 핏자국들까지 있어 더욱 마음이 아프고 쓰리더구나."

노인은 이제 준기를 보고 있었다. 준기도 흘러나오는 눈물을 훔치며 노인을 바라보았다. 깊은 밤중에 정적이 하염없이 흘렀다.

"이 책은 네 아비가 마지막으로 만들던 책이다. 네 아비의 필체다. 그리도 훌륭한 필체를 가지고 있었다. 영민하기가 말할 수 없었다. 달밤이 되면 엎드려서 자주 시를 짓더구나. 그때는 왜 그런지 이유를 몰랐다. 나중에야 알았지. 시대를 잘 타고 났으면 황해도 감사를 못 했겠느냐? 하고도 남을 위인이었다. 그런 사람이었지…. 이제 나는 너에게 할 얘기 다 했다. 떠나거라. 아비가 못 걸은 걸음 네가 걷고, 아비가 못한 사랑 너는 다 해 보고, 좋아하는 사람 만나거든 놓치지 말아라. 아비가 제대로 살지 못한 삶을 너는 마음껏 살아라. 아비의 이름자를 잊은 것은 아니겠지?"

"예, 임, 종자, 현자 되십니다."

임종현. 오랜만에 불러 보는 아비의 이름에 준기의 가슴속 깊은 곳에서 오열이 터지기 시작했다. 노인은 말없이 고개를 끄덕이며 준기의 울음을 기다려 주었다. 준기가 방에서 물러 나온 것은 문밖이 희끄무레하게 밝아질 무렵이었다. 준기는 책 한 권과 백사길에게 받은 침통을 소중하게 담아 들고 길을 떠났다.

4장/ 개항

조지서 일을 하는 동이 할아버지는 구월산 자락에서 평생 종이를 만들며 보냈다. 종이 만드는 일은 워낙 품이 많이 들고 힘이 드는 일이었다. 산에서 초군들이 닥나무를 캐 가지고 오면 그다음 일은 조지서 일꾼들 차지였다.

"아흔아홉 번의 손길이 가야 하는 거여. 정성이 부족하면 좋은 종이가 안 나온다."

귀에 더께가 앉도록 들었던 말을 그도 일꾼들에게 하였다. 조지서에서 만든 종이는 중국에 보내는 진상품이었고, 중국에서도 조선의 종이는 황제와 벼슬아치들만 쓰는 귀한 물건이었다. 동이는 조지서에 얼씬도 못 하게 했다. 손자는 종이 만드는 사람이 아니라 책을 보는 사람으로 키우고 싶다는 그의 꿈을 그대로 유언으로 남겼다.

어려서는 병약하여 그저 튼튼하기만 바랐는데 동네에 유배 온 동학도인 백사길에게 글을 배우면서 점점 눈매가 영글어 가고 볼이 붉은 아이가 되었다. 백사길이 순도한 후에 마음을 다독거려 역관 노릇을 하는 외가 쪽 친척에게 보냈다. 다행히 동이는 외국말 배우는 것을 재미있어했다.

동이가 청나라 말과 일본 말을 두루 익혀 제법 말을 할 무렵 초리면의 부자로 소문난 우종수가 동이를 찾아왔다. 원산항이 개항이 되어 일본 사람들이 몰려와 쌀을 사들인다는 소문이 나자 무역을 할 마음에 데리러 온 것이었다.

동아시아로 눈을 돌린 서양 세력이 통상을 요구할 때 조선은 대원군의 쇄국정책으로 터지기 일보 직전의 봇물을 간신히 막고 있었다. 조선은 다른 나라들이 바다로 대륙으로 나아가기 위해 거쳐야 할 관문이었다. 유럽이 아편전쟁으로 청나라를 굴복시키고 만주와 조선을 향하여 눈을 돌릴 때, 미국은 무력으로 일본을 개항시켰고, 러시아는 얼지 않는 항구를 확보하기 위해 만주를 떠올렸다. 유럽에서 배운 군사력으로 무장한 일본은 조선을 대륙 침략의 발판으로 노렸다.

고종이 친정을 하면서 민씨 정권이 들어서자 외교 교섭을 위해 부산에 파견된 모리야마는 밀정을 풀어서 모은 정보를 외무성에 있는 상관에게 보고했다.

"세계 열강이 각축전을 벌이며 조선을 노리고 있습니다. 속히 우리가 주도권을 잡아야 합니다. 대원군보다 고종이 집권하는 쪽이 우리에게는 훨씬 유리합니다."

"조선의 국방 상태는 어떤가?"

"조선은 다행스럽게도 무보다 문을 숭상하는 나라로 외침에 대한 뚜렷한 방비책이 없어 보입니다. 실력 행사를 해서 일단 조선 군대가 대응하는 것을 본 다음 적절한 방법을 쓰면 될 것입니다. 지금 즉시 조선에 도발을 하는 것이 필요합니다."

1875년 가을 일본군 군함 운요호가 서해안 난지도에 도착했다. 먹을 물을 구한다는 구실로 강화도의 초지진 포대까지 접근했다. 접근하지 말라는 명령을 무시하여 조선 군대가 발포하자 운요호에서 신식 대포로 무장한 일본군이 기다렸다는 듯이 맹포격을 했다. 초지진을 물러나면서 사람들을 죽이고 집들을 불태우고 돌아갔다.

"조선군이 발포하여 우리 배가 피해를 당했다. 우리 쪽의 피해가 막심하니 보상을 해야 한다. 강화도에서 회담을 할 것이고 협상에 나서지 않으면 한양으로 진격할 것이다."

1876년 2월 일본은 세 척의 군함과 팔백 명의 군대를 끌고 와 부산 앞바다에서 무력시위를 벌이며 개항 협상을 하자고 요구했다. 20년 전 미국에 의해 군함과 대포로 조약을 맺었던 일본은 이제 조선을 상대로 강제로 조약을 맺었다.

'항구 세 곳을 개항하고 자유로운 해안 측량을 허가할 것, 외교관의 자유로운 여행 허락, 조선의 곡식을 제한 없이 유출할 수 있을 것, 관세를 붙이지 않을 것.' 등의 조약이 체결되었다. 강압적으로 맺어진 불평등조약으로 조선은 인천, 부산, 원산의 세 항구를 개방하고 무방비 상태로 일본을 비롯한 서구 열강의 탐욕 앞에 벌거숭이로 내몰리는 신세가 되었다.

우종수와 함께 원산에 도착한 동이는 처음으로 보는 쪽빛 바다에

할 말을 잃었다. 원산 항구는 대여섯 개의 작은 섬들이 병풍처럼 나지막하게 펼쳐진 아름다운 곳이었다. 마주 보이는 갈마반도에는 붉은 해당화가 무리 지어 피었고 쪽빛 바다를 감싸며 명사십리가 끝없이 이어졌다. 동이가 바다만 쳐다보며 오래도록 아무 말이 없자 우종수가 웃으며 동이의 어깨를 슬쩍 건드렸다.

"바다를 마주 보는 심정이 어떤가?"

"말만 들었지 이렇게 직접 보는 것은 처음입니다. 야, 이건 정말 상상했던 것보다 훨씬 대단한데요?"

"앞으로 이 바다 냄새가 흙냄새처럼 아주 익숙해질 거네. 허허."

그러나 바다의 풍광을 즐기는 것은 오래가지 않았다. 동이는 곧 회오리 폭풍 속에 휘말린 것 같은 어지럼증을 느꼈다. 한적하고 조용한 포구였던 원산은 개항 이후 일본 군함과 각국의 배가 정박하기 시작하더니 점점 상인들과 부농들이 객주에 몰려들어 시끌벅적했다.

외국 상인들은 조선의 객주에 몰려와서 조선 상인을 만나고 물건을 소개받았다. 동이는 외국말을 잘하고 태도가 반듯하여 외국 상인들이 좋아한다는 소문이 퍼지면서 객주 주인들에게 여기저기 불려다니는 처지가 되었다.

원산항 거래의 다섯 중 넷은 일본 상인이고 나머지가 청나라 상인이었다. 일본은 주로 쌀과 콩을 집중적으로 구매하였다. 산더미 같이 쌓아 놓은 식량들이 일본 배에 실려 나갔다. 왠지 동이는 가슴 한 귀퉁이가 허물어지는 것 같이 안타까웠다.

동이는 쌀 한 톨도 소중한 것이고 없는 사람과는 서로 나누어 먹는 것이 인지상정이라는 것만 알고 자랐다. 그러나 개항장에서는 밥 한 그릇에 담긴 소중한 의미는 사라지고 없었다. 그저 돈으로 환산된 물건이 되어 돈의 흐름을 좇아 이리저리 내몰리고 이익을 위해서 눈속임하는 대상이었다. 어리숙한 조선 상인을 상대하는 외국 상인의 눈빛은 물물교환이 아니라 약탈자의 그것이었다. 동이는 무역에 대한 환상이 깡그리 무너지고 말았다.

'농민들이 애써 수확한 쌀이 저렇게 모두 실려 나가면 우리나라 백성은 무얼 먹고 살아야 하는 거지? 어디서 보충할 방도는 있는가? 나라에서는 도대체 이런 상황을 알고 있기는 한 건가?'

동이의 고심을 알 리 없는 우종수는 동이가 객주 주인들과 금세 사귀어 솜씨 있게 일을 해내자 내심 흐뭇했다. 동이가 여기저기 발품을 팔고 다닌 덕분에 꽤 많은 이익을 챙긴 것이다.

"지금 거래는 어떤가? 각국 상인들이 오고 가는 게 대단하네그려."

"일본은 지금 곡물을 엄청나게 사들이고 있습니다. 주로 쌀과 콩을 싸게 들여가서 자기네 쌀에 섞어 유럽에 비싸게 팔기도 하고 노동자들에게 팔기도 한답니다."

"그러면 우리가 앉아서 손해를 보는 꼴이 아닌가? 황해도의 쌀과 콩은 품질이 좋으니 가격을 잘 매겨야 하네."

"초창기에는 객주에 있는 중개인의 손을 거쳐 개항지로 집결되었는데, 지금은 일본 상인들이 개항장에 버티고 앉아서 쌀값을 직접 후

려치고 있습니다."

"눈치 보아서 쌀값을 내리자는 속셈인가?"

"예. 자기들끼리 담합을 하거나 객주 여러 명과 거래를 하여 경쟁을 붙이고 있습니다."

"일본에서는 주로 어떤 물건이 오는가?"

"주로 면포를 영국에서 들여와 시가보다 비싸게 우리에게 넘기고 있습니다. 또 화장품과 보석, 양주 같은 사치품을 들여와 파는데 주로 왕실과 양반들이 소비한다고 합니다. 지금 수입 광목 40마가 쌀 한 가마니와 같은 가격으로 거래됩니다."

일 년 내내 농민들의 수고로 키워 낸 농작물이 기계를 돌려 계속 찍어 낼 수 있는 면직물과 같은 대우를 받는 것이 이해가 되지 않았다. 조선의 쌀이 헐값으로 나가는 대신 값싼 면직물과 공산품이 대량으로 들어왔다. 수입 옥양목은 결이 좋고 광택이 있어 보기는 좋으나 질기지는 못했다. 그러나 양반네들이 귀한 사치품으로 여기며 너도 나도 사들이고 유행이 되면서 투박하지만 질긴 조선 면직물이 헐값으로 밀리게 되었다.

농사짓는 틈틈이 일해서 집안 살림에 보태던 부녀자들의 부업거리가 설 자리를 잃었다. 조선의 전통 수공업이 몰려오는 수입품 등쌀에 하나둘 힘없이 무너졌다.

여러 달 동안 고향에 다녀온 동이가 친분이 있던 객주를 찾아가니 사람들이 북적거리던 모습이 웬일인지 예전 같지가 않았다. 주인이 울상을 하고 하소연하였다.

"이젠 객주가 아주 망하게 생겼네. 외국 상인들이 발길을 뚝 끊고 이제 자기네가 직접 내륙 상인들과 거래하겠다고 설치고 있네. 그뿐인가? 이젠 법으로 금지하는 물건까지 거리낌 없이 팔고 있네."

제법 호황을 누리던 객주가 한 집 두 집 무너졌다. 정부는 객주에게 수출입 무역의 유통권을 보증하며 밀무역을 단속하게 했으나, 일본 정부가 조약에 저촉된다고 항의해 곧 철폐하였다.

객주들은 경쟁에서 밀리자 원산상회소라는 조합을 설립하여 자구책 마련에 나섰다. 하지만 거세게 밀고 들어오는 일본 자본의 힘을 조합의 힘으로 막기에는 역부족이었다. 동이가 회원들이 모인 원산상회소에 가니 모두들 울분을 토하기에 바빴다.

"요즘 일본인 상인들이 정미소까지 세워 쌀을 도정하여 싣고 간다는구먼. 망한 정미소가 한두 집이 아닐세."

"그뿐인 줄 아나? 고리대금업자들이 판을 친다네. 웬만한 조선 상인들이 죄다 그놈들에게 빚을 지고 있는 형편이여. 목이 좋은 곳을 돌아다니며 땅까지 사들이고 있다네."

일본인 농장주들은 조선인 소작인들을 부려 쌀을 생산해서 일본으로 실어 갔다. 봄이 되면 곡물의 가격을 마음대로 조절하여 조선인 지주들이 맥없이 일본인 농장주들의 하수인이 될 판이었다. 우종수의 집에 마을 사람들이 몰려와서 식량을 구할 수 없다고 하소연했다.

"쌀값이 너무 올라 도무지 사 먹을 수 없고, 그나마 쌀을 구하기가 하늘의 별따기입니다. 우리 농민들은 다 굶어 죽을 판입니다요."

"농민들이 항구로 몰려가 하루벌이 일꾼이 되고 있습니다. 아예 압록강과 두만강을 넘어가 땅을 개간하겠다는 사람들도 있구요."

이태에 걸쳐 대흉작을 겪은 일본 정부는 조선 농민들에게 고리채 돈을 빌려주고 추수미를 실어 갔다. 타들어 가는 논밭의 사정은 조선도 마찬가지였다. 흉작으로 들판에 마른 내가 퍼지고, 메마른 갈퀴손으로 흙을 헤집다가 죽은 사람의 시체를 짐승들이 노린다는 흉한 소문이 돌아다녔다. 일곱 배가 넘게 쌀값이 오르고, 나라에는 굶어 죽는 백성을 구휼할 쌀도 없었다.

그나마 콩이 소출이 있어 가느다란 희망줄이었으나 이것도 봄에 미리 선금을 치른 일본 상인에게 그대로 넘어갔다. 굶주림에 지친 사람들의 원망스러운 눈길이 일본 상선에 쌓인 쌀가마와 콩자루에 머물 무렵 대책에 골몰하던 함경도 관찰사 조병식에게 귀가 솔깃할 만한 소식이 들려왔다.

"여섯 해 전에 민영목 나리와 일본 공사가 체결한 조일통상조약에 의거해 황해도에서는 방곡령을 실시하고 있답니다."

"그래? 조약에 어떤 내용이 있는가?"

"천재 등으로 식량이 부족할 때에 방곡령을 내릴 수 있다 합니다."

"우리도 원산항을 통해 일본에 수출되는 콩의 유출을 금지하겠다. 한 달 전에 공시해야 한다는 조항이 있다니 당장 9월 1일에 예고하고, 10월 1일부터 방곡령을 실시하라.”

그러나 일본은 공시 기간이 한 달이 되지 않았다며 일본 상인들에게 끼친 피해를 배상하라고 터무니 없는 주장을 하고 나섰다. 일본이 요구한 금액은 10원이 쌀 한 가마인 시가로 14만여 원(현 시가 150억)이었다. 조정은 일본의 항의에 맥없이 굴복하여 조병식을 3개월간 감봉 조치하고 강원도로 보냈다.

새로 부임한 함경도 관찰사 한장석 역시 방곡령을 실시했고 일본은 배상금 17만 원을 요구했다. 일본이 군함까지 몰고 와 위협을 하자 조선 조정은 일본과 협상을 통해 11만 원으로 줄여 청나라에 빚을 내어 배상금을 갚고 방곡령을 해제하였다.

우종수는 개항 초창기에 제법 벌어 놓은 돈이 다시 맥없이 빠져나갈 지경이 되어서야 동이의 말을 듣고 원산에 있는 점포를 철수했다. 이제는 쌀을 파는 게 아니라 전쟁을 치르는 기분이고 하루하루 외국 상인들을 대하기에 피가 말랐다. 장사를 하는 것이 아니라 돈을 무기로 하여 약탈을 하려고 드니 당할 재간이 없었다.

“자네 말대로 이쯤에서 물러나는 것이 옳겠네.”

“잘하셨습니다. 더 이상 도와 드리지 못해서 죄송합니다.”

“아니네. 그나마 자네 덕분에 손해 안 보고 이 정도에서 그만두게 되어 다행이라고 생각하네.”

“기계로 만드는 공산품과 일 년 농사지은 곡물을 맞바꾸는 게 우리

숨통을 막는 짓입니다. 다른 나라에 의지하는 습관도 버려야 합니다. 병자년 개항 이후 관세 없이 7년을 보내고 이제 해관이 생기니까 총세무사의 임명권이 청나라에 넘어갔습니다."

"해관이 청나라로 넘어갔다니?"

"개항 때에는 뭘 모르는 상황이라 세금 없는 무역을 하였고, 7년이 지나서야 청나라에 의지해 해관을 만들다가 그들이 원산해관을 운영하는 지경입니다."

"허허, 참. 이제 나라 꼴이 어찌 되려고?"

"우리도 제 나라 주인다운 처신을 하고, 밀려드는 외국과 계약을 하려면 국제법을 알아야 합니다. 예전에 역관이셨던 친척집에서 세계지도를 본 적이 있습니다. 조선은 여러 나라가 언제든 자기네 이익을 위해 사다리나 지렛대로 이용할 만한 곳입니다. 야무지게 우리 힘을 기르면서 주변 나라를 설득해 한 나라도 내치지 말고 다독거리고, 함께 잘 사는 방법을 꾀하면 좋을 것입니다."

준비 없이 시작된 개항은 계속되는 회오리를 몰고 왔다. 청나라와 일본의 간섭에 조정이 분열해 개화파와 수구파로 대립하였다. 신식 군대를 우대하고 구식 군대의 월급을 미루다가 임오군란이 일어나자 청국 군대를 불러들여 겨우 막았고, 개화파에 의해 갑신정변이 일어나자 일본에 터무니없는 배상금을 물어 주었다. 외국 무기 구입비며 해외사절단 파견비와 배상금이 모두 백성이 갚아야 할 몫이 되었다.

나라는 백성들의 충성을 명분으로 하여 권세를 누렸으나 백성들을 먹이지도 못하고 그들에게 베풀지도 못하였다. 희생만을 요구하는 나라와 열강의 제국주의 사이에서 백성들만 죽어 나갔다.

우종수는 재산을 지키는 데 전에 없이 고심하느라 몇 년 사이에 부쩍 늙은 모습이었다. 몇 년을 개항장에서 노심초사하다가 머리가 새하얀 초로의 늙은이가 되었다. 몇 년간 동이의 사람됨을 지켜보고 흡족하게 여긴 우종수가 딸과 혼인시키려 했으나 동이는 웃음으로 넘기며 사양을 했다.

"제가 많이 부족합니다."

"또 그 소리. 이제 자네 마음을 알았으니 없던 일로 하겠네. 그나저나 자네에게 줄 몫은 땅으로 주겠다고 했던 것을 기억하는가?"

"예."

"자네를 사위로 맞을 생각에 한 말이었네. 자네 몫으로 된 땅의 계약서를 써 줄 터이니 가져가게."

원산학사에서 동이에게 중국어 교사로 오라는 요청이 왔다. 밀려들어 오는 외세에 대항하기 위해 뜻을 모은 사람들이 자발적으로 나서서 성금을 모아 설립한 학교였다. 동이는 방학이 되면 해주에 있는 수연의 집을 찾아가서 동학 도인들과 함께 수련을 하였다. 그곳에서 외삼촌 준기가 장연에 한약방을 차렸다는 소식을 들었다.

스승 백사길이 처형당하고 난 후 준기는 세상을 바람처럼 떠돌았다. 수많은 사람들과 만나고 헤어졌다. 만나는 사람들에게 자기 이

름은 임종현이라고 했다. 아비의 이름으로 그가 못다 한 삶을 살기로
했다. 눈에 보이는 풍경들을 차곡차곡 마음에 담았다. 여러 번의 봄
이 지나갔다. 압록강이 흐르는 마을까지 올라가서 중국 접경 지역까
지 둘러본 다음에야 남쪽을 향해 발길을 돌렸다.

압록강의 지류인 삼교천이 흐르는 평안도 구성은 짙푸르게 우거
진 나무숲이 호수에 그대로 비치는 아름다운 마을이었다. 정자에 앉
아 땀을 식히고 있는 나그네에게 노인들이 마을에 생일잔치가 있으
니 함께 가자고 권했다. 인정 많은 동네였다. 준기는 음식을 먹다가
그 집 안주인이 며칠 전부터 속이 불편하다고 하더니 기어이 앓아누
웠다는 이야기를 들었다.

"제가 좀 뵈어도 되겠습니까?"

안내를 받아 방 안으로 들어가니 수염이 하얀 노인이 꼿꼿한 자세
로 앉아 안주인을 돌보고 있었다. 핏기 없는 얼굴로 누워 있던 안주
인이 힘없는 표정으로 살포시 눈을 떴다.

"언제부터 이렇게 불편하게 되셨지요?"

"아픈 지 한 닷새 정도 된 것 같소."

안색을 살펴보니 얼굴에 누런빛이 돌아 소화 기능이 약하다는 생
각이 들었다. 침을 놓고 몇 가지 처방을 하고 나오는데 노인이 불렀
다. 조카가 의원인데 중국으로 건너갔다가 돌아올 때가 되었으니 며
칠 묵고 있다가 만나고 가라는 것이었다.

안주인은 사흘이 지나자 자리를 털고 일어났다. 바지런하고 솜씨

좋은 안주인은 자기를 낮게 해 준 고마운 나그네에게 무언가 해 먹이고 싶어했다. 이른 봄 새 풀이 돋아나기 전 강가에서 잡아 항아리에 절여 두었다가 밥반찬으로 먹는 갈게가 별미였다. 호박멸치찌개며 옥수수로 만든 올챙이국수, 메밀에 느릅나무 가루를 섞어 만든 느릅쟁이국수, 담백한 동치미도 고향 생각을 잊게 해 주었다.

노인의 조카가 중국에서 돌아왔다는 기별이 와서 한약방을 찾아갔다. 안으로 들어가다가 마악 문밖으로 나서려는 처자와 마주쳤다. 고개를 숙이며 비켜서는 처자의 고운 눈썹을 보는 순간 준기의 가슴이 마구잡이로 두방망이질했다.

뜻밖에도 조카라는 사람은 마당에서 소와 씨름을 하고 있었다. 흙투성이 손을 쓱쓱 바지에 문지르고 나서 준기와 반갑게 악수를 하더니 소부터 가리켰다.

"이웃집 소가 병을 한다고 하여 데리고 왔네."

"이 소가 그런 소입니까? 그런데 왜…?"

병든 소를 데리고 왔다는 말에 영문을 몰라 어리둥절한 준기를 보며 김자명은 걸걸한 목소리로 시원하게 웃어 젖혔다.

"하하, 병든 원인을 알려면 들여다보고 연구를 해야 하지 않겠나? 병든 소 때문에 울상 짓는 사람들 근심도 덜어 주고 말이야."

"의원은 사람만 고치는 줄 알았는데 이것 참 놀랍습니다."

"소도 산 생명이니 아픈 곳을 고쳐 주어야 하지 않겠나! 그리고 이렇게 고쳐 놓아야 나중에 다른 소들도 살릴 수 있는 방도가 생길 것이고….”

　김자명은 중국 사람에게 의술을 배운 사람으로 타고난 천성이 호탕했다. 심부름하는 일부터 차근차근 시키더니 얼마 지나지 않아 준기의 재능을 알아보고는 본격적으로 의술을 가르쳤다. 며칠 후 의술을 배우는 사람들 틈에서 처자를 발견한 준기는 또 한 번 깜짝 놀랐다. 김자명이 여자들의 병을 고쳐 보라고 딸 연화에게 의술 배우기를 권했던 것이다.

　“종현이 자네는 나와 함께 우리 한약방에서 세상의 병이라는 병들은 다 고쳐 보도록 하세.”

　다른 마을에서와는 달리 김자명의 약방에서는 오래 머물게 되었다. 한약방에는 병을 고치러 온 사람뿐만 아니라 의술을 배우러 오는 사람들이 수시로 들락거려 붐볐으나 김자명이 세워 놓은 관문을 넘지 못해 대부분 고개를 흔들며 떠났다.

　함박눈이 펑펑 내리는 한겨울 어느 날 온몸이 상처투성인데다 여기저기 고름이 잡힌 행려병자가 거적때기에 실려 들어왔다. 김자명은 견습하는 사람들을 마당으로 불러내어 환자를 돌볼 사람을 찾았다. 환자의 역한 냄새에 모두들 고개를 돌리고 있는데 준기가 조용히 손을 들었다. 사람들이 대놓고 조롱하였다.

　“널브러진 형상을 보니 다 죽었구먼, 뭐.”

　“보아하니 나이 많은 늙은이라 화타가 살아서 돌아온다 해도 못 고칠 거네.”

김자명이 다시 한 번 준기에게 다짐하듯 물었다.

"자네가 할 수 있다 했는가?

"예, 제가 돌보아 주고 싶습니다."

모두들 자리로 돌아가자 처음부터 이 광경을 보고 있던 연화가 자기도 돌보겠다고 나섰다. 김자명은 잠시 연화의 눈을 들여다보더니 고개를 끄덕이며 허락했다.

"그러면 너희 둘은 당분간 저 환자에게 전념하도록 해라. 나는 환자를 돌볼 방을 준비하라 일러야겠다."

준기는 자기를 도와주려고 나선 연화가 고맙기도 하고 미안하기도 하였으나 말은 웬일인지 퉁명스럽게 나갔다.

"어찌 이리 힘든 일을 하겠다고 자처하고 나섰습니까?"

"그건 바로 제가 묻고 싶은 말입니다."

"환자가 버림받을 것이 안타까워서 그랬소."

"저도 그랬습니다. 자, 이럴 것이 아니라 어서 환자를…."

연화는 활달하게 팔을 걷어붙이고 나섰다. 우선 환자를 씻기고 옷부터 갈아입히기로 했다. 환자는 움직일 때마다 고통스러운 표정으로 외마디 비명을 질러 댔다.

호기롭게 나섰지만 채 하루도 지나지 않아 준기는 슬슬 걱정이 되기 시작했다. 상처를 살피면 살필수록 상태가 심상치 않았다. 무엇보다 환자의 마음이 문제였다. 병이 나으면 좋겠다는 생각은커녕 얼른 죽게 놔두라며 걸핏하면 욕설을 내뱉었다. 세상에 대한 원망으로 몸도 마음도 거칠어진 상태였다. 준기는 그것을 살려 달라는 비명으로 알아들었다.

자신 없어지는 마음을 다잡으며 환자의 몸을 살폈다. 연화가 지켜보고 있으니 더욱 이를 악물고 견뎌야 했다. 쉽게 호전되지는 않았으나 환자의 얼굴이며 몸이 차츰 하루가 다르게 깨끗해졌다. 준기와 연화가 변함없이 정성을 기울이자 환자는 서서히 마음을 열기 시작했다. 원망하는 마음을 누그러뜨리고 두 사람의 손길에 온전히 몸을 내맡기자 병세가 나아지는 듯했다.

그러나 오래 살지는 못했다. 병의 뿌리가 이미 골수까지 자리 잡고 있었다. 이승에다 고단한 몸을 부리고 떠나기 전날 병든 노인은 준기에게 어눌하지만 희미하게 말을 했다. 입술을 달싹거리는 것을 본 준기가 얼른 환자의 입에 귀를 가져갔다.

"고… 고맙소."

처음으로 웃는 모습을 보인 환자의 눈에 한 줄기 눈물이 주르르 흘렀다. 환자의 하얀 옷 위에도 준기의 눈물방울이 번졌다. 약을 들고 들어오던 연화도 눈시울을 붉혔다. 다음 날 한약방 사람들은 눈 덮인 하얀 산 중턱에 노인을 묻고 돌아왔다.

며칠 후 김자명이 자기 방으로 준기를 불렀다. 방에는 갖가지 의학서와 약 항아리며 도구들이 잔뜩 쌓여 있었다.

"수고 많았네. 어려운 환자를 맡아서 맘고생이 심했겠지. 그동안 환자를 돌보며 무슨 생각을 했는가?"

"그저 더 잘 보살피지 못해 송구할 뿐입니다. 제가 얼마나 환자의 몸과 마음을 헤아렸는지 모르겠습니다. 더 잘 치료할 방도는 없었는지 마음에 걸립니다."

"그만하면 되었네. 큰 공부 했다고 생각하고 간 사람은 빨리 잊게."

"예."

"한학에 조예가 있는 사촌을 부를 것이니 연화와 함께 이 방에 있는 의학서를 공부하도록 하게."

집에 있는 책들을 모두 읽게 되는 데 일 년이 걸린 것은 그나마 실력이 출중한 한학자의 가르침과 연화가 있어 가능했던 일이었다. 아픈 환자를 돌본 경험과 책에서 읽은 것이 씨실과 날실로 짜여져 체계가 잡히고 자신감이 생겼다.

김자명은 환자가 오면 우선 준기에게 초진을 하게 하였고 반년 후에는 아예 진료를 맡기고 뒤에서 살피기만 했다. 조금 떨어진 뒷방에서 연화는 부녀자들의 병을 맡았다.

준기의 눈이 늘 연화를 향하고 있고 연화의 마음이 준기에게 있다는 것을 안 김자명은 좋은 날을 잡아 딸의 혼례를 올리도록 주선했고 마을 사람들의 떠들썩한 축하 속에서 동네 잔치를 벌였다. 세상의 시름을 잊을 정도로 한가하고 행복한 날들이었다.

강계 북천루 근처에서 이름을 알 수 없는 전도자로부터 동학을 전해 받았다는 사람들을 만났다. 그곳에서 황해도 장연에 산다는 정량이라는 사람도 만나 강원도 인제에서 해월이 비밀리에 간행했다는 『동경대전』의 필사본을 보았다. 마을에 있는 천마산에서 여름 내내 그들과 수행을 함께한 후 준기는 동네 아이들을 데리고 검무를 가르치기 시작했다.

새벽안개가 막 걷히는 아침과 해가 뉘엿뉘엿 넘어가는 저녁 무렵 호숫가 근방에서 준기는 아이들과 함께 칼춤을 추고 뜀박질도 하였다. 서로 맞절을 하고 심고를 하면 아이들은 해를 향하여 앉고는 으레 눈을 감았다. 처음에는 꿈지락거리고 몸을 비틀던 아이들이 서너 살 위의 형들을 흉내 내면서 차분해지기 시작했다.

준기가 만든 나무칼을 가지고 친구들과 칼놀이를 하는 아이도 있었고 그저 칼을 들고 한참씩 뛰어다니는 아이도 있었다. 아이들이 놀다 서서히 지칠 무렵이 되면 준기는 아이들 앞에서 칼춤을 추었다. 유난히 호기심이 많은 연화의 조카 정삼은 제 키만한 나무칼을 들고 한 동작 두 동작 춤을 따라 했다.

무자년(1888)이 지나고 기축년(1889)에도 대흉작과 수재가 조선을 휩쓸었다. 도적이 횡행하고 백성들에게 우환이 겹치면서 전국 각지에서 민란이 끊임없이 일어났다. 그 와중에 민비의 권문에 10만 냥을 상납해야만 대과에 급제할 수 있다는 말이 떠돌고, 왕실 연등놀이에 외국 돈을 빌려 80만 냥을 썼다는 소문까지 나돌았다. 조선의 민씨정권은 허울뿐인 흉한 모습을 감추기도 힘겨웠다.

준기는 그해 봄 장인의 권유로 황해도 장연에 한약방을 열었다.

"장연에 사는 의원이 연로하여 한약방을 내놓는다고 하네. 쓸 만한 사람이 이어받으면 좋겠다는 편지가 와서 자네를 추천했네. 망설일 게 뭐가 있겠는가? 어서 떠날 채비를 하게."

환자를 잘 돌본다는 소문이 한약방을 이어받을 의원보다 먼저 도착했다. 준기는 약방의 이름을 '종현한약방'이라고 내걸었다. 야트막한 야산을 끼고 있는 넓은 터에 큼지막하게 자리 잡은 한약방이 전 주인의 배포가 얼마나 컸는지를 짐작하게 했다. 조선 천지에는 아픈 사람만 있는 것인지 한약방에 환자가 줄을 이었다. 연화는 여자들의 병을 고치는 중에도 틈틈이 드나드는 사람들에게 넉넉히 베풀었다. 일찌감치 아버지 제자들 틈에서 의술을 배운 연화는 틈틈이 동네 여자들을 모아 가르치기 시작했다.

평안도 구성 근처 천마산에서 함께 수련했던 정량이 소식을 듣고 찾아와 반가운 해후를 했다. 고향인 장연에서 동학을 포교하여 도인들과 수련 모임을 이끌고 있던 정량에게 준기는 한약방 옆에 새로 지은 기와집의 별채를 내어 주었다. 그즈음 동이가 찾아와 수연의 소식을 전했다. 경상도에서 올라온 동학 도인의 아들과 결혼을 했고 남편이 병약하여 곧 죽었다는 얘기며, 혼자몸이 된 뒤에는 친정에 들어가 연약한 올케를 도와 조카를 키우면서 수행에 전념한다는 것이었다.

5장/ 아기 접주가 된 소년

"의원님, 제발 덕분에 제 남편 좀 살려 주십시오."

약방을 연 그해 가을, 추수가 끝나고 시나브로 선선한 바람이 불던 어느 날, 기골이 장대한 사내가 아내의 부축을 받으며 준기의 한약방을 찾아왔다. 남편을 부축하느라 얼굴에 땀이 송글송글 맺힌 부인은 반신불수가 된 남편의 병을 고치느라 집도 팔아 버리고 허드렛일로 품을 팔면서 유명한 의원을 찾아다녔다고 했다.

"여기까지 모시고 오느라 고생하셨습니다."

준기는 먼저 환자의 성명과 나이를 물어 제자에게 받아 적게 하고 문진을 시작했다. 다행히도 환자와 직접 이야기를 수월하게 주고받을 수 있었다. 김순영이라는 사내는 나이 마흔셋에 아들 하나를 두었으며, 이렇게 아프기 전에는 건강 하나만은 자신하고 살아왔다고 했다.

"언제부터 마비가 왔습니까?"

"한 아홉 달 되었습니다. 갑자기 온몸이 굳어지는 바람에 꼼짝없이 방 안에 누워서 집으로 의원을 불러 치료하였지요. 간신히 몸의 반쪽이 회복되었는데 이제 몸을 마저 낫게 해 줄 의원을 찾기 위해 집도 팔아 버리고 이렇게 다니는 중입니다."

순영의 굳어진 몸을 꼼꼼히 들여다본 준기는 백회와 풍지, 그리고 견정혈에 침을 놓았다. 준기의 아들 수진이가 혈을 배우느라 아버지의 조수 역할을 하며 도왔다. 준기는 곡지와 합곡, 족삼리에 침을 더 놓았다.

"침으로 치료하면서 약을 꾸준히 드셔야 합니다. 시간이 걸리는 병이니까 마음을 느긋하게 먹으면서 치료하는 것이 좋겠습니다. 이 병은 무엇보다 맘 편히 먹고 화를 내지 않는 게 제일입니다."

"에그, 안 그래도 우리 애아버지 성격이 보통이 아닌데…. 당신 이제 병 고치려면 화내시면 절대 안 되겠네요."

"아니, 뭐라고? 내 성격이 어디가 어떻다고 그러는가? 어흠…."

순영은 욱하는 성격에 금세 눈을 부라리다가 아차 싶어 얼른 뒤를 얼버무렸다. 워낙 기개가 있고 거리낌이 없는 성격이었다. 강한 자가 약한 자를 업신여기는 것, 특히 양반이 자신을 함부로 하는 것을 못 보아 넘겼다.

준기는 혈을 보하는 사물탕에 담을 제거하는 죽력과 백개자를 넣어 복용하도록 했다. 부인 곽낙원은 약방에서 멀지 않은 집에서 밥 짓는 것을 거들면서 숙식을 해결하고 있다며 한결 편안해진 얼굴로 남편을 부축하여 돌아갔다.

며칠 후에는 덩치가 아버지만큼 커다란 아들 창암이가 순영을 거들어 부축하며 함께 약방에 왔다. 열다섯 또래보다 나이가 들어 보이며 조숙하고 순진한 인상이었다.

"친척 집에 맡겨 놓았던 우리 아들이 부모가 보고 싶다고 이렇게 무작정 찾아왔답니다."

"네가 서당에 다니고 싶어 한다는 바로 그 아이로구나. 아버지가 점점 좋아지시니 머지않아 서당에 가게 될 거다."

"예? 언제 아버지가 집에 갈 수 있나요?"

"그래, 빨리 그렇게 되도록 해야지. 그런데 서당을 열심히 다닌 후엔 무엇이 되려 하는고?"

"과거 시험을 보려고 합니다."

"그래? 그리 마음먹었으면 열심히 한번 해 보게. 뚝심 있게 생겼으니 다부지게 잘할 것이네."

몰락한 양반 가문으로 황해도 산골로 숨어들어 온 이후 교육을 못 받아 대대로 천민 취급 받던 가문에서 태어나, 동네 양반인 강 씨나 이 씨에게 천시를 받는 아버지를 보고 자라며 개구쟁이 노릇을 했던 창암은 우연한 기회에 집안 어른들의 이야기를 듣고 크게 충격을 받았다.

집안 할아버지가 새 사돈을 만나려고 밤중에 갓을 쓰고 나갔다가 이웃 동네 양반에게 들켜 갓을 찢기는 수모를 당하고 다시는 못 쓰게 되었다는 것이었다.

"어째서 그 집 사람들은 양반이 되고 우리는 상놈이 되었나요?"

"강 씨나 이 씨가 조상은 우리보다 못하지만, 현재 진사가 세 사람이나 있지 않느냐?"

"어떻게 하면 진사가 되는데요?"

"학문을 연마하여 과거에 급제하면 되는 것이다."

"그럼, 저 서당에 보내 주세요."

창암은 그날로 아버지를 조르기 시작했다. 동네에 서당이 없어 다른 동네 양반 서당에 보내야 하는데 상놈을 받지도 않거니와 받아 주더라도 멸시를 당할 것을 잘 아는 순영은 며칠을 고민하였다. 결국 집안 아이들과 동네 아이 몇 명을 모아 서당을 꾸리고 인근의 생원을 불러 공부를 시켰다. 몇 번 선생을 바꾸며 공부를 시키던 중 순영은 갑자기 온몸에 마비가 오는 전신불수가 와 창암을 친척 집에 맡기고 전전하는 처지가 되었다.

준기는 듬직한데다가 가끔 속 깊은 소리를 하는 창암이 남 같지 않고 정이 가서 가끔 창암이 가족을 안채로 불러 밥을 먹게 했다. 그렇지 않아도 준기의 커다란 기와집에는 늘 손님들이 북적거리는 형편이라 밥을 먹을 때 창암이 가족이 스스럼없이 끼어도 어색하지 않을 지경이었다.

김순영은 한 달 남짓 치료를 받고 거지반 몸을 추스르게 되어서야 고향인 해주 텃골로 돌아갔다. 고향 친척들이 추렴하여 겨우 살 곳을 마련하였다. 소원대로 서당을 다니다가 큰어머니와 재종남매 간인 선비에게 수강료 없이 두 해를 더 공부한 창암은 선생의 권유로 1892년 해주 관아에서 열리는 경과시험을 보게 되었다.

창암은 아버지가 어렵게 구해 온 장지 다섯 장이 온통 까맣게 되도록 연습을 하고 먹을 양식으로 좁쌀 등짐을 지고 선생과 함께 해주로 갔다.

해주 관아에 도착하니 관찰사가 집무를 하는 선화당 옆 관풍각 주변이 과거장이었다. 사방으로 새끼줄을 두른 시험장 문이 열리자 큰 종이우산을 들고 도포를 입고 유건을 쓴 선비들이 좋은 자리를 먼저 잡으려고 힘 있는 자를 앞세워 떼 지어 밀려들어 갔다. 깃발을 앞세워 무리를 지어 가며 서로 좋은 자리를 차지하려고 아우성이었다. 합격을 하게 해 달라고 누군가에게 울부짖으며 애원하는 늙은 선비도 있었다. 그러나 더 놀라운 것은 글 잘하는 선비에게 부탁하여 과거를 보는 행태였다. 그러나 그것은 약과였다.

서울의 권문세가에 부탁 편지하였다고 합격을 자신하는 사람과 감독관의 수청 기생에게 좋은 비단을 몇 필 선물하였으니 틀림없이 붙는다는 사람, 글도 모르는 부자가 큰선비에게 몇 천 냥 주고 글을 사서 급제하여 진사가 되었다는 얘기까지 들었다. 창암은 불쾌하고 비관적인 생각이 치밀었다.

'도대체 이따위 과거가 무슨 필요가 있으며 무슨 가치가 있단 말인가? 선비가 되는 유일한 통로인 과거장 꼬락서니가 이 모양이니 내가 아무리 학문에 능통해도 결국 과거장 대서업자밖에 더 되겠는가?'

집에 온 창암은 아버지와 상의하고 서당 공부를 그만두기로 했다. 순영도 아들에게 차라리 풍수나 관상 공부를 해 보라고 권했다. 그런데 마음을 잡고 『마의상서』를 공부하면서 자신의 얼굴을 들여다보던 창암은 그만 점점 더 비관에 빠지고 말았다.

"어머니, 관상책을 보니 이것 참 큰일입니다. 어떻게 하면 좋습니까?"

"왜? 무슨 일인고?"

"책을 보니 어째 제 얼굴에는 좋은 상은 하나도 없고 가난하고 흉한 상만 있습니다."

"하이고, 네 얼굴이 어디가 어때서 그러냐? 내 보기엔 두둑하니 복이 많아 보이는구먼. 잘 좀 들여다보고 좋은 상도 한번 찾아보거라."

실망하여 속을 끓이던 창암은 결국 책 속에서 마음에 드는 구절을 발견하여 얼굴 좋은 사람보다 마음 좋은 사람이 되겠다고 결심했다.

얼굴 좋은 것이 몸 좋은 것만 못하고(相好不如身好)
몸 좋은 것이 마음 좋은 것만 못하다(身好不如心好)

열일곱의 나이로 친척 아이들의 훈장 일을 하며 지내던 창암은 병서를 읽으며 마음에 드는 구절들을 벽에 붙여 놓고 틈이 날 때마다 큰 소리로 낭송하였다.

'태산이 앞에서 무너져도 마음은 흔들리지 않는다.
병사들과 더불어 고락을 함께한다.
나아가고 물러섬을 호랑이와 같이 한다.

적을 알고 나를 알면 백 번 싸워도 지지 않는다.'

그즈음 사방에서 정 도령이 계룡산에 도읍을 정하고 나라를 다스릴 것이니 나라가 망할 것이라는 얘기며, 짐을 싸서 아예 계룡산으로 들어가는 사람까지 있다는 소문이 돌았다.

"창암아, 너 얘기 들었나? 동학에 입도하여 공부하는 최유현과 오응선이라는 사람이 도술을 부린다는 소문 말이야. 방에 드나들 때에는 문을 여닫지도 않고 갑자기 나타났다 사라진다는구먼."

"예? 그런 사람들이 있나요?"

"그뿐인가. 공중으로 걸어 다니기도 한대. 그 스승인 최 선생도 하룻밤 사이에 충청도에서 경상도를 왔다 갔다 한다고 하던데."

한번 찾아가 보겠다고 마음먹은 창암은 열여덟이 되던 계사년 정초에 집에서 20리 떨어진 갯골 오응선 집에 찾아갔다. 고기를 금하고 목욕재계하는 것은 물론이며 새 옷을 입고 가야 한다는 말에 창암은 어머니가 새로 해 주신 옥색 도포에 띠까지 둘렀다.

담 너머로 글 읽는 소리가 들리는 집에 도착하여 주인을 찾으니 양반 차림을 한 스무 살 남짓한 선비가 나와 창암을 맞았다. 방으로 들어가 절을 하자 오응선도 공손히 맞절을 하였다. 양반에게 절을 받아 본 적이 없는 창암은 당황하여 얼굴이 붉게 달아올랐다.

"도령은 어디서 오시었소?"

"저는 텃골에서 사는 김창암입니다. 그런데 양반이신 분이 어찌 저

같은 아이에게 절을 하고 높임말을 쓰시는가요?"

"저는 동학 도인이기 때문에 빈부귀천으로 사람을 대하지 않습니다. 저의 스승은 모든 사람이 하늘을 모시고 있으니 평등하다고 하시는 분입니다. 사람만이 아닙니다. 천지 만물을 모두 귀하게 알고 공경하라 하십니다. 실제로 풀 한 포기와 흙 한 줌도 그리 여기시는 분이구요."

창암은 하늘 공경이라는 소리는 들어 봤어도 자기처럼 머리를 땋은 천민 아이까지 귀하게 대접한다는 소리는 금시초문이었다. 동네 양반들에게 아버지가 하대를 당하는 서러움을 보고 자란 창암은 마치 별세계에 온 기분이 들었다.

"저는 동학이 무언지 잘 모르고 찾아온 사람입니다. 동학이 무엇인가요?"

"수운 대선생이 경주에 있는 용담에서 천도를 깨달아 밝히신 것입니다. 우리 땅에서 만들어진 우리의 도이지요. 한울님을 몸에 모시고 천도를 행하자는 것이 동학입니다. 수운 선생은 3년 동안 활동하시다가 순도하셨고, 이제는 해월 최시형 선생이 법통을 이어받아 30년 넘게 포교 중입니다. 타락한 세상에 올바르게 사는 도리를 실천하며 새 나라를 만들자는 것이 그분 생각입니다."

"저도 과거장의 부정을 눈앞에서 똑똑히 본 터라 진즉에 세상이 변해야 한다고 생각했습니다. 관상 공부하면서 마음 좋은 사람이 되기를 맹세했구요. 이제 동학을 받아들여 실천을 잘하면 그리될 것 같습니다.”

창암은 방에 있던 『동경대전』을 읽기 시작했다. 수운이 순도한 후 도통을 이어받은 해월이 스승의 말을 엮어 간행한 책이라고 했다. 「팔편가사」와 「궁을가」에도 관심을 보이자 오응선은 고모 수연이 수련하고 있는 방으로 창암을 데리고 갔다.

“어린 도령이 동학 책을 열심히 본다니 참으로 반가운 일이네.”

“제가 경전에 대해서 말씀을 여쭤도 되나요?”

“내가 아는 한 열심히 대답해 주겠네. 어서 말해 보게.”

“동경대전에서 말하는 한울님이 무엇입니까?”

“한울님은 우주 만물 속에 깃들여진 생명의 근원이네. 우리가 지극한 마음으로 수련을 하면 자기 속에 있는 한울과 하나가 되어 마음 속에 모셔져 있는 한울님을 만날 수 있지. 오늘 도령이 읽은 책을 찬찬히 살펴보고 틈틈이 주문을 외우면 그 뜻을 확연하게 알게 될 날이 있을 것이네. 자주 찾아와 책도 읽고 수련도 함께하면 좋겠구먼.”

창암은 열심히 수련하면 좋은 세상이 온다는 생각에 날아갈 듯 가벼운 기분이 되어 집으로 돌아왔다.

“아버지, 오늘 갯골에 사는 오응선이라는 도인을 만나 보니, 동학은 한울님을 모시고 평등한 세상을 펼치는 것이라 합니다. 통천관을 쓴 양반인데도 저를 귀하게 대접하여 함께 맞절을 하고 존댓말까지 하데요. 동학은 사람만이 아니라 풀 한 포기 흙 한 줌도 소중히 여기는 생각을 펼친다고 합니다.”

"동학이 그런 것이라 하더냐? 그렇게만 한다면 어찌 좋은 세상이 오지 않겠느냐?"

오응선의 집에서 입도식을 한 아들을 따라 순영도 동학에 입도하였다. 창암은 동학에 입도하면서 이름을 창수로 바꾸었다(후에 창수에서 김구로 바꿈. 이후는 김구로 표기). 신분과 빈부의 차가 엄격한 사회에서 멸시를 받는 사람의 처지를 잘 아는 김구는 동학이 그대로 천지개벽이었다.

평소 동네 사람들에게 신임을 얻은 김구가 동학 포덕에 나서자 사람들이 모여들었다. 하루는 동네 사람이 불쑥 찾아와 김구의 얼굴이며 몸을 이리저리 살피었다.

"동학을 하면 조화를 부릴 수 있는 재주가 생기던가?"

"악을 멀리하고 선을 행하는 것이 이 도의 조화입니다."

"그래? 소문에 의하면 동학을 하면 보통 사람과 다르다던데 혹시 조화를 감추고 보여주지 않으려는 것은 아니겠지?"

"그렇지 않습니다. 오직 힘써 수양을 할 뿐입니다."

김구가 신통력이 있다는 소문에 황해도는 물론이고 평안도 사람들이 찾아와 김구의 연비(聯臂)는 점점 불어났다. 어린 사람이 많은 연비를 가졌다 하여 '아기 접주'라는 별명이 생겼다.

조선의 산하는 화산이 폭발하기 전에 조용히 끓어오르는 형상과 같았다. 먹고살 길이 없어 굶주린 백성들의 마음이 서서히 분노로 차올랐다. 감당할 수 없도록 불어나는 세금이 버거워 어려움을 호소했으나 농민의 처지를 헤아리는 벼슬아치는 드물었다. 무능한 정치만으로도 힘겨운데 개항으로 일본과 청나라, 그리고 서양의 침탈이 이어지니 살림살이는 더욱 곤궁해졌다. 때마침 괴질까지 돌고 기근과 흉년이 번갈아 왔다.

"세상이 이대로 가서는 안 되는 것 아닌가? 가진 자들의 노략질과 분탕질로 무너져 가는 나라를 바로 세워야 하네."

"백성들이 다 죽어 가도 나라에서는 제대로 해 주는 것이 없구먼…. 깊이 뿌리내린 이 나라의 병폐를 누가 고쳐 낼꼬?"

사람들의 입에서 더 이상 견딜 수 없다는 탄식이 터져 나왔다. 누가 시켜서가 아닌 밑에서부터 올라오는 삶의 몸부림이 가장 낮은 곳에서부터 꿈틀거리며 일어났다. 때마침 동학에 들어가면 굶어 죽지 않고 양반과 상놈 차별 없이 귀하게 여긴다는 말을 들은 사람들이 앞다투어 동학으로 몰려들었다.

"거, 요번에 안골 김 진사가 복동이와 함께 동학 교도가 되지 않았는가! 그런데 말이야, 같이 모여 수련을 하기 전에 서로 맞절을 하고 인사를 하는데 복동이 놈이 그만 상전의 절을 받기가 겸연쩍어서 꽁무니를 빼고 도망을 쳤다지 뭔가!"

동학의 교세는 경상도, 충청도와 전라도 지역으로 점점 펴져 나갔으나 동학 교도에 대한 관의 탄압은 가혹했다. 양반과 상놈의 차별이 없어지는 것은 벼슬아치들이 가진 기득권을 내어놓아야 가능한 엄청난 변혁이었다.

공주에 이어 삼례에서 수운 선생의 억울한 죄를 풀어 달라는 교조 신원과 함께 동학의 침탈을 빙자한 수탈을 중지해 달라는 청원운동이 일어났다. 몰려든 동학 교도의 수에 놀라 전라 감사 이경직은 부당한 수탈은 금하겠다고 약속했으나 동학의 해제는 조정에서 결정할 일이라고 하였다.

1893년 2월 각지에서 모인 동학 도인들이 경복궁 광화문 앞에 엎드려 복합 상소를 올렸다. 그들의 읍소가 인왕산에 울려 퍼진 후 사흘 밤낮이 지나자 임금님의 칙교가 전해졌다.

"각자 집에 돌아가 그 업에 편안하면 소원에 의하여 실시하리라."

안심하고 돌아간 동학교도들은 고향에서 더욱 극심한 탄압을 받아야 했다. 조정에서는 동학도들의 상경을 막지 못한 전라도 관찰사 이경직을 바로 파면하고 주동자들을 잡아들이라는 명을 내렸다.

한 달 뒤에 충청도 보은 장내리에서 도인들은 다시 모였다. 동학의 포교를 승인할 것을 요구하고 '척왜양창의' 깃발을 내걸어 왜와 서양에 휘둘리지 않으며 정의롭게 나갈 것을 밝혔다.

1887년 보은 장내에 중앙 본부인 육임소를 설치하고 해월은 끊임없이 이곳과 청산 문바위골을 오가며 수련과 공부를 지도하여 신앙 공동체를 이루고 동학 교세를 넓히고 있었다. 수운의 순도일에 제사를 지내러 모인 동학 지도자들이 교도들이 겪는 참상을 이야기하며 설득하여 1893년 3월 11일 해월은 각지의 도인들에게 통유문을 보내

교도들을 보은 장내에 집결하게 했다.

3월 11일부터 4월 초까지 전국에서 모인 교도의 숫자는 수만 명에 달했다. 이 집회 중에 포접 조직을 정비하고 시위를 질서 있게 진행하여 동학의 주장을 알리고 결집하는 힘을 길렀다.

늦은 가을 최유현 집에 모여 수련을 하던 동학 도인들에게 동학 교주 해월의 통지문이 도착했다. 황해도 동학 도인이 거느리고 있는 교도들을 보고하라는 내용이었다. 속리산 자락에서 해월을 뵈었다는 최유현과 오응선의 얘기를 들으며 늘 부러워했던 김구는 통지문을 읽자마자 뛸 듯이 기뻤다.

최유현의 넓은 숫을대문 안이 금세 동학도인들의 활기찬 소리로 들썩였다. 맏형 격인 최유현이 서른아홉으로 나이가 많은 편이었고 대부분 한문을 수학하고 유교적 소양을 갖춘 젊은 사람들이었다.

"해월 선생을 만나러 갈 도인을 뽑도록 합시다. 우선 각자의 연비를 파악하여 명단을 정리하고 결정하도록 하지요."

"우리가 해월 선생을 뵙게 되다니요. 얼마나 좋은 기회인지 모르겠습니다."

나이는 어리지만 많은 연비를 둔 김구도 해월을 만나는 열다섯 명에 뽑혔다. 김구는 해월 선생을 만난다는 생각에 과거 급제한 것보다 더 신이 났다. 도인들이 마련해 준 노잣돈으로 갈 채비도 하고 해주 특산물 향먹을 선물로 준비하느라 여러 날 동안 분주했다.

황해도 동학도 열다섯 명은 해월이 있는 충청도로 떠나기 전날 수연의 집에 모였다. 수련하고 있던 도인들과 오랜만에 얼굴을 보는 열다섯 명의 장정들이 한방에 모이자 수도하느라 조용했던 집이 금세 왁자지껄한 잔칫집 분위기가 되었다. 전날부터 와 있던 동이는 외삼촌 준기의 한약방에서 몇 번 본 적이 있는 장연에 사는 정량과 반갑게 인사를 나누었다. 말수가 많지 않고 행동거지에 규범이 있는 정량과는 만나자마자 나이와는 상관없이 친해져서 삼촌과 조카 사이 같은 정을 느꼈다.

"가는 길이 편치만은 않을 것인데 수고가 많겠네. 많이 배우고 오게."

"예, 산천도 구경하고 세상살이도 겪어 보노라면 수련에도 도움이 되려니 하고 단단히 마음먹고 있습니다."

때마침 수연이 도인들의 인사를 받으며 웃으며 들어왔다. 동이는 새삼스레 눈이 부신 얼굴로 수연을 바라보았다. 오응선의 집으로 모여드는 도인들을 다독거리며 지도하는 것은 거의 고모인 수연의 몫이었는데 어제 도인들과 함께 수련하던 수연은 전에 없이 맑고 근기가 있는 모습이었다.

"한울님이 계심을 굳게 믿고 공경하는 마음으로 정성을 다해 주문을 외워야 합니다. 믿음이 확실하지 않으면 아무리 입으로 열심히 주문을 외운다 한들 흩어지는 구름을 모으는 것처럼 허망한 일이지요. 주문은 천도의 내용과 과정을 밝힌 것입니다. 단순히 주술을 외우는 것이 아니라는 말씀이지요. 성심을 기울이면 기운이 생기고 한울 마음과 하나가 되는 것을 몸으로 느끼게 되지요."

동이는 어제 수연이 한 말을 떠올리며 새삼 주문 공부를 열심히 해야 되겠다는 생각이 들었다. 무엇보다 수연이 달라 보였다. 정갈하고 소박한 모습에 부드러운 표정이었으나 무언지 모를 강한 기운이 느껴졌다. 수연이 인사를 끝내고 자리에 앉자 청수를 모신 도인들은 방 안에 빙 둘러앉아 심고를 하였다.

주문 봉송이 끝나고 오응선은 떠나기 전에 준비할 것들을 다시 점검하였다. 연비를 적은 목록이며 노잣돈이며 가면서 해야 할 일들과 들러야 할 곳들의 이름을 죽 불러 주었다. 점검이 끝나자 수연이 열다섯 명 앞에 종이 한 장씩을 나누어 주었다.

"일전에 제 조카 응선이가 해월 선생을 만나 '삼경(三敬)'의 말씀을 적어 온 것을 보니 읽으면 읽을수록 어디 한 글자 버릴 것이 없는 귀하디귀한 말씀이었습니다. 동이 도인이 마침 와 있어 부탁을 하니 이리 좋은 필체로 써 주었네요. 가기 전에 한 번씩 읽어 보면 좋겠습니다."

"과찬의 말씀입니다. 어제 해월 선생의 말씀을 필사하면서 특히 물건까지 공경해야 도덕의 최고 경지라는 대목에서는 어릴 적 제 스승님 생각이 많이 났습니다. 두고두고 마음에 새길 좋은 말씀이어서 쓰는 동안 내내 감사한 마음이 들더군요."

"동이 도인의 스승님이 바로 저를 동학에 입도하게 해 주신 백 사자 길 자 쓰시는 분입니다. 가르침을 받던 때가 어제 일처럼 눈에 선하네요. 황해도로 유배를 오셔서 동학을 펼치고 두 해 만에 나라의 명으로 순도하셨습니다. 그렇게 목숨을 바쳐 동학을 지키신 분들이 있지요. 해월 선생도 수운 선생이 심으신 동학의 씨앗을 천신만고 끝에 꽃으로 피워 내신 분입니다."

돌아가면서 한 소절씩 읽어 보자는 말에 김구부터 낭랑한 목소리로 읽기 시작하였다.

"사람은 첫째로 한울을 공경해야 하느니라. 한울을 공경하는 원리를 모르는 사람은 진리를 사랑할 줄 모르는 사람이니, 왜 그러냐 하면 한울은 진리의 중심을 잡은 것이므로 그렇다.

그러나 한울을 공경함은 빈 공중을 향하여 상제를 공경한다는 것이 아니요, 내 마음을 공경함이 곧 한울을 공경하는 도를 바르게 아는 길이니라.

사람은 한울을 공경함으로써 자기의 영원한 생명을 알게 될 것이요, 한울을 공경함으로써 모든 사람과 만물이 다 나의 동포라는 전체의 진리를 깨달을 것이요, 한울을 공경함으로써 남을 위하여 희생하는 마음과 세상을 위하여 의무를 다할 마음이 생길 수 있나니, 그러므로 한울을 공경함은 모든 진리의 중심이 되는 부분을 움켜잡는 것이니라."

"둘째는 사람을 공경함이니 한울을 공경함은 사람을 공경하는 행위에 의지하여 사실로 그 효과가 나타나는 것이니라. 한울만 공경하고 사람을 공경함이 없으면 이는 농사의 이치는 알되 실지로 종자를 땅에 뿌리지 않는 행위와 같으니, 도 닦는 사람이 사람을 섬기되 한울과 같이 한 후에라야 처음으로 바르게 도를 실행하는 사람이니라.

도인 집에 사람이 오거든 사람이 왔다 이르지 말고 한울님이 강림하셨다 이르라 하셨으니, 사람을 공경치 아니하고 귀신을 공경하여 무슨 실효가 있겠느냐.

어리석은 풍속에 귀신을 공경할 줄은 알되 사람은 천대하나니, 이것은 죽은 부모의 혼은 공경하되 산 부모는 천대함과 같으니라. 한울이 사람을 떠나 따로 있지 않는지라, 사람을 버리고 한울을 공경한다는 것은 물을 버리고 해갈을 구하는 자와 같으니라."

"셋째는 물건을 공경함이니 사람은 사람을 공경함으로써 도덕의 최고 경지가 되지 못하고, 나아가 물건을 공경함에까지 이르러야 천지기화의 덕에 합일될 수 있느니라."

심고를 하고 모임을 끝낸 도인들은 일찍 잠자리에 들었다. 김구는 자리에 누웠지만 잠이 오지 않아 바로 전에 낭송한 해월의 말씀을 다시 되새겼다. 한울만 공경하고 사람을 공경하지 않으면 농사의 이치는 알되 종자를 땅에 뿌리지 않는 것이라 하고, 물건까지 공경해야 도덕의 최고 경지라고 말하는 동학의 큰어른을 만나게 된다는 생각에 밤늦도록 뒤척였다.

6장/ 불타는 산하

아기 접주 김구 일행은 다음 날 행장을 차리고 남쪽으로 떠났다. 보기만 해도 풍요로운 누런 황금 들판 조각보들이 바지런한 농민들의 손으로 남김없이 수확되어 누군가의 곳간에 차곡차곡 쌓이고, 빈 들판에 허허로운 바람이 제법 쌀쌀하여 옷깃을 바짝 여미게 하는 늦은 가을이었다.

삼삼오오 짝을 지어 다니며 마을 일을 도와 숙식을 해결하기도 하고, 길을 떠나기 전에 마련했던 토산품을 다른 마을에 팔면서 노잣돈을 충당하였다. 인심 좋은 절에 가면 수행하면서 며칠 묵기도 하고 더러 도인들의 친척 집에서 자기도 하였다.

도인들이 송도를 지날 때였다. 송도 상인들과 농민들이 성문과 도로를 점거하며 성을 지킨다고 소란스러웠다. 인삼 가게에는 봉기에 참가한 사람들에게는 무료로 숙식을 제공한다는 방까지 붙었다. 김구가 모두에게 들으라고 커다란 목소리로 벽에 붙인 방을 읽었다.

"성을 지키는 사람들에게 땔감과 양식을 공급해 줍시다. 종을 울려 신호를 보내면 모두 모여 주십시오. 봉기의 목적을 달성할 수 있는 방책을 의논할 터이니 모이시오….”

“보아하니 이곳에서 아주 큰일이 벌어졌나 봅니다.”

“밥도 먹을 겸 객주에 들어가 한번 알아봅시다.”

막 건너편에 있는 객주에 들어가려는데 갑자기 사람들의 거친 고함 소리와 욕설이 들려왔다. 상인 서너 명이 한 양반의 등에 죄목을 써 붙이고 끌고 다니는 중이었다. 몇몇은 사람들에게 그간의 사정을 알리기 시작했다.

“인삼밭 주인들이 동맹을 맺고 송도 유수를 찾아갔습니다. 그런데 송도 유수는 풍도에 일이 있다고 하면서 미리 낌새를 채고 도망갔소.”

“상인들이 부유수 집에 찾아가 때려 부수었고요.”

주변에서 박수 소리가 터져 나왔다. 당연하다고 동조하는 사람들에게서 송도 유수에게 불평하는 말들이 쏟아졌다.

“원래 인삼 매매를 제멋대로 하고 세금이 가혹하다고 말들이 많았잖아. 상인들 속 깨나 타게 했지.”

“아무튼 요번 일로 상인들만이 아니라, 방곡령 문제로 곤궁에 빠진 사람들까지 모두 들고 일어나 성문 안에 모여 있다네.”

김구는 마을 사람에게서 들은 이야기를 일행에게 자세히 전했다. 이곳에 도착하기 3일 전 송도 상인이 집 안 나뭇가지에 목을 매고 자살했고, 그것은 나라에서 인삼밭 주인들에게 적지 않은 인삼을 사들인 후에 대금을 주지 않아서 벌어진 일이었다. 인삼밭 주인들은 함께 모여 송도 유수를 찾아가 여러 번 대금 지불을 재촉하였으나 요지부동이었다.

"인삼을 가져간 대금을 주어야 목구멍에 풀칠을 하고 다음 농사를 지을 수 있다고 통사정을 해도 한양에서 대금이 오지 않았다고 하면서 나라에서 돈을 주지 않으니 도리가 없다고 했답니다."

"그럼, 설마 나라에서 돈을 떼어먹었다는 것인가?"

"그렇지요. 매일 찾아가니 감옥에 가두고 열흘이 지나 풀어 주었다지 뭡니까? 그다음에는 찾아가는 상인마다 매질을 했구요. 병든 아내의 약값에 보태려고 애타게 기다리던 송 서방이라는 사람이 아내가 죽자 다음 날로 목을 매었답니다."

모두들 혀를 찼다. 자세한 내막은 모르겠지만 결국 조정이나 관리가 상인들의 물건을 가져가고 대금을 안 갚았다는 얘기였다. 누군가의 욕심으로 죄 없는 사람이 여럿 희생되고 결국은 커다란 분란을 일으켰다. 사건을 조사한 안핵사는 개성 유수의 비리를 밝히고 탄핵하는 장계를 올렸다. 그러나 개성 유수는 20만 냥의 뇌물을 써서 빠져나가고 도리어 안핵사가 파출되었다. 사태를 바로잡아야 할 조정이 부정부패의 온상이었다.

보부상이 전하는 말로는 봉산에서도 민란이 발생하였는데, 봉산 부사는 민중을 달래지 못하자 서울로 도망쳤고, 다른 관리들은 꽁꽁 묶여 평양으로 보내졌다고 했다.

갑오년 새해가 밝았다. 불씨는 정월 초순 이른 새벽 전라도 고부 지방에서 타올랐다. 고부 군수 조병갑의 탐학에 견디다 못한 고부 농민들이 전봉준과 함께 농민 봉기를 일으켰다. 그들이 내건 구호는 '조병갑 처단, 전라 감영 점령, 서울 진격'이었다. 불씨는 고부에서 무장 지역으로 이어져 걷잡을 수 없는 들불이 되어 번지고 있었다.

황해도 동학도 열다섯 명은 얼었던 땅이 녹아 새싹이 움트는 봄이 다 되어서야 충청도 보은에 도착했다. 이집 저집에서 동학 주문 외는 소리가 들리고 짐 지고 가는 사람과 밭두둑에 앉은 사람 입에서도 주문 소리가 나왔다.

보은은 아랫녘으로는 전라도와 경상도 지방, 위로는 경기도와 강원도의 통로가 되는 중간에 있어 교도들이 모이고 활동하기에 좋았다. 동학의 중앙 본부인 대도소가 설치되어 육임소를 두고 전국에서 몰려드는 동학도들에게 첩지를 내리고 강의를 통해 교리를 설파하였다.

해월은 대도소와 인근에 있는 청산을 오가며 폭발적으로 증가하는 교도들을 교화하고 지도하는 일에 골몰하였다. 특히 요 몇 년 사이에 교조신원 운동과 척왜양 운동을 넘어서는 새로운 운동을 구상하고, 여러 사람들의 의견을 듣고 답하느라 분주하였다.

김구는 보은 지역에 많은 사람들이 모여 수련을 하고 공동체 생활을 하는 것이 신기하기만 했다. 21자 주문은 새로운 세상에 들어가는 동학도들의 암호였다. 김구도 부지런히 주문을 외우며 길을 걸었다.

"지기금지 원위대강 시천주 조화정 영세불망 만사지."

'유무상자'라고 쓴 노란색 깃발이 휘날리는 커다란 솟을대문 집 대문 안 중문에는 커다란 쌀통에 쌀을 담아 필요한 사람들이 수시로 가져갈 수 있도록 구멍을 내어 놓았다. 김구는 같이 걷고 있던 오응선에게 물어보았다.

"저 큰 기와집 깃발에 써진 '유무상자'는 무엇인가요?"

"재물이 있는 사람은 재물로, 없는 사람은 노동으로 서로 돕는 것이네. 배운 사람은 글로, 기술이 있는 사람은 기술로 서로 가르쳐 주고 나누는 것을 실천하는 것이지."

"꾸어 주는 것이 아니라 그냥 나누는 것인가요?"

"그렇다네. 어려운 친척에게 도움을 주듯이 이웃에게도 베풀자는 말일세."

"그것 참 굉장하네요. 노비도 거저 풀어 준다더니 재물도 그냥 나누어 주나 봅니다."

"각자의 마음속에 있는 한울님이 움직여서 일어나는 조화라고 생각하게."

"그 조홧속으로 부자들이 쌓아 둔 곡식이 가난한 사람들 입 속으로 술술 들어가는 거네요."

"동학의 동은 빛이나 광명을 뜻하는 동(東) 자이지만 내용으로 보면 함께 똑같이 잘 살자는 동(同), 동학 아니겠는가?"

두 사람은 바람에 펄럭이는 깃발을 보며 마음이 넉넉하고 푸근해졌다. 외국 상인들이 냉혹한 얼굴로 신문물을 방패막이로 하여 조선을 뒤흔들고, 세도정치가 백성들을 기만하며 고혈을 짜내고 있을 때

어진 사람들은 따스한 마음을 내어 힘든 세월을 견디었다.

해월은 청산 문바위골의 법소에 머무르며 접주들이 봉기하고 있는 혼란한 중에도 교대로 올라오게 하여 수련을 시키고 있었다. 야트막한 야산이 보이는 마을에 들어가 좁은 골목길을 서너 번 돌아서니 감나무가 두 그루 있는 집이 나타났다. 해월 선생이 계시는 법소였다. 안내하는 이에게 황해도에서 왔다고 알리고 일행의 이름을 적어 주었다. 해월을 만나러 온 사람들이 방마다 가득 앉아 이야기를 나누고 있었다.

차례를 기다리던 김구의 눈에 도소 주변을 돌아다니며 일을 거들고 있는 처녀의 모습이 들어왔다. 곱게 빗어 땋은 머리를 빨간 댕기로 묶은 처자는 자그마한 몸매에 볼우물이 귀여웠다. 김구는 슬그머니 일행을 떠나 처자에게 가서 물 한 그릇을 청했다. 처자는 해월의 딸 최윤이었다. 물을 마신 뒤 김구는 문득 최윤이 어떤 처자인지 시험해 보고 싶은 생각이 들었다.

"하나만 물어봅시다. 처자는 칼이 강하다고 생각하오, 꽃이 강하다고 생각하오?"

다소 엉뚱하다고도 생각할 수 있었지만 최윤은 조금도 거리낌 없는 표정으로 웃으며 대답했다.

"칼은 무 써는 데 강하고, 꽃은 열매 맺는 데 강하지요."

과연 영민한 처자라고 속으로 감탄하고 있는데 흰옷을 입은 젊은 이가 차례가 되었다며 김구 일행을 데리러 왔다.

"선생님께서 황해도에서 온 도인들을 부르십니다. 이쪽으로 오십시오."

마당을 지나 해월의 처소로 건너갔다. 방에는 얼굴이 야위고 눈이 맑은 노인이 머리에 검은 갓을 쓰고 앉아 있었다. 길게 늘어뜨린 수염은 보기 좋을 정도로 검은 가닥이 섞여 있었다.

모두들 한꺼번에 해월 선생을 향해 절을 하니 해월도 윗몸을 구부려 맞절을 하였다. 한 명 한 명 차례로 소개를 받은 해월은 따스하게 웃으며 카랑카랑한 목소리로 말을 건넸다.

"황해도에서 이곳이 가깝지 않은 곳인데 멀리서 수고스럽게 오셨소이다. 오면서 험한 고생이나 하지 않았는가요?"

"아닙니다. 처음 출발할 때 생각했던 것보다는 수월하게 잘 왔습니다. 덕분에 두루 돌아보면서 세상 공부를 하고 왔습니다. 건강은 어떠십니까?"

"여러분 염려 덕분에 병치레 없이 잘 생활하고 있소이다. 고맙습니다."

"저희가 황해도에서 가지고 온 도인들 명부가 여기 있습니다."

해월은 찬찬히 명부를 살펴보다가 황해도에 꽤 많은 도인이 있는 것을 확인하고 흡족한 얼굴이 되어 고개를 끄덕였다. 황해도 동학 지도자들 중에 향임 계층과 학식 있는 젊은 사람이 많은 것을 보고 각별히 당부도 잊지 않았다.

"지금 이후에는 비록 상민이나 천민 입도자라고 하더라도 신분에

구애됨이 없이 동등하게 대하여야 합니다. 사람을 하늘과 같이 여겨야 합니다. 천지 만물이 시천주 아닌 것이 없습니다. 그리고 첫째도 수행, 둘째도 수행입니다. 항상 수행을 게을리하지 말고 도인들에게 좋은 본보기를 보여주시기 바랍니다."

해월은 동학의 맥이 훗날 북쪽에서 잘 이어질 것을 알고 있었다. 명부를 담당 육임에게 넘기면서 처리하게 하는 동안 방 안에는 해월의 제자들이 각자 맡은 일을 하며 거들었다.

김구는 한쪽에서 글씨를 쓰고 있는 손병희 곁에 앉아 방 안을 살폈다. 인상 좋고 순박한 농군의 모습을 한 김연국은 옆에서 해월을 보좌하고 있고, 눈이 동그랗고 체격이 다부지게 생긴 박인호는 밖에서 들어오는 보고를 끊임없이 전달했다.

각 지역의 접주들은 관청의 핍박으로 도인들의 희생이 극심하므로 다시금 대규모 집회를 열거나 대책을 강구해야 한다는 의론을 전하고 있었다. 전라도와 충청도 일부 접에서는 수백에서 수천 명의 도인들이 관아로 몰려가 집단 시위를 벌이고 있다는 얘기도 들려왔다.

밤이 깊어 김구 일행은 근처 동학도 집에서 머물고 다음 날 아침에 다시 해월을 찾아갔다. 접주의 첩지를 받고 떠나기로 되어 있었다. 김구는 해월의 딸인 최윤을 한 번이라도 더 보고 싶어 부엌으로 갔다가 문 앞에서 딱 마주쳤다. 놀라서 눈이 동그래진 처자 앞에서 김구는 마음이 설레는 것을 감출 수 없었다.

김구는 자기 팔목에 끼고 있던 염주를 처녀에게 건네주었다. 오는 도중에 들렀던 절에서 스님 한 분이 김구에게 나중에 큰 일을 할 상이라며 건네준 선물이었다.

"내 주변에 처자처럼 지혜로운 사람이 있으면 얼마나 좋을까 하고 생각했습니다. 일행이 있어 빨리 떠나는 것이 섭섭하구료."

얼떨결에 팔찌를 받아 들고 섰는 최윤과 몇 마디 나누기도 전에 또 일행이 부르는 소리가 들려와 발길을 돌려야 했다. 아쉬운 마음에 발걸음이 안 떨어져 자꾸 뒤돌아보는 김구의 모습을 보고 근처에서 남자아이를 돌보던 자그마한 처자가 킥킥대고 웃었다.

해월은 황해도 도인들에게 접주로 임명하는 첩지를 내려 주었다. 원형 도장에는 '해월'과 '북접의소'라는 글자가 태극무늬 모양으로 찍혀 있었다. 최유현이 해서 수접주로 임명되었고 모두들 각자의 첩지를 소중하게 품 안에 간직했다. 한쪽에서 첩지를 받는 중에도 계속 사람들이 몰려와 보고했다.

"전라도와 충청도 관아에서 도인들을 체포하여 압박을 하고 있습니다."

"안핵사 이용태가 농민들에게 횡포를 부려 무장에서 전봉준이 군사를 일으켰습니다."

"저희 관아에서 도인의 가족을 체포하고 재산을 몽땅 빼앗았습니다."

옆에 있는 제자들이 이제는 나설 때가 되었다고 건의하자 고심하던 해월의 입에서 마침내 결단의 말이 터져 나왔다.

"전국에서 중구난방으로 제각각 움직여서는 오히려 도인들의 희생만 커질 뿐이오. 아무리 참자고 해도 이 무지한 사람들은 끝없는 욕심과 탐학으로 선량한 도인들을 못살게 하는구려. 호랑이가 물려고 들어왔는데 가만히 앉아서 죽을 수야 있겠소! 참나무 몽둥이라도 들고 나가서 싸워야지…. 모두들 돌아가 각지의 형편에 맞게 관에 나아가 폐정을 개혁하고 도인들을 보호하며 보국안민의 방책을 만들어 갑시다. 우리의 거사는 결국에는 보국안민의 충정에 밤잠을 이루지 못하고 고심하셨던 대선생의 유지를 받드는 길이고 또한 이 세상의 후천 운수는 우리의 거사로 말미암아 좋아지게 될 것이니, 한 사람의 도인도 뒤로 물러서지 말고 모두 일어나시오."

해월의 말에 대령하고 있던 대접주들이 물밀 듯이 빠져나갔다. 뜻밖에 기포의 명까지 받아 든 황해도 접주들도 해월에게 하직 인사를 하고 그 자리에서 물러 나왔다.

김구는 가슴이 뛰었다. 처음부터 보고 겪었듯이 양반과 상놈을 가리지 않고 모두 귀하게 대하는 법도임은 진즉에 알았으나, 오늘 일을 겪고 보니 새삼 만민이 만물과 더불어 함께하는 새로운 세상을 만들 수 있으리라는 꿈을 꾸게 되었다. 김구는 그 새로운 나라에서 새로운 백성으로 당당하게 살아가는 자신의 모습을 떠올렸다.

일행과 함께 속리산에 있는 법주사에 들렀다. 그곳이 고향이라는 동학 도인이 좋은 수행처이니 잠시라도 들렀다 올라가라고 권한 것이었다. 속리산에 도착하니 산벚꽃이 막 지고 있었다. 인간들의 삶은

곤고해도 자연은 변함없이 계절의 옷을 갈아입고 하늘이 주신 품성 대로 여유로웠다. 천지 만물이 시천주 아닌 것이 없다는 해월 선생의 말이 떠올랐다. 법주사에서 며칠 동안 동학 도인들과 수행을 하며 잠시 세상의 시름을 놓았다.

황해도를 향해 올라가는 길에 김구 일행은 곳곳에서 흰옷을 입고 칼을 찬 동학당을 만났다. 해월 선생의 명을 기다렸다는 듯 충청도 일대에서는 각지에서 수천 명씩 도인들이 당을 이루어 관군과 맞서 거나 폐정을 혁신하는 운동을 전개하고 있었다.

광혜원의 장터에서는 동학군 수만 명이 진영을 차리고 행인들을 검사하고 있었다. 진영을 바라보던 김구는 희한한 광경을 목격하였 다. 한쪽에 울긋불긋한 비단옷을 입고 양반의 행색을 한 사람들이 모 여 앉아서 짚신을 삼고 있었다.

"도대체 저 사람들은 무엇을 하는 겁니까?"

"동학당을 괴롭히던 양반들을 잡아다 짚신을 삼게 하는 것이오."
김구는 새삼 남쪽에서의 동학당의 위세가 대단하다는 생각을 했다. 동학군은 김구 일행의 첩지를 보고는 그대로 통과시켜 주었다. 한쪽 에서는 사람들이 먹을 것을 짐으로 꾸려 운반하는 것이 보였다. 어린 김구에게는 모든 광경이 볼거리였다. 특히 여러 마을에서 밥을 지어 도소로 이고 지고 나르는 광경은 장관이었다. 밥 인심이 풍성하여 동 학도와 인근의 백성들이 어울려 밥을 나눠 먹는 것이 마치 인심 좋은 잔칫집 수십 곳이 한데 모인 것처럼 풍성하고 걸판졌다.

그해 3월, 갑오년 진달래꽃은 유난히 일찍 피어나서 남도의 산야를 붉게 물들였다. 민중의 함성이 지축을 뚫고 나와 땅을 흔들고 하늘을 움직였다. 전라도 지역의 접주들은 연통을 돌려 무장에 집결하였고, 충청도에서도 전라도와 호응하거나 독자적으로 움직이며 동학의 요구 조건을 관철시켜 나갔다. 전봉준은 각지에 「무장포고문」을 보내 뜻있는 사람들이 호응하도록 독려했다.

"… 우리들은 비록 시골에 사는 이름 없는 백성이나 이 땅에 나는 것을 먹고 이 땅에서 나는 것을 입고 사는 까닭에 나라의 위태로움을 차마 앉아서 볼 수 없어 팔도가 마음을 함께하고 억조창생들과 서로 상의하여 오늘의 이 의로운 깃발을 들어 잘못되어 가는 나라를 바로잡고 백성들을 편안하게 만들 것을 죽음으로써 맹세하노니, 오늘의 이 광경은 비록 크게 놀랄 만한 일이겠으나 절대로 두려워하거나 동요하지 말고 각자 자기 생업에 편히 종사하여 다 함께 태평성대를 축원하고 다 함께 임금님의 덕화를 입을 수 있다면 천만다행이겠노라."

탐관오리들에게 시달리고 왜양에게 휘둘리는 암울한 시대에 보국안민과 수심경천(守心敬天)의 도학은 전봉준에게 구원이었다. 고부 군수 조병갑의 악행을 고발하는 진정서가 도리어 탄압으로 돌아오고 사발통문 모의가 실패로 돌아가자 전봉준은 무장의 대접주 손화중과 함께 혁명의 횃불을 들어 올렸다.

동학의 위세에 고무된 수많은 농민들이 동학에 입도하고 동학군으로 속속 합류하였다. 전라도 동학군들은 순식간에 남도의 수부(首府)

인 전주성을 점령하였다. 뒤늦게 관군이 도착하여 수차례에 걸쳐 전주성을 공격했으나, 동학군은 점령한 성을 내어주지 않고 굳건히 지켜 냈다.

황토현과 황룡천에서 지방군과 경병을 잇달아 손쉽게 물리쳤던 동학군은 홍계훈이 이끄는 정예병이 예전처럼 만만치 않음에 적잖이 당황하였다. 그러나 폭정과 양반의 학대에 울며 쌓아 온 악착같은 끈기로 큰 희생을 치르면서도 성벽을 지켰다.

사람을 하늘로 여기는 만민 평등의 가르침은 천지개벽의 복음이었고, 동학에 들어서면 어떻게든 먹고살 길이 열린다는 사실에 감읍했던 민중들은 동학 세상을 여는 길에 죽음을 불사하고 참여할 각오를 했다.

조선왕조는 백성들의 안위보다는 자기들의 권세 유지에 급급했다. 동학군의 기세가 거세고 숫자가 많아 진압에 어려움이 있다는 소식에 이어, 경군이 장성에서 동학군에게 패퇴하였다는 장계가 당도하자 고종은 중신들에게 청국에 차병을 청하도록 뜻을 모으게 했다. 대다수 중신들은 고종의 뜻을 옳다 여겨 하루빨리 차병을 요청하자고 나섰다.

영의정 김병시는 청병을 극구 반대했다. 청국군이 수만일지 수십만일지 모를 조선의 백성들을 도륙할 것이며, 그들이 지나는 길목에서 조선 백성들이 겪을 피해는 동학 비적에 못지않을 것이라는 이유였다. 청나라와 일본이 틈만 나면 조선을 앞세워 힘겨루기를 하는 판에 섣부르게 청국 군대를 불러들이는 것은 이 나라를 더욱 도탄으로 몰아넣는 일이었다.

"비도들의 죄는 용서하기 어렵습니다만 그들은 바로 조선의 백성입니다. 청국 군대를 청하면 일본군도 들어와 민심이 어지러울 것이니 군대를 불러들이는 것은 위험합니다."

고종의 표정이 일순간 굳어졌다. 고종의 마음을 읽은 신하들이 발끈하고 나섰다.

"영상은 지금 비적들의 죄를 묵인하자는 것입니까?"

"묵인하자는 것이 아닙니다. 파병을 요청하면 자칫 더 큰 국제적인 문제가 될 수 있어 이것을 경계하자는 것입니다."

"그러면 어떻게 하는 것이 좋겠소?"

"저들의 요구를 일부나마 들어준다고 달래어 해산시키는 것이 좋겠습니다."

"비적들이 요구하는 것은 나라의 근간을 흔드는 것이니 받아들일 수가 없소."

"그렇다고 이만한 일에 외국 군대를 불러들인다면, 이 나라 오백 년 사직의 안위를 장담할 수 없게 됩니다."

김병시가 사직의 안위까지 들먹이는 바람에 차병 이야기는 결론을 내지 못하고 끝이 났으나 그로부터 며칠 후 전주성이 함락되자 사태가 급변하였다. 다시 중신회의가 소집되고 이번에도 김병시는 차병

불가를 주장하고 나섰으나 금방이라도 한양으로 동학당이 들이닥칠 것만 같아 공포감에 질린 고종과 뭇 중신들의 강변으로 차병이 결정되었다. 민영준이 원세개를 통해 청국에 차병 요청을 하였다.

허약한 왕조의 형편은 백성을 생각할 겨를도 없이 옹색했다. 조선 왕의 국서는 돌이킬 수 없는 길을 떠나 청나라 원양 대신 이홍장에게 전달되었다. 조선 조정이 동학군 진압을 위해 청나라에 군대를 요청했다는 소식은 즉각 일본에 타전되었다.

일본의 군부는 신속하게 사태를 파악하고 출병을 결정하였다. 출병은 곧 청국과의 전쟁을 의미한다는 것까지 계산에 둔 터였다. 갑신정변 이후 10여 년을 벼르고 별러 온 일이었다. 러시아와의 충돌을 우려하는 측도 있었으나 군부는 일축했다.

"일본 제국군의 대본영은 철저하게 이러한 때를 위해 준비했습니다. 빨리 기회를 잡고 조선에서 청국의 입김을 완전히 제거하는 게 필요합니다. 조선은 일본의 목에 겨눠진 비수와 같은 곳입니다. 이곳이 다른 나라 영향력 아래 있으면 곧 일본의 숨통이 틀어막히는 것입니다. 반대로 조선을 일본의 손아귀에 넣어 두는 것은 대일본 제국의 확장을 위한 첫 단추가 될 것입니다. 일본 제국의 영광을 위해 하루 빨리 군사를 보내야 합니다."

조선의 요청을 받은 청국군이 파병을 하기도 전에 일본군은 서해안에 대기 중이던 육전대를 서울로 입성시켰다. 뒤늦게 외국 외교사절을 동원하고, 중신들이 직접 나서서 일본군의 철병을 요청하였지만 막무가내였다. 제물포조약에 따라 일본인 거류민을 보호하기 위한 최소한의 조처라는 명분을 내세웠다.

청국군이 충청도 아산으로 군대를 파견하면서 톈진조약 규정에 따라 이 사실을 일본에 알렸을 때 이미 일본군은 한양에 입성해 조선의 중심을 장악하고 있었다.

일본의 군부는 일찍부터 전략의 요충지인 조선을 사전에 확보하기 위해 청나라와 전쟁을 일으키자는 여론이 있었다. 1873년 징병제를 도입하여 모든 청년들을 군인으로 훈련시켰고 군수공장을 만들어 무기와 전함을 만드는 데 총력을 기울였다. 1890년에 이미 전쟁 준비를 마무리했다.

청나라와 대면하고 있는 서북 지역 해안의 조사를 수년 전에 마무리하고 부산까지 해저 전선을 설치했다. 청나라도 이듬해 인천에서 서울을 거쳐 압록강의 의주에 이르기까지 서로전선을 설치하면서 조선의 지원과 백성들의 끊임없는 노역을 강요했다.

조선도 서울과 부산 간 전신을 개통하고 서울에서 원산까지 전신 업무를 개시했다. 함흥까지 설치할 북로전선은 러시아를 의식한 청국과 일본에 의해 저지되었다. 두 나라는 자국의 이익에 방해되는 일이면 슬쩍하게 방해하고 간섭하였다. 그들이 날카로운 발톱을 눈앞에 드러낼 때까지 조선의 왕실은 국제 정세에 어두웠다.

두 나라 군대가 조선에 들어오자 정부는 동학군을 회유하여 해산할 것을 요구했다. 소식을 듣고 동학군 지도부가 모였다.

"전주성 싸움에서 피해가 적지 않은데 청군이 상륙했다고 하니 어떻게 하면 좋겠소?"

"저들이 우리를 토벌하는 것을 명분으로 내세워 이 땅을 자기들 손아귀에 집어넣겠다는 심보이니, 일단은 물러나 저들로 하여금 이 땅에 머무를 명분을 찾지 못하게 하는 것이 상책입니다."

"이제 보리도 수확하고 모내기 준비도 바쁜 농번기라 염려하는 농민들도 많습니다. 우리의 요구를 조정에 알리고 농민들은 집으로 보내 당분간 농사일에 전념하도록 해야 합니다."

의논은 쉽게 아퀴 지어졌다. 전봉준은 조정에서 내려 보낸 홍계훈에게 27개조의 폐정개혁안을 제시하고 해산하기로 결정했다.

"폐해가 많은 정책을 개혁하고 탐관오리는 엄히 징벌하시오. 임금님께 상주하여 계획대로 실시하면 즉시 해산하겠소."

동학군의 제의는 조정의 논의를 거쳐 수용이 결정되었다. 정부로서도 하루빨리 청국군과 일본군을 내보내야 했다. 정부와 화친의 약속을 맺고 농민군은 스스로 전주성에서 물러났다. 동학군은 전주성 내에 집강소 설치를 시작으로 전라도 각지에 집강소를 설치하여 관과 협력하여 폐정 개혁을 시작했다.

조선 정부는 동학군이 전주성에서 물러나자 청일 양군의 철병을 요구했다. 청나라는 이를 받아들였지만 일본은 거부하였다. 오히려 일본의 대본영은 제5사단의 잔여 부대를 조선에 더 출병할 것을 결정했다. 일본군은 인천에 군대를 상륙시켰다. 일본 공사는 내정간섭과 청국과의 전쟁을 위해 제의를 해 왔다.

"서울과 부산 간의 군용선 신설을 승인해 주기 바란다. 이 전선은 일본 관보만 취급할 것이며 조선으로서도 서울과 부산 간에 전신이 하나 더 생기니 여러 가지로 유익할 것이다."

"어느 나라를 막론하고 국내 전선 가설은 그 나라만의 권리인데 어찌 일본군이 무리한 요구를 하는가?"

"우리는 더 이상의 합의는 하지 않겠다. 내일 즉시 부산과 대구 그리고 충주에서 군용선 가설을 시작하겠다."

외무독판 조병직이 거절했으나 일본은 아랑곳하지 않았다. 이미 일본군 야전 전신대 800여 명이 부산과 인천에 상륙해 있는 상태였다. 조병직은 즉시 그날로 강력하게 항의했다.

"우리 정부의 반대에도 불법 행동을 하니 심히 유감이다. 어떠한 근거와 권리로 이같이 불법 행동을 강행하여 우리 정부의 체면과 권위를 손상시키고 여러 가지 분쟁의 씨앗을 만드는가? 타국에 군용선을 마음대로 가설하는 것은 만국 공법에도 위배되는 것이다. 사태의 부당함을 깨닫고 즉시 이를 철폐하기 바란다."

조선의 반대를 무시한 일본은 계획대로 서울과 부산 간 군용선을 가설했다. 그 와중에 인천에서 서울까지의 군용선도 무단 가설했다. 영국 정부는 군용선이 인천에 있는 외국 조계지를 무단 통과하자 거세게 항의하였다.

일본 정부는 구미 열강의 움직임을 두려워했다. 동아시아와 이해

관계가 있는 러시아, 영국 등은 자국의 이익을 앞세워 호시탐탐 살피는 중이었다. 청일전쟁 직전, 러시아를 견제하던 영국은 일본과 개정 조약을 조인하여 일본이 영국의 외교적 지원을 받을 수 있는 토대를 마련해준 꼴이 되었다. 조선은 주변 강대국에 둘러싸여 자신의 의지와는 상관없이 외세의 전쟁터로 몰려 희생양이 될 처지였다.

조선에 주재하고 있던 오토리 공사와 일본의 외무대신 무쓰 무네미쓰는 서로 긴급한 전보를 주고받으며 전략을 짰다. 흉계가 드러나면 국제적인 비난과 요구가 있을 것이므로 서양 열강을 자극하지 않으면서 전쟁을 치러야 했다. 조용히 일을 전개하는 게 그들의 임무였다.

"서양 열강에 비난 받지 않으면서 청나라와 전쟁을 할 방도를 찾아야 하네."

"예, 명심하고 있습니다."

조선의 외무대신을 찾아간 오토리 공사는 억지소리를 하며 항의했다.

"조선은 1876년 강화도조약에서 자주국임을 우리와 약속했다. 그런데 지금 청나라 군대가 속방을 보호한다며 조선에 군대를 몰고 온 것은 조약의 위반이다. 자주국이라면 청나라 군사를 몰아내야 마땅하니 우리 일본에 청군을 물리칠 것을 의뢰하는 공식 문서를 즉시 보내라."

조선 정부가 요청을 받아들이지 않자 오토리 공사는 최후통첩을

들이댔다. 일본군은 벌써 아산으로 이동하는 중이었다.

"오늘이 최후통첩이다. 3일 내에 내정 개혁을 단행하라. 만일 그때까지 답을 주지 않으면 우리 식대로 처리할 것이다."

국왕의 공식 문서로 청군 공격에 명분을 세우고, 조선을 일본에 종속시켜 조선 군대를 무장해제시키는 것이 목표였다. 혹시라도 서울에서 청나라를 돕는 것을 막아 안전을 도모하고, 조선 정부의 명령으로 군수품을 거두어들이고 수송하여 편의를 얻으려는 것이었다. 청일전쟁은 일본이 조선 궁궐을 침공하면서 시작되었다.

6월 21일(양 7월 23일) 오전 0시 30분, 오토리(大鳥圭介) 공사는 출정 준비를 끝내고 대기하고 있던 일본군 제5사단 혼성 제9여단 여단장 오시마 요시마사(大島義昌)에게 무전을 보냈다.

"오늘 계획대로 시행한다. 차질 없도록 행동하기 바란다."

여단장은 이 명령을 모든 부대에 신속하게 전달했다. 일본군은 청나라에 소식이 전해지는 것을 막기 위해 전선을 절단하였다.

"서울-의주 간과 서울-인천 간의 전선을 절단하라."

전선을 절단하고 왕이 있는 경복궁으로 이동했다. 광화문 일대는 이방인의 은밀하고 불온한 기운이 음습하게 에워싸고 있었다. 경복궁에 도착하여 서쪽 영추문을 부수려고 폭약을 설치했으나 파괴되지 않자 사다리를 성벽에 걸고 넘어갔다. 안과 밖에서 서로 도와 톱으로 빗장을 절단하고 도끼로 문을 부수어 문을 열었다.

조선 왕궁 수비대와 일본군은 오전 4시 20분에서 오전 7시 반까지 3시간에 걸쳐 충돌하였고 왕궁 북쪽에서 호위병들에 의해 오후 2시까지 간간이 총격전이 벌어졌으나 일본군 대대장은 조선 측 군사시설을 점령하고 무기를 압수하였다. 궁궐에 침입한 일본군은 조선의 국왕 고종을 포로로 삼아 청국을 아산에서 몰아내 달라는 조선 정부의 요청서를 받아내고 친일 개화파로 내각을 교체하였다.

이틀 후 일본 해군은 기습적으로 충청도 아산만 풍도 앞바다에서 청의 군함을 격침시켰다. 성환에서 청군을 공격하여 승리를 거두고 나서야 일본은 청에 정식으로 선전포고를 했다.

언론과 출판도 통제되어 사건은 철저히 은폐되었다. 긴급 칙령 134호가 공포되어 즉시 시행되었다. 신문과 초등학교 교과서에서 역사는 감추어지고 왜곡되었다.

외교 또는 군사에 관한 사건을 신문·잡지 및 기타 출판물에 게재하고자 할 때는 행정청에 초고를 제출하여 허가를 받을 것. 허가를 내리는 행정청은 내무대신이 지정한다.

전 항의 명령을 범했을 때는 발행인·편집인·인쇄인 또는 발행자·저작자·인쇄자를 1개월 이상 2년 이하의 경금고, 또는 20엔 이상 3백 엔 이하의 벌금에 처한다.

〈오사카아사히 신문〉 7월 25일 수요일 1면 머리기사

조선병이 오늘 아침 돌연 북한산 허리의 성벽에서 총을 발사하다. 우리 병사가 응전하여 조선병을 물리치다. 우리 병 일대(一隊)가 대원군의 제동 저택을 경비하다. 대원군이 왕성(王城)으로 들어가는 것을 승낙하다.

〈소학 일본 역사 2〉 문부성 펴냄

메이지 27년 조선에서 동학당(東學黨)의 난이 일어났다. 그 세력이 성대하자 청국은 속국의 난을 구한다고 칭하며 천진조약을 어기고 제멋대로 군대를 아산으로 보냈다. 이에 우리나라도 또한 공사관과 우리 거류민 보호를 위해 군대를 조선으로 보냈다. 이리하여 동년 7월 우리 군함이 풍도 앞바다에서 창함에게 요격을 받아 비로소 해전을 시작했다.

이 전쟁에서 승리함에 따라 우리 국위가 크게 오르고 서양제국으로 하여금 우리나라의 진가를 잘 알게 했다.

황해도 접주들은 경기도에서 서울 근방에 이르렀을 때 경군이 동학군 토벌을 위해 삼남으로 내려가는 것을 보았다. 관군이 동학군에 밀리고 있다는 소문도 간간이 들려왔다. 황해도로 가는 중에 물건을 팔아 여비를 보태던 동학 도인들이 구경도 하고 며칠 머무르며 육의전과 남대문 장을 보고 서울을 벗어 날 때였다.

음식 먹은 것이 잘못되었는지 배앓이를 하던 사람이 있어 그 짐까지 들어 주던 김구가 험한 산골고개를 넘다가 미끄러져 다리를 다쳤다. 덩치가 큰 김구를 부축하고 땀을 뻘뻘 흘리며 의원을 찾아간 정량은 고개 근처에 허물어져 가는 흙집들 중에 한 집으로 들어갔다. 자그마한 자루를 방 한쪽에 쌓아 놓고 있던 노인이 이들을 맞았다.

"이곳이 다리 다친 곳을 고쳐 주는 곳이라 해서 왔습니다."

"한양에 도성을 쌓을 때 돌을 나르다 허리를 다치거나 뼈를 다친 인부들은 모두 이곳에서 나는 산골로 치료를 했다오. 푸른빛이 도는 이 누런 쇠붙이가 산골인데 갈아서 마시거나 바르면 뼈 다친 데에는 그만이오. 그런데 어디를 가는 사람이오? 짐을 보아하니 상인인 것은 알겠소만."

"예, 저희는 황해도로 가는 사람들입니다. 의주길로 가야 할 텐데 생각보다 이곳이 많이 험하네요. 계속 이런 길을 가야 하나요?"

"이곳이 프랑스 군대가 강화도에 쳐들어왔을 때 양주 목사가 진을 치고 도성을 수비한 곳이오. 이렇게 숲이 우거지고 험하니 군졸 한 명이 만 명을 감당할 지형이라는 말이 나왔지. 이 고개를 넘으면 야트막한 오름길 끝에 평평한 곳이 나오는데 북으로는 의주, 남으로는 부산까지 모두 천 리가 된다하여 양천리라고 한다오. 도깨비가 많이 나타난다고 도깨비고개라고도 하지."

"흠, 도깨비고개라…."

"허허, 왜? 도깨비 볼까 봐 걱정이 돼서 그러는가? 그곳을 지나 박석고개를 넘으면 구파발인데 한양에서 의주로 가는 첫 번째 역참이지. 파발은 말 타는 기발과 직접 발로 걷는 보발로 나뉘는데 서울에서 황해를 거쳐 평안도를 잇는 서발, 서울 강원 함경도에 이르는 북발, 서울 충청 경상도에 이르는 남발 중 가장 중요한 것이 중국과 연락하는 서발이네. 서발만 말을 타는 기발이지. 고양에서 파주 그리고 개성으로 이어지는 의주길 말일세. 그런데….”

노인은 말을 그치더니 뭔가 깊이 생각에 잠기는 눈치였다. 누워 있는 김구 옆에 앉아 있던 정량이 노인의 표정을 보더니 다가앉았다.

“무슨 일이 있나요?”

“일은 보통 일이 아닌 것 같으이. 분위기가 심상치 않아. 이곳은 보다시피 험한 곳이라 특별히 아픈 사람 아니면 왕래가 잦은 곳은 아닌데, 어제 고양 마을 근처에 사는 사람이 산골 가루를 얻으러 와서 하는 소리가 일본군들이 움푹 파인 땅을 고르고 다니며 전신선을 가설하고 있다는 소문을 들었다고 하더라구. 사오십 명씩 몰려다니며 분주하더라는데? 그나저나 이 다리로는 당분간 걷기 힘들겠어. 엄청나게 부어오르는 것을 보니 움직이지 않는 게 좋겠네. 더군다나 앞으로도 먼 길을 계속 걸어야 하는 처지라면 더 그렇지.”

다리를 제대로 고치려면 시간이 있어야겠다는 말에 일행들은 김구를 정량에게 맡기고 먼저 길을 나서기로 했다. 그러지 않아도 몇 달씩이나 집을 비운 처지들이라 더 지체할 수도 없는 상황이었다. 한참 동안이나 다리 치료를 하며 몸을 추스르던 김구는 패인 상처가 잘 아물지 않아 수일을 더 허비하며 마을에 묵어야 했다.

오랜만에 길을 나선 두 사람은 구파발을 지나면서 이상한 광경을 보게 되었다. 일본군 천여 명 정도와 기마 백여 필 정도가 계속 지나가고 있었다. 청군이 지나간 다음에 일본군이 지나갔다는데 근처에 있는 마을 사람들이 모두 도피해서 마을이 텅 비어 있고 불탄 집들이 이곳저곳에 있어 흉흉한 모습이었다. 마을 언덕에서 저녁 무렵이 되어서야 내려와 희미한 불빛이 있는 곳을 찾아가니 객줏집이었다. 집 안에 며칠 전 해산한 아낙이 있어 미처 피하지 못했다고 했다. 정랑이 객줏집 주인에게 국밥을 두 그릇 말아 달라면서 말을 걸었다.

"무슨 난리라도 났습니까?"

"말도 마시오. 난리도 이런 난리가 없소. 청나라와 일본이 전투를 벌이고 있다오. 소문에는 청나라가 이긴다고 하던데 어찌된 영문인지 계속 북쪽으로 밀고 올라가는 형상이오. 내 보기에는 청나라 군대가 쫓기는 형상이라오. 어찌된 영문인지 원."

"그럴 리가 있겠습니까? 청나라가 일본에게 밀리다니요."

"그렇지요? 소문도 그렇고 하니 내가 무언가 잘못 본 겝니다."

뒤숭숭한 마음에 밥이 어디로 넘어가는지도 몰랐다. 앞에 먼저 간 일행들은 어찌하고 있는지 궁금하기도 했다. 그러나 밥숟가락을 놓자마자 방바닥에 등을 기댄 두 장정들은 그대로 잠이 들고 말았다. 워낙 함께 다니던 일행에 뒤처진지라 따라잡는다고 무리를 한 탓이었다.

다음 날 아침 일찍 길을 나선 두 사람은 어제와 같은 풍경을 또 보아야 했다. 일본군 기마대가 계속 지나가고 나루터에는 군량과 병기가 쌓여 있으며 군인들은 배를 타거나 육지로 바로 간다고 했다. 어느 마을에서는 동학군이 일본 군대의 짐을 운반하지 못하게 해서 백명의 인부 중 네다섯 명만 응하는 형편이라 일본군은 감사와 지방관들에게 사람들을 설유하거나 징계하도록 요청하고 있었다.

일본의 강요로 억지로 맺은 조일양국맹약에서는 청일전쟁을 수행할 때 일본은 조선에 전쟁 물자와 인력을 원활하게 제공받기 위해서 제반 협조 사항을 명시적으로 규정하였다.

〈대조선국대일본국양국맹약〉

대조선국과 대일본국 정부는 조선력으로 개국 503년 6월 23일, 일본력으로 메이지 27년 7월 25일, 조선 정부가 주찰조선국경성일본국특명전권공사에게 청국 군대를 대신 철퇴시켜 줄 것을 위탁해, 양국 정부는 청국에 이미 공수동맹의 터를 세웠다. 동맹의 사유를 명확히 함과 아울러 양국이 공동의 목적을 달성하기 위해 양국 대신이 각각 전권위임을 받들어 결정한 조약을 다음과 같이 열거한다.

1조. 이 맹약은 청국병을 조선국의 국경 밖으로 철퇴시켜 조선국의 자주독립을 공고히 하고 조일 양국의 이익을 증진할 것을 목적으로 한다.

2조. 일본은 청국과의 공수전쟁에 임하고, 조선은 일본 군대가 진퇴할 때 양식 등 많은 사항을 미리 준비해 반드시 편의 제공에 진력

해야 한다.

3조. 이 맹약은 청국과 화약이 이루어지는 날을 기다려 파약한다. 이를 위해 양국 전권대신은 조인해 이를 증빙한다.

대조선국 개국 503년 7월 26일

외무대신 김윤식(金允植) (인)

대일본국 메이지 27년 8월 26일

특명전권공사 오토리 게이스케(大鳥圭介) (인)

황해도 접경 지역 마을에서는 나뒹굴고 있는 시체들이 언덕이나 개울에 방치되어 있는 것을 보았다. 마을 곳곳이 불에 타서 시커멓게 그을렸다. 눈앞에 펼쳐진 처참한 모습에 얼이 빠질 지경이었다. 더 놀라운 소식은 일본이 청나라와 전쟁을 선포하기도 전에 임금님이 계시는 경복궁부터 침공했다는 것이었다. 더구나 일본은 모든 일을 비밀리에 실시했고 사람들에게 알려지는 것을 꺼려 단속을 했으나 마침 현장에 있던 외국인이 알게 되어 널리 퍼졌다고 했다. 김구와 정량은 그만 할 말을 잃고 머릿속이 하얘질 지경이었다. 김구는 무엇보다도 앞서 떠났던 일행들이 이 사실을 알고 있는지 궁금했다.

"먼저 간 일행들은 이 소식을 알고 있을까요?"

"모르겠네. 일본군이 이 사실이 알려지지 않도록 쉬쉬하고 입단속을 하여 뒤늦게 알려졌다고 하지 않던가!"

"네, 그런 말들을 했지요."

"청나라 군사는 나라의 요청으로 동학군이 있는 아산만으로 갔는데 일본은 인천으로 군함을 몰고 와서 경복궁부터 점령했다니 이것이 무슨 꿍꿍이겠나? 수운 선생이 쓰신 책에도 보면 왜놈들을 조심하라고 써 있지 않던가? 방곡령이 일어나고 난리를 치른 지 얼마 되지 않았는데 무슨 속셈인지 뻔히 보이네그려. 아까 마을 사람들 말로는 일본군이 가지고 있는 지도에 마을의 지형이 놀랄 만큼 정확하게 그려져 있다고 하던데 언제 그렇게 우리 땅을 세세히 조사를 했을까?"

"저도 그 말을 듣고 깜짝 놀랐습니다. 무슨 도깨비 속인지 모르겠습니다. 그나저나 저 때문에 이리 늦어지고 있으니 그저 송구할 뿐입니다. 빨리 고향으로 돌아가야 하는데 제 발걸음은 이렇게 거북이 형상이니…."

"그런 소리 말게. 이것이 어찌 자네 잘못인가? 다른 사람을 도와주다가 이리되지 않았는가? 서로 돕다가 생긴 일이니 나는 자네가 장하고 기특하기만 하네."

정량은 미안해하는 김구를 다독거렸다. 일행 중에서 제일 나이 어린 김구는 힘든 일이 생길 때마다 물불 안 가리고 몸을 던지며 돕는 성격이어서 대견하게 여기고 있던 터였다. 두 사람은 나라의 앞날을 얘기하다가 점점 앞이 깜깜해지는 느낌이 들었다. 더군다나 집을 비운 지 오래되어 부모님과 친척들이 어떤 지경인지 알 도리가 없으니 답답하기만 했다.

갑오년이 되기 일 년 전 봄, 나가사키신보 기자 타쿠야는 같은 신문사 동료인 신세이와 사츠마마루(薩摩丸)를 타고 인천으로 가고 있었다. 둘은 배 위에서 하얗게 포말을 날리며 전진하고 있는 배 후미를 바라보았다. 방금 떠난 항구가 파아란 하늘과 바다를 사이에 두고 길게 펼쳐지다가 점점 아스라이 멀어져 갔다.

스물세 살짜리 동갑내기 둘은 며칠 전 일본의 본사에서 조선 지국으로 발령이 났다. 특파원이자 정보 수집의 임무를 맡았고 조선어 교육을 철저히 받았다. 일본은 조선으로 가는 자국민에게 나라에서 부여한 임무를 수행하도록 했다.

"타쿠야, 조선은 어떤 나라일까?"

"글쎄, 직접 보기 전에는 어쩐지 감이 안 잡힌다고나 할까? 미리 조선에 대한 교육을 받았지만 겪어 본 다음에 얘기하고 싶어. 수시로 사장에게 정보 수집 자료를 올리라니까 어차피 곧 알게 되겠지."

"동료들의 보고서는 절대 못 보도록 했으니 우리가 서로 정보를 공유할 일은 없겠지?"

"보고서로 승진 점수를 준다고 했잖아. 우리도 전시로 치면 병사에 해당한다고 하지 않았어? 우리는 천황의 황군이다! 이걸 잊으면 안 되겠지?"

"그럼, 그걸 잊으면 절대 안 되지."

아까부터 두 젊은 기자에게 눈길을 끄는 한 무리의 사람들이 있었다. 상등 선객으로 상인의 옷차림을 하고 블라디보스톡 관광 명목으로 승선했으나 별로 상인으로 보이지 않았다.

"저기 저 사람들 말이야."

"그래, 나도 아까부터 저 사람들에게 자꾸 눈길이 가는군."

"무언가 냄새를 풍기지 않아?"

"그러게 말이야, 의복은 상인이지만 군인이라도 되는 것처럼 근엄해 보여."

"마침 가와카미 중장이 조선으로 향했다는 소문이 기자들 사이에 나돌고 있어."

둘은 잠시 서로의 얼굴을 바라보다가 동시에 벌떡 일어났다. 뭔가 특종감이 되겠다는 기자 특유의 후각이 발동했다. 뒤를 캐는 것이라면 기자의 전공이 아닌가. 각자 자기의 방식을 이용해 탐문이 시작되었다. 신세이는 타쿠야에게 뒤쳐질세라 자기가 알게 된 사실들을 재빠르게 기사로 작성하여 본사로 송고했다.

"4월 16일 사츠마마루에 4명의 일본인 상인(商人)이 승선하고 있다. 블라디보스토크 관광이라는 명목으로 승선했으나 그 용모와 위풍이 보통 상인들로 볼 수 없는 사람들이었다. 본 취재기자는 탐문을 시작하여 이들이 조선으로 잠행한다는 사실을 알았다. 이들은 참모본부 차장 가와카미 소로쿠(川上操六), 제1국 국원 보병소좌 타무라 이요조(田村怡造), 포병대위 오하라 텐(小原), 육군대학교 교원 등 4명이다."

〈조야신문〉, 〈도쿄아사히신문〉에도 가와카미 중장에 대한 기사가 줄을 잇고 있었다.

"가와카미 중장의 잠행은 직접 조선을 답사하고 군사상 필요한 지역을 탐사하며, 고위급 인사를 방문하여 정보를 수집하기 위한 것이었다. 물론 왕이나 왕비를 만날 때는 예의 바른 웃음과 깍듯한 저자세 그리고 단박에 마음을 뺏을 만한 뇌물도 잊지 않았다. 그리고 그저 조선의 지엄한 분에게 인사를 드리러 온 한가한 상인의 얼굴 모습으로 바꾸는 것을 잊지 않았다.

그러나 인천과 강화도 황해도 서해안까지 골고루 살펴보고 자신의 부하를 청국과 중앙아시아 남양군도에 파견하여 각지의 정보를 수집하고 대륙 작전의 조사 연구에 도움이 되도록 지시할 때에는 군대의 지휘관 모습으로 돌아와 있었다."

타쿠야는 인천에 도착하자마자 사라져 버린 신세이가 둘이 찾아낸 특종을 본사로 먼저 송고한 사실을 알았다.

"으음, 선수를 놓치고 말았군. 신세이 이 녀석!"

타쿠야는 취재 활동 중에 조선이 어마어마한 감시망 아래 놓여 있다는 것을 알았다. 조선에 있는 모든 일본인이 밀정이라고 해도 틀리지 않았다. 영사관 소속 경찰은 물론이고 일본의 유학생, 상인, 낭인들, 심지어는 교사, 목욕탕 주인까지 동원되어 조선인에 대한 정보를 수집했다. 타쿠야는 틈틈이 자기가 수집한 정보를 사장에게 보고하는 한편, 사사롭게 흥미가 가는 와타나베라는 밀정에 대한 정보를 캐어 기록하기 시작했다.

〈와타나베〉

1891년 8월 23일에 일본 공사관 주재무관으로 부임. 계급은 육군 포병 대위였음.

1893년 5월 2일 함경도와 평안도 일대를 정탐하는 중임.

(추가-농민전쟁 이후 공사관 소속 주재무관 해군 소좌 니이로 도키스케 등과 함께 공사관의 정보 수집 활동. 특히 조선에서 정보 수집 활동 중인 대륙 낭인들과 긴밀한 연락을 주고 받음)

신세이에게 뒤지지 않기 위해 이듬해까지 지속적으로 기사를 써 보내는 것도 잊지 않았다.

"군부 최고 지도자인 가와카미 대장은 자신이 몸소 조선을 직접 답사함으로써 장래 예상되는 청국과의 전쟁에 대비하여 군사상 필요한 지형을 눈으로 직접 확인하는 동시에, 필요한 군사 정보를 수집하는 것이 주목적이었다. 부하 장교를 조선, 청국, 중앙아시아, 남양군도에 파견하여 정보를 수집하고, 대륙에 대한 작전에 도움이 되도록 했을 뿐만 아니라 자신이 직접 조선과 지나 여행을 계획하여 작전 준비에 차질이 없도록 하였다."

이듬해 동학농민혁명과 청일전쟁이 일어났고 가와카미는 대본영 참모차장 겸 병참총감으로서 동학당 진압과 청일전쟁을 선두에서 지휘하였다. 조선을 방문하여 사전에 치밀하게 수집하고 답사한 자료를 기초로 동학당을 모두 학살하라는 명령을 내렸다.

동학당 진압의 최일선에 배치된 일본군 후비보병 제19대대의 대대장, '미나미 고시로'에게 긴급으로 동학당의 전원 살육을 지시하는 명령을 하달하고 전라도 서남부 연안으로 몰아붙여 궤멸시키는 작전을 수행하였다.

일요일 아침, 두 달 전 원산학사에 부임한 젊은 일본어 선생 하리모토가 바람도 쐴 겸 함께 원산 바닷가로 놀러 가자고 찾아왔다. 동이가 직장 일에 서툰 하리모토를 친절하게 보살펴 주자 하리모토는 원산을 안내해 달라며 무슨 일이든 동이와 함께하려고 했다.

하리모토는 며칠 전부터 신이 나서 얘기했던 기자 친구 타쿠야를 만나는 날이라고 했다. 조선에 들어온 지 일 년 만에 원산으로 취재를 오게 되었다는 것이다. 바닷가 근처에 있는 일본식 술집에서 동이는 하리모토와 함께 신문기자 타쿠야를 만났다.

"어이 친구, 아직 살아 있는가?"

"응, 보시다시피 이렇게 잘 살고 있지."

두 친구는 보자마자 악수를 하더니 서로 부둥켜안았다. 금세 고등학교 시절로 돌아가는 듯 일본말로 농담을 하기 시작했다.

"안녕하세요? 반갑습니다."

"예, 저도 반갑습니다."

타쿠야는 동이와도 인사를 나누었다. 두 친구는 일본말로 고등학교 친구들 얘기를 시작했다. 하리모토가 동이를 보고 물었다.

"너무 우리끼리만 얘기하게 되니 미안한데요?"

"아니, 상관없어. 어차피 처음 올 때부터 나는 술만 마시겠다고 했잖아. 바다 구경하면서 술 마시는 것도 좋은데 뭘."

"그럼 친구와 얘기 좀 계속할게요."

"얼마든지…. 나는 책도 가져왔으니 전혀 상관없네. 나는 저기 창가에 가서 책 좀 읽을 테니 염려하지 않아도 돼."

동이는 창가의 빈자리로 가서 책을 읽기 시작했다. 사람이 모이기 전 이른 대낮이라 자리가 많아서 마음이 편했다. 동이는 하리모토에게 일본말을 할 줄 안다고 얘기하지 않았다. 하리모토가 워낙 한국말을 잘하여 의사소통이 되었고 일본말로 굳이 대화하기 싫었던 이유도 있었다. 그래서 하리모토가 주변 사람과 어울려 일본말로 대화할 때는 모르는 척하고 함께 어울리지 않았다.

하리모토와 타쿠야는 신이 나서 떠들며 쉴 새 없이 술잔을 비웠다. 점점 그들의 목소리에서 취기가 느껴졌다. 갑자기 그들의 목소리가 낮아졌다.

먼저 기자인 타쿠야가 조선 사정을 취재하며 보고 들은 것들을 무용담처럼 늘어놓았다. 대부분 조선의 대신들이라고 하는 고위직 정치인의 비리와 관련되는 것들이었다. 그런데 하리모토가 이야기를 늘어놓기 시작했을 때 가슴을 졸이며 그의 이야기를 듣고 있던 동이는 자기의 귀를 의심하지 않을 수 없었다.

원산학사의 교장의 신상 이야기며 자신이 심어 놓은 밀정 얘기, 심지어는 동이의 주변 관계까지 늘어놓고 있었다. 한 번도 주변 이야기를 하리모토에게 한 적이 없는 동이는 분노로 얼굴이 빨개졌다.

책 옆에 한 잔 가져다 놓은 술을 자기도 모르게 다 비우고 동이는 무언지 알 수 없는 멍한 기분이 되어 화장실로 갔다. 몇 번이나 얼굴을 씻었는지 몰랐다. 그저 자꾸자꾸 얼굴을 씻었다. 무언가 불쾌한 것이 자기 몸으로 스멀스멀 기어가는 느낌이었다. 자리로 가서 책을 다시 읽었으나 이미 책의 활자는 눈에 들어오지도 않았다. 다행히도 그들의 화제는 고등학교 때 여학생 이야기로 넘어갔다. 동이는 책을 덮고 일어났다.

"집에 가서 할 일이 생각났어, 하리모토."

"그래요? 아쉬운데요."

출입문으로 가다가 뒤를 돌아보니 두 사람이 웃는 얼굴로 손을 흔들고 있었다. 그들을 바라보다가 다시 출입문을 향해 가는 동이의 머리가 그들의 손처럼 흔들리고 있었다.

'원산항은 일본 상인들이 접수했고, 이제는 기자와 선생들까지 나서서 샅샅이 정보를 캐내고 있으니, 학교와 나라까지 결딴날 지경이군.'

다음 날 동이는 학교에 가지 않았다. 짐을 정리하고 사직서를 냈다. 보름 전 우종수에게서 온 편지를 다시 읽었다. 초리면에 와 달라는 편지였다. 동이는 오랫동안 생각해 왔던 일을 떠올렸다. 더 늦기 전에 용기를 내어 할 일이었다.

7장/ 해주성에 횃불을 올리다

 무더위가 계속되는 여름날, 쉴 틈 없는 노역에 지친 마을 사람들은 커다란 느티나무 그늘이 있는 준기의 집에 모여들었다. 안주인 연화는 늘 반가운 얼굴로 맞으며 사람들의 안색을 살폈다. 배가 고픈 기색이면 밥을 먹이고, 아픈 기색이면 침을 놓거나 약을 처방해 주었다. 워낙 커다랗고 방도 많은 집이라 사람들은 넉넉한 안주인 덕분에 눈치 볼 것도 없이 여기저기 들어가 매미 소리를 자장가 삼아 고단한 몸을 부리고 잠을 청하기까지 했다.

 어느 날 남녘에 다녀온 동학 도인들이 심상치 않은 얼굴로 찾아와서 놀라운 소식을 전했다. 해월 선생이 계시는 충청도 청산 문바위골 법소에 갔다가 돌아오는 길에 황해도 접경 지역 마을에서 청일전쟁이 일어났다는 소식을 들었다는 것이었다. 더 놀라운 일은 일본이 청나라와 전쟁을 선포하기도 전에 임금이 계시는 경복궁부터 침공했다는 것이었다.

 "일본 군대가 경복궁에 쳐들어가 국왕을 인질로 삼고 일본놈들 앞잡이로 내각을 구성했다네. 이제 일본 군대의 손에 조정의 벼슬아치들이 꼭두각시 춤을 추는 격이지. 왕궁을 왜놈 군대가 차지하고 있다니 이게 무슨 해괴망측한 일인가?"

모두들 눈이 휘둥그레졌다. 기가 막힌 소식에 모두들 입이 벌어졌다. 설상가상이라더니 그러지 않아도 힘든 세상에 날벼락이 떨어진 격이었다.

"궁궐이 왜 그 지경이 되었단 말인가? 이건 옛날에 임진왜란 짝이 난거지 뭐여? 아니, 대체 한양 땅에는 조선 사람이 아무도 없단 말이야?"

"지난봄에 삼남 지방에서 동학 도인들이 폐정을 개혁하고자 일제히 봉기했지 않은가? 그 동학도들을 진압해 달라고 청국 군대를 요청한 모양이야. 그런데, 일본 군대가 이 틈에 자기 나라 국민들을 보호한다며 군대를 한양으로 몰고 들어왔다네. 그때부터 한양에선 곧 전쟁이 날 거라며 민심이 뒤숭숭했다고 하네. 피난 가는 사람도 부지기수였고…."

첩지를 받고 돌아오던 접주들은 남쪽 동학군들의 세력이 만만치 않음을 알고 있어 안심하고 올라오다가 이 소식을 듣고 혼비백산하여 고향의 도인들에게 알리고 각자 대책을 세우며 연락이 가면 즉시 모이기로 결의하고 뿔뿔이 흩어졌다고 했다. 일본군 신무기의 화력이 엄청나다는 소식과 함께 자기 휘하에 이름을 올린 산포수부터 점검하기로 했다는 것이다.

모두들 난리가 난 것이라고 웅성거렸다. 한참을 말없이 앉아 있던 준기는 한마디 던지고 벌떡 일어났다.

"이제, 조선이라는 나라는…, 없는 것이네. 왕궁을 빼앗겼다면 곧 백성들부터 일본놈들 손에 휘둘릴 테지. 이제 한바탕 분탕질이 일어날 것이네."

준기는 그날로 말을 타고 다니며 군사를 모았다. 일본군이 곧 황해도로 들어온다며 짐을 싸고 피해야 한다고 사람들이 우왕좌왕 길 위에서 헤매고 있었다. 준기는 집 근처의 야산에 막사부터 지었다. 그의 밑으로 장연 지방의 장정들이 몰려들었다. 수백 명의 군사가 모여 하루에 수십 가마의 쌀을 가져다가 밥을 해 먹였다.

연화와 의술을 배우던 여인들 그리고 마을 아낙네들은 누구랄 것도 없어 모두 달려들어 일을 거들었다. 밥을 하여 먹을 것을 쉴 새 없이 해 나르고 한쪽에서는 천으로 신호 깃발들을 만들고 한쪽에서는 군사들의 옷을 만드느라 부산했다. 노인들은 짚신을 삼고 젊은 장정들은 나무를 다듬어 뾰족한 창으로 만들어 냈다.

재령과 봉산에도 동학군이 모이고 있었다. 황해도의 동학군은 점차 세력을 키워 가며 일제히 봉기할 날을 손꼽고 있었다. 9월 하순 황해도에서 장연 지역 동학군이 제일 먼저 깃발을 떨치고 일어났다.

일본과 청나라의 전쟁이 발발했다. 문제는 그 싸움판이 조선 땅이요, 조선의 앞바다라는 점이었다. 특히 황해도는 인근 평안도와 함께 청일 양국군이 맞붙어 싸운 격전의 중심지여서 피해가 극심했다. 두 나라 사이의 전투는 조선 사람들로서는 일찍이 겪어 보지 못한 신식 무기의 대결장이어서 불탄 마을에는 시체가 나뒹굴었고, 그것이 아니더라도 대부분의 마을은 피난 행렬이 줄며 텅 비고 말았다.

미처 피하지 못한 사람들은 일본군의 식량과 마초를 비롯한 각종 물자를 조달하고 운반하는 노역에 시달렸다. 울분에 찬 농민들은 곳곳에서 군용 전선을 절단하기 시작했다. 개성과 서흥에서 잇달아 절단 사건이 발생하자 일본군 사단장은 황주 절도사에게 조선 관군을 동원하여 군용 전선을 보호하도록 명령했다.

"전선을 방해하는 자는 엄중하게 처벌하라. 어쩔 수 없을 때는 군대에서 곧바로 처리하라. 만일 어길 때에는 합당한 조치를 시행하겠다."

이틀 후 황주에서 전신주가 부러지고 50미터의 전선이 잘라졌다. 일본군은 십이포에서 잡은 조선인을 황주 관아로 끌고 와 마을 사람들을 전부 모이라고 했다. 불안한 표정으로 웅성거리는 사람들 앞으로 일본군 장교가 나왔다.

"황주 절도사는 이리 나오시오. 이 일에 책임을 져야 하니 당신 손으로 이 죄인의 목을 치시오."

"예엣?"

사람들이 놀라 소리를 치고 아이들을 업고 나온 부녀자들은 황급히 아이들을 감싸 안았다. 난데없는 요구에 황주 절도사의 얼굴은 핏기 없이 새하얘졌다.

"죄인을 다루는 자는 따로 있소만."

장교가 손짓을 하자 일본군 대여섯 명이 절도사의 주변을 총으로 에워싸고 밀고 나왔다. 통곡 소리가 사람들 입에서 터져 나왔다. 그대로 얼음처럼 굳어져 버린 절도사의 몸에 여섯 개의 총구가 일제히 소리를 내며 겨누어졌다. 눈을 감은 황주 절도사의 떨리는 손에 칼이 쥐여졌다. 모두들 그 참혹한 광경에 고개를 돌렸다.

"전선이 파손되면 근처 마을에 책임을 물리겠다. 범인을 고발하면 당연히 상금을 줄 것이다. 피해가 크든 작든 사형이다. 영유읍에서도 고의로 전선을 절단하는 자를 잡아 참수했다. 참고하기 바란다."

일본 대본영 병참총감 가와카미는 북부 지방 수비대에 엄명을 내려 전선을 보호하여 출정군과 본국과의 교통을 원활하게 하도록 했다. 지역 곳곳에서 전선을 절단하는 일이 일어나자 황해도 감사는 범인을 즉시 처형하고 각 고을에 방을 내렸다.

"동선령 고개 전선을 절단한 자를 효수하였다. 백성들에게 널리 알려 각성하도록 하라. 그리고 각 고을에 법을 만들어 동학도들을 모두 잡아들이도록 해라."

황해도 감사가 전선을 자르는 농민들을 처형했다는 소문이 나자 사람들이 동요하기 시작했다. 황해도의 동학농민군은 임종현을 대표로 하여 황해도 감사에게 단자를 올렸다. 그러나 감사에게서 아무런 대답도 없었다.

김구는 해주 텃골로 돌아오자마자 이용선을 찾아갔다. 이용선은 함경도 정평 사람으로 장사하느라 황해도에 와서 살던 사람이었다. 어려서부터 산포수인 아버지를 따라 산을 누비고 다녔다는 소리를 우스갯소리 섞어 자주 했다. 산에서 사냥을 하고 돌아온 날이면 잡아 온 고라니나 새들을 사람들과 함께 나누어 먹었다. 총사냥을 잘하고 사람 다루는 수완이 좋아 평소에 눈여겨보던 사람이었다.

이용선은 여기저기 뛰어다니더니 산포계를 하는 사람들을 모아 자기 집으로 몰고 왔다. 산포수들은 산포계를 통해 평소에 단합이 되어 있어 모으기가 쉬웠다. 일부 산포수들은 소식을 알고 있었으나 대다수 산포수들은 소문에 어두웠다. 김구는 문바위골에서 해월 선생을 만나면서 본 마을 이야기며 동학군들 얘기 그리고 경복궁이 일본군에 점령되었다는 소식을 알렸다. 이들은 산에서 짐승을 잡고 사는 사람들이라 거칠기도 했지만 의협심이 남다르고 순박한 자들이기도 했다.

"당장 우리가 총 들고 가서 본때를 보여줍시다."

"우리가 어찌해야 하는지만 가르쳐 주시오. 그놈들이 설치지 못하게 당장 쫓아냅시다."

김구는 이용선을 화포영장으로 삼아 훈련을 시작했다. 산포수들은 자기네들끼리 연락을 넣어 주변 산포수들을 모조리 불러 모으더니 수십 명이 함께 모여 가까운 팔봉산으로 몰려갔다. 이용선은 어렸을 때 산포수들 훈련하는 것을 본 적이 있다며 간단히 몸을 푸는 동작을 하게 하더니 나중에는 유사시에 대비해야 한다며 양편으로 나누어 사격술 훈련을 시켰다.

김구는 지도부에서 연락이 올 때까지 매일 산에서 산포수들과 함께 훈련을 하였다. 산포수들의 훈련 소리가 팔봉산 골짜기를 온통 뒤흔들었다. 김순영과 곽낙원은 아들을 돕는다고 동네 사람들을 동원하여 산포수들의 밥을 해 대느라 분주하게 돌아다녔다. 드디어 소집하라는 연락이 오자 김구는 푸른색 비단으로 깃발을 만들어 들고 산포수들과 함께 동학군이 총집합하는 취야 장터로 갔다.

갑오년 10월 6일 드높아진 맑은 가을 하늘 아래 황해도 봉산 지방 걸립패들이 풍물을 울리며 취야 장터에 나타났다. 그 뒤로 오색의 비단 천에 갖가지 치장을 한 깃발을 휘날리며 동학군 수천 명이 모여들었다. 해서 수접주 최유현이 등장하자 접 단위로 모인 동학군들은 일제히 깃발을 흔들고 함성을 지르며 환호하였다.

"우리 황해도는 예로부터 청나라 사신들이 다니는 길목으로 공물을 조달하고 사신을 접대하며 시설을 설치하는 것까지도 전부 농민들의 손으로 감당해야 했습니다. 토목공사와 전세미 수송도 전부 농민들의 몫이었지요. 이제는 일본 군대가 조선 관리들을 끼고 이와 똑같은 일을 요구합니다. 이번 전쟁이 있기 전부터 황해도 백성들은 일본 상인들의 침탈에 눈 뜨고 코 베이는 격으로 당해 왔습니다. 광산 채굴을 금지하여 일자리를 잃고 헤매는 사람들은 또 얼마나 많습니까?"

"옳소!"

"이러한 폐정을 개혁코자 해월 선생의 기포령에 따라 저 남쪽에서는 우리 동학 도인을 중심으로 모든 고을의 백성들이 일제히 기포하여 지금은 집강소를 통해 백성들의 소원을 이루어 가고 있습니다."

"만세, 동학농민군 만세!"

"우리는 그동안 삼남 지방과 강원도, 경기도 지역의 동학군 상황을 지켜보면서 두 차례에 걸쳐 동학군의 이름으로 군역과 부역을 포함한 삼정의 문란, 자주 바뀌는 화폐의 주조로 인한 피해, 무고한 사람에 대한 형살, 지방관의 부정행위 등의 민폐를 지적하고, 동학의 허용을 요구하는 내용을 적어 황해도 관찰사에게 소장을 올렸습니다. 그런데 아직도 그 대답을 듣지 못하였으니 오늘은 그 대답이나 함께 들어 보자고 모두 모이시라고 했습니다."

"옳소! 오늘은 꼭 감사의 대답을 들어봅시다."

"황해도 감사는 당장 나서라!"

"절대 물러서지 말자!"

동학군은 각 접주의 지휘 아래 북소리를 신호로 일사불란하게 대오를 이루며 황해도 감사를 호출하였다.

"여기서 이럴 게 아니라, 관아로 처들어갑시다!"

여기저기서 당장이라도 관아를 들이치자는 목소리들이 터져 나왔다.

"여러분, 지금 관아로 통문을 보냈습니다. 청나라와 일본의 전쟁으로 피폐해진 민심이 수습되어야 하는 마당에, 같은 조선의 백성으로 피를 보지 않도록, 감사가 이곳으로 와서 폐정의 개혁을 약조하라는 통문입니다. 일단 여기서 기다리기로 합시다."

그러나 기다리는 감사는 쉽게 나타나지 않았다. 동학군 중에서 말깨나 한다는 사람들이 잇따라 나서서 자기 고을에서 일어난 기막힌 사연들을 소개하며 감사와 군현 지방관들의 비리를 성토하는 연설을 이어 갔다.

그때였다. 하얀 옷을 입고 검은 띠를 머리에 두른 준기와 그의 두 아들이 동학군 앞에 나타났다. 두 손에는 나무칼을 들고 있었다.

"여러분! 동학의 뜻과 기운을 크게 드높이는 뜻에서 제가 자식들과 함께 칼춤을 추어 올리겠습니다."

동학군의 함성이 쏟아지고 우레와 같은 박수 소리가 터져 나왔다.

준기를 중심으로 선 세 사람은 무릎을 꿇고 심고를 올리더니 칼노래를 읊조리며 칼춤을 추기 시작했다.

"저것이 수운 대선생께서 추셨다는 칼춤이라 하지 않던가?"

"저 춤을 어떻게 배웠을까?"

"정중동이라고 하더니 느린 듯하면서도 힘과 기상이 강건하게 살아있네그려."

"한 번 더 하시오! 한 번 더 하시오!"

결국 준기와 두 아들은 두 번을 연거푸 더 추어야 했다. 그러고도 사람들의 성화가 이어지는데, 멀리서 말을 탄 사령이 달려왔다. 통문을 받아든 황해도 감사 정현석이 사령을 보내어 일단 동학군의 군세를 살펴보게 한 것이다.

"감사께서 곧 답을 내릴 것이니 경거망동하지 말라는 말씀을 전하라 하셨소."

사령은 이 말만 전하고 말 머리를 돌려 황급히 감영으로 돌아갔다.

사령으로부터 동학군들이 수천 명은 족히 모였다는 보고를 받은 감사는 관군을 동원하여 동학군을 흩어 버리려던 계획을 포기하고, 그날 오후 늦은 시각에 답문을 내려보냈다.

"관청에서 민간에 끼치는 폐해는 즉시 시정하도록 하겠노라. 그러나 동학은 나라의 명령으로 이미 금지하고 있는 것이라 엄하게 다스릴 수밖에 없다. 모두 물러나 흩어져 생업에 종사하도록 하라."

이미 세력을 이룬 동학군들이 이만한 답변에 만족할 수는 없었다. 임종현을 장두로 하여 두 번이나 단자를 올리고 기다렸으나 결국 바뀐 것은 아무것도 없었다. 그렇기는 하나 동학군들로서도 황해도 감영을 직접 치기에는 아직 세가 부족하다는 판단을 내렸다. 무엇보다 대부분의 동학군들은 거의 맨주먹만 들고 온 것이나 다름없었다. 동학군들은 일단 흩어지기로 했다.

그러나 멀지 않은 장소에서 다시 모이기 시작하는 동학군들이 있었다. 임종현과 원용일, 김명선과 김명선 접주였다. 이들은 북소리를 신호로 일제히 강령현으로 쳐들어갔다. 관아는 금세 아수라장이 되었다.

"문을 열어라! 무기 창고를 부숴라!"

"무기 창고에서 무기를 들고 나와라. 곧장 해주성으로 진격한다."

강령현을 습격하여 현감을 결박하고 낫이나 죽창 대신 창과 칼을 손에 든 동학군은 그대로 해주성으로 쳐들어갔다. 황해도 감영을 지키던 관군은 동학군이 흩어진 줄로만 알고 있다가 불시에 기습을 받고 크게 흔들렸다. 몇 번의 접전을 주고받은 끝에 관군의 전열이 와해되었다. 이번에는 절대로 그냥 물러나지 않겠다고 생각한 동학군들은 기를 쓰고 몸으로 밀고 들어갔다.

감영에 앉아 있던 황해도 감사 정현석은 갑자기 밀려드는 동학군의 함성과 기세에 놀라 벌떡 일어서며 소리를 질렀다. 백발이 성성한 노구에도 불구하고 노기에 찬 목소리는 매서운 기운이 살아 있었다.

"이놈들이 무엇을 하는 것들이냐. 병졸들은 어디 갔느냐. 당장 저놈들을 몰아내라!"

그러나 이미 대세는 기울어 있었다. 동학군은 감사와 그 주변 수하들을 겹겹이 에워쌌다.

"이 비적 놈들을…."

감사와 관관은 몇 마디 말을 하기도 전에 그대로 마당에 내동댕이쳐졌다. 감사는 동학군의 무리 속에서 해주 감영의 아전들이 섞여 있는 것을 보았다. 지방 관료 가운데 높은 벼슬아치는 동학군에 동조하지 않았지만 아전들은 동학군과 동조하는 경우가 적지 않았다.

마당 한쪽에는 중군과 판관, 비장과 사로잡힌 관졸들이 묶인 채 꿇어 앉혀졌고, 황해도 감사 역시 선화당 마루 아래 무릎을 꿇려졌다.

동학군은 군기고를 접수하여 무기를 확보하고, 관아의 문서를 마당에 쏟아 놓고 불을 놓았다. 감사는 정신이 혼미해지는 와중에 누군가 자기의 갓 위에서 백로 모양의 옥장신구를 잡아채는 것을 느꼈다.

승리에 도취한 동학군들이 감영을 뒤집어엎는 데 정신이 팔린 사이, 감사는 이방과 함께 선화당 마당을 빠져나와 노비들의 거처인 영노청에 몸을 숨겼다. 가까스로 정신을 수습하여 편지를 쓴 감사는 노비 중 믿을 만한 이를 택하여 편지를 맡겼다.

"이 편지를 빨리 본가로 가지고 가서 이곳 사정을 전하고 피신하라 일러라. 그리고 곧바로 일본 군대가 있는 금천 병참부에 가서 이 편지를 전하고 도움을 요청해라."

"예, 알았습니다, 나리."

황급히 달려가는 노비를 바라보던 감사는 벌벌 떨리는 몸을 추스르며 방 한구석 벽에 몸을 기댔다. 창백한 노인의 얼굴에 감영을 빼앗긴 참담함과 회한이 스쳐 갔다. 황해도 감사로 어명을 받은 후 일흔이 넘은 나이를 이유로 여러 번 사임하는 상소를 올렸으나 상소가 받아들여지지 않아 공무를 시작한 지 한 달 만에 벌어진 일이었다. 곧 감사의 행적을 좇아 동학군들이 들이닥쳤다. 동학군들은 해주 감사를 죽이는 대신 영노청에 유폐하고 동학군에게 협조할 것을 종용하였다. 그러나 감사는 죽음을 불사하고 버티며 동학군들에게 뜻을 굽히지 않았다.

해주성을 점령한 준기는 접주들의 모임을 가진 뒤 아비의 이름으로 황해도 감사 자리에 오르고, 각 접주들을 관리로 새롭게 임명하였다. 중군과 병졸을 동학군으로 충원하고 모든 동학군 명단은 도록으로 작성하였다. 무장한 8백 명의 포수 부대가 성문을 지켰다. 준기는 미리 준비하고 머릿속으로 수없이 구상해 놓은 만큼 거침없이 일을 진행시켰다.

"오늘 새로 강령 현감, 안악 군수, 해주 판관을 임명하겠소. 각자 맡은 본분을 다하기 바랍니다. 우리는 추호도 그간의 지방관이 보였던 폐해를 답습하는 일이 없도록 해야 합니다. 마을 단위로 시정할 것이 있으면 기본 강령에 맞게 자치적으로 해결하고, 도 단위의 일은 본부에서 함께 의논하고 시행하는 것으로 하겠소."

각 군현에서 가지고 온 청홍색 깃발이 넘실거리고 동학군의 함성이 성안에 가득했다. 승리의 기쁨이 오래도록 해주성의 하늘에 메아리쳤다. 동학군은 관군에 대항하여 이겼다는 사실에 스스로도 놀라고 있었다. 두레패의 농악 소리에 맞추어 덩실덩실 춤을 추었다. 밤마다 해주성에는 동학군이 올린 승리의 횃불이 활활 타올랐다.

황해도 감사는 가까스로 몸을 추스르고 흩어졌던 군사들을 수소문하기 시작했다. 빨리 사태를 수습하고 어그러진 것을 바로잡아야 했다. 청계동 안 진사가 제일 먼저 머릿속에서 떠올랐다. 안 진사를 시작으로 황해도 호족들에게 동학군에 대항하는 의병을 일으키도록 편지를 보냈다.

아버지의 소식을 들은 감사의 아들은 격문을 썼다. 해주 감영 근처의 관아들이 관군과 산포수를 동원하여 해주 감영과 아버지를 구해 줄 것을 호소하는 글이었다. 그리고 사람을 모아 각 읍의 곳곳에 방을 붙이면서 금천을 향해 길을 떠났다.

"황해도 지방의 여러 고을의 관리들과 해주 감영은 한 가닥의 올과 같은 것이니 삼가 바라건대 여러 제위께서 힘을 합쳐 군사를 모으고 빨리 모여 해주 감영의 위험을 구하고 우리 부친의 어려움을 구해 주십시오. 아들 정헌시가 피눈물을 흘리며 급하게 아룁니다. 각각 거느린 포수 몇십 명을 가까운 읍의 경우는 10일에, 멀리 떨어진 읍의 경우는 12일 안에 성 밖에 도달하게 하고 각각 아무개 읍의 관군이라는 표를 내어 기호로 삼으십시오. 일본 군대는 관군을 막지 않을 것이니 헤아려 속히 갖추어 주십시오."

임종현이 해주성으로 쳐들어가 선화당을 부수고 문서를 불태웠으며 관리들을 징치한 것을 어떻게 보아야 하는가에 대해 최유현은 접주들과 앉아 골머리 앓았다. 최유현은 온유한 성격의 유학자 집안 자제로 집안이 넉넉하고 지방 관리와 좋은 관계를 유지하고 있었다. 다만 해서 유풍에 갑갑함을 느끼던 차에 재종형이 동학을 소개했을 때 주저없이 동학 도인이 되는 길을 택하였다.

"관청을 때려 부수고 관리를 징치한 것은 너무 과격한 것으로 보이는데 어떻게 해야 할지 의논을 해야겠소."

접주들의 의견은 즉시 둘로 나뉘었다.

"이참에 속 시원하게 동학군의 세력를 보여준 게 아닐런지요."

"자신이 스스로 황해도 감사라 칭했다는데 무슨 일인지 모르겠습니다. 접주들을 관리로 임명하고 동학군으로 도록까지 만들어 가지고 있다고 합니다."

"임종현이라는 자는 스스로 동학의 접주를 임명하기도 하고 평소에 호남 지역과도 내통하며 상응하는 면이 있다는 소문을 들었습니다."

정량은 평소에 임종현과도 사석에서 만난 적이 있어, 최유현은 그가 임종현을 어떻게 생각하는지 궁금했다. 정량은 눈치를 채고 웃으며 말했다.

"그는 화통한 사람입니다. 지금은 우리 황해도 동학군끼리 힘을 합쳐야 하는 때이니 그저 타이르는 정도로 넘어가면 좋겠습니다."

"일단은 일본군이나 관군이 눈치채지 않도록 같이 협조하는 방향으로 나가고, 동학군의 도리에 지나침이 있다면 찾아가기로 하지요."

김구가 거들고 나서니 주변에서 모두 그렇게 하는 것이 좋겠다고 하였다. 해주 수접주 최유현도 그 정도에서 해결하는 것으로 결정을 내렸다.

10월 27일에는 풍천부의 마부 안노랑과 임양순이 동학군을 지휘하여 풍천부를 점령하고 40일 동안 주둔하였다. 수천 명의 동학군이 풍천부 관아에 머물며 풍천부 농민들의 민원을 처리하였다. 풍천 부사는 일찌감치 몸을 피하였고 관속과 아전들은 동학군에 가담하여 활동하였다. 일본인이 목탄을 구입하러 풍천에 왔다가 살해되었다. 남부 병참감은 풍천 부사에게 책임을 묻는 전보를 띄웠다.

"풍천부에서 목탄을 구하려던 우리 일본인이 죽었다. 이 일을 어떻게 책임질 것인가? 피해자에 대한 배상도 준비해야 할 것이다."

풍천 부사는 대수롭지 않다는 듯이 남부병참감에게 답신을 보냈다.

"사건의 주범은 안노랑이니 동학당 지도부에 의논해 보아야 알겠소."

"아니, 동학당 비적들과 무슨 의논을 하겠다는 것인가? 적들과 내통하자는 것인가? 감히 우리 일본인을 죽인 놈들을 당장 때려잡지 못하겠나?"

동학군이 폐정 개혁을 수행하는 동안 풍천 부사는 일본군에게 도움을 받으려고 하지 않았다. 일본군에게 협조하고 싶지도 않았고 마을 사람들을 죽이고 싶지도 않았다. 풍천 부사가 동학군 잡는 일을 미루자 남부 병참감은 일본군을 동원하여 풍천 부사를 잡아들이도록 했다.

"너는 청나라나 동학당과 내통하는 자이다. 당장 이놈들을 잡아오지 못하면 네가 대신 감옥에 들어가야 할 것이다."

풍천 부사는 남부 병참감에 감금되는 신세가 되고 말았다. 풍천 부사는 그날 밤 뜬눈으로 밤을 새웠다. 자신의 처지보다 나라 꼴이 더 걱정이었다. 동학당이 관아를 점거하고, 일본군은 이 나라 임금의 신하인 지방관을 마음대로 감금하는 지경이고 보니 나라 꼴이 말이 아니었다. 스스로 부끄럽고 분노가 치밀어 잠을 이룰 수가 없었다.

10월 28일 황해도 지도부는 일단 동학군끼리는 함께 공조하기로 의견을 모으고 일본군이 재령 지방에서 쌀을 구매한다는 소식이 들리자 힘을 합쳐 막기로 했다. 정량 접주와 원용일 접주가 힘을 모으기로 했다.

황해도 재령은 호남평야와 함께 조선에서 가장 넓은 평야 지대였다. 가을이 되면 마을은 황금빛 융단 조각보가 되었다. 바람이 불면 누런 알곡이 출렁거리며 아름다운 배색을 만들어 냈다. 벼슬아치들은 이 비옥한 곡창지대를 탐내어 전라도 감사 아니면 황해도 감사가 되기를 다투어 소원하였다. 그러나 이제는 왕궁을 모욕하고 청나라를 물리친 일본군의 식량 기지가 될 처지였다. 일본군에게 재령은 중요한 식량 공급지였다.

일본군 소위가 병사들을 데리고 양곡을 매입하러 왔다는 소식을 듣고 재령 동학군은 그들의 숙소를 한밤중에 습격하였다. 일본군 이리에 소위가 동학군에 밀려 해주로 물러나자 이틀 뒤 일본 병참부는 군량미를 사 모으기 위해 일본 상인 여섯 명을 신천에 보냈다. 신천 동학군이 기다리고 있다가 급습하여 두 명을 죽였다.

이 사실은 전신 시설을 통해 모든 일본 병참감에 즉시 전해지고 오가와(小川) 참모장은 평양수비대 참모장에게 그날 저녁 보병 1백 명을 황해도로 파견할 것을 명령했다. 오가와는 15년 전 중국 북부에 잠입해 도둑 측량을 했던 자로 5년 뒤 외국 병제 연구와 지리 조사를 총괄하는 자리에 올랐고 청일전쟁에서 제1군 참모장이었다.

일본군 밀정들은 유능한 장교 중에서 선발되었다. 현지 임무를 완수하면 정보 계통과 지휘관 보직을 번갈아 맡기고 전쟁이 나면 지리를 잘 아는 곳에 보내 병력을 지휘하게 하였다.

11월 1일 일본군이 재령 관아에 주둔하자 소문은 즉각 동학군들에게 퍼졌다.

"재령 관아에 일본 군대가 머문다니 우리 쌀을 일본 군대가 몽땅 차지하려는 속셈이 아니겠어? 예전에는 벼슬아치들에게 빼앗기고 이제는 일본놈들에게까지 털리게 생겼구먼."

"일 년 내내 허리띠 졸라매고 뼛심을 쏟아 일구어 낸 우리 땅 우리 쌀이여. 이대로 빼앗길 수는 없어."

그러나 화승총을 든 산포수를 앞세우고 죽창이며 낫을 들고 달려간 동학군은 중무장한 일본군의 화력 앞에 속수무책으로 쓰러졌다. 목숨 같은 쌀을 지키려던 동학군 13명이 목숨을 잃었다. 나흘 뒤 새벽에는 황주 병참감에서 파견된 일본군 2개 분대와 접전하여 15명이 사망하고 5명이 생포되었다. 동학군의 화승총과 탄약 그리고 깃발과 창과 활 등도 모두 빼앗겼다. 일본군이 계속 재령평야 일대를 돌며 동학군을 토벌하자 6백여 명의 동학군은 다른 마을로 뿔뿔이 흩어져 갔다. 인근 동학군들에게 이 소식이 알려졌다.

"농민들이 쌀을 지키려다가 일본군 총에 수십 명이 죽었단다. 우리가 우리 것 지키지 못하면 누가 지키겠나?"

"목숨 바쳐 지킨 것을 일본놈에게 빼앗길 수야 있나? 우리가 죽더라도 몸으로 지켜 내자!"

나흘 뒤에는 평산 동학군이 나서서 금천 병참부에서 총유 병참부로 가는 양곡을 탈취하였다. 수십 명이 목숨을 내놓고 악착같이 덤비니 기세에 밀린 일본군은 양곡을 포기하고 도망가 버렸다. 양곡과 함께 수십 구의 시체를 싣고 돌아오면서 살아남은 동학군들은 통곡을 하였다. 그 후 평산 동학군은 밥을 먹을 때마다 먼저 간 동료 생각에 목이 메어 뜨거운 눈물을 쏟아야 했다.

스즈키 소위는 이미 10월에 조선 관군과 함께 남쪽에서 봉기한 공주 동학군을 격퇴하고 후비보병 제19대대와 교대한 군인이었다. 그리고 용산으로 귀대한 바로 다음 날 어은동 후쿠하라(福原) 병참감의 명령을 받고 황해도로 출발했다.

"황해도 동학당의 기세가 나날이 거세진다는 전보가 오고 있다. 스즈키 소위는 1소대 병력을 이끌고 즉각 지원하기 바란다."

"네, 알았습니다. 바로 출발하겠습니다."

"재령 동학군이 요즘 평산까지 출몰한다고 하니 속히 토벌하고 수괴를 잡아 이노우에(井上) 공사에게 보낼 것을 명한다."

스즈키는 명령을 받자마자 바로 용산을 출발하였다. 11월 7일 개성부에 도착하자마자 통신병이 전해 주는 소식을 들었다.

"이틀 전 평산 동학군이 총유 병참부로 보낸 식량을 약탈했다고 합니다."

그날 밤에는 평산 동학군이 관아를 습격하여 점령했다는 소식이 통신병에게 들어왔다.

"금천 역시 위험하니 토벌대는 즉시 금천으로 오라는 급보가 왔습니다."

밤 2시에 스즈키 소대는 개성부를 출발하여 청석관에 도착했다. 평산의 농민군은 이미 금천으로 향하여 없고 금천 병참수비대 병력 10명이 마을에서 진지를 구축하고 있었다. 평산 부사도 도망 와서 일본군과 함께 지냈다. 스즈키는 금천에 가기 위해 평산 쪽으로 가는 도중에 전신 공사를 하는 인부들이 부상당한 사람을 널빤지에 싣고 오는 것을 보았다.

"무슨 일인가?"

"오늘 새벽 전신 공사 인부들까지 출동해 평산 동학당을 습격했소. 우리는 인부 한 명이 다쳤고 동학당은 스무 명쯤 죽었소."

"동학당의 수는 모두 몇 명인지, 어느 방향으로 도주했는지 말해 주시오."

"그 수는 대략 4백 명 정도이고, 해주 방향으로 도주했소."

평산에 도착하니 관사는 모두 불타고 민가도 불타고 있었다. 관사에 보관했던 일본 공병의 철선과 전신기기도 모조리 파괴되었고 관사 안에 많은 돌을 던져져 있었다. 저녁이 되니 관리 두 명과 마을 사람이 돌아왔다.

"지금 평산의 상황을 아는 대로 보고하시오."

"자세한 사정은 알 수 없지만 남쪽에서 올라온 동비들이 갑자기 공격을 하여 이 지경이 되었습니다."

다음날 스즈키는 동학군을 추적하여 누천에 갔으나 이미 마을에 한 사람도 보이지 않았다. 마을 안 물레방앗간에 좁쌀이 백 가마 이상 쌓여 있었다. 집집마다 문을 열고 수색하여 방 안에 앉아 있던 노인을 끌어냈다.

"이곳에 있던 동학당이 간 곳을 말하라."

"평산에서 도망 온 동학군들은 어젯밤 이곳에 모였다가 갑자기 흩어져 도주했소."

"우리가 온다는 소문이 퍼졌나 보군. 적이 도망간 방향과 이 마을 동학당이 몇 명이나 되는지 말하라."

"나는 누가 동학당인지 모르오."

"물레방앗간에 좁쌀이 백 가마니가 넘게 저장되어 있던데 주인이 누구인가?"

"그것은 마을의 쌀이오."

누천은 사실 동학군의 군량을 비축하여 관리하고 있는 마을이었다. 평산에서부터 마을에 동학군 쌀이 있다고 듣고 온 스즈키는 속는 척하며 이리저리 탐문했다.

다음 날 아침 출발하기 전 스즈키는 노인을 끌어다 놓고 무섭게 다

그치며 심문을 하기 시작했다. 그때서야 노인은 실토했다.

"모두가 동학군의 양식이오."

"동학당의 소재가 어디인지 말해라."

"모릅니다."

"사실대로 말하지 않으면 죽여 버리겠다. 하지만 곧바로 말하면 불문에 부칠 것이다."

스즈키의 칼이 그대로 노인의 머리 위를 스치고 지나갔다. 휘익 바람을 가르는 소리와 함께 상투가 날아갔다. 놀란 노인은 그대로 땅에 나동그라졌다. 스즈키의 군홧발 아래 노인이 가쁘게 숨을 몰아쉬며 말했다.

"여기서 1리 반쯤 가면 가지촌인데, 모두 동학군…."

물레방앗간에 있는 양식을 병참부로 수송하려던 스즈키는 도로가 멀고 운반이 곤란하자 불을 놓아 식량을 모두 불태워 버리고 가지촌으로 떠났다. 불타는 마을 너머로 노인의 애통해하는 울음소리가 들려왔다.

스즈키 부대는 가지촌을 포위하여 수색했으나 부녀자와 노인만 남아 있었다. 아기를 안고 숨어 있던 여자를 끌어냈다.

"아이를 살리고 싶으면 바른 대로 얘기해라. 왜 남자들이 하나도 없지?"

"온정에 모이라는 격문을 읽고 남자들이 오늘 아침 모두 거기로 갔습니다."

계속해서 마을을 수색하였으나 한 사람도 찾아내지 못하고 서너 가마니의 떡과 여러 명이 식사할 수 있는 식기를 넣은 가마니만 발견하였다. 동학군의 식량이라고 생각한 스즈키 부대는 떡을 구워서 다 먹어 치워 버렸다. 곧이어 온정으로 달려갔으나 한 사람의 동학군도 발견하지 못했다. 마을에 있던 노인에게 그 이유를 물었으나 알고 싶은 정보를 들을 수 없었다.

"동학당은 다 어디로 갔는가?"

"동학군은 온정으로 오지 않았소."

"이곳으로 왔다는 정보를 듣고 왔는데 무슨 소리냐? 솔직히 말하는 게 좋을 것이다."

"무슨 소리를 듣고 왔는지 모르겠으나 우리는 알지 못하오."

일본군 병사들을 시켜 돌아가며 구타와 고문을 계속하여 자백을 받아내려 했으나 피투성이가 되어서도 끝내 모른다는 말뿐이었다. 가지촌의 건강한 자는 온정으로 집합하라는 동학군의 격문에 가지촌의 농민들은 모두 응하였다. 농민들은 동학군을 지지하고 있었고 동학군은 언제든지 병력을 보충할 수 있었다.

동학군이 봄에 봉기할 때 내세운 목표는 관과 토호들의 부당한 수탈에 저항하는 것이었다. 그러나 가을의 재봉기는 일본의 침략에 대항하기 위한 것이었다. 그해 가을 조선 관군은 일본군과 연합하여 자기 나라 백성인 동학군과 대치했다.

"경복궁 점령에 항의해 동학당의 대규모 반란이 조선 남부에서 전국으로 퍼지고 있다. 조선의 북부까지 가면 러시아의 개입을 불러올 수 있다. 러시아의 국경 근처인 북동 지방으로 퍼지는 것을 적극 저지하라. 앞으로 동학군을 만나면 모조리 살육하는 것을 원칙으로 한다."

가와카미 소로쿠가 인천 병참감 앞으로 명령을 내렸다. 동학군을 보는 대로 즉시 모두 죽이라는 명령이었다. 이 명령이 하달된 다음 날 동학농민군 토벌부대 '독립보병후비 제19대대' 3개 중대를 파견한다는 내용이 추가되었다.

살육 명령은 즉각 일본군 조선수비대 전 부대에 보내졌고 조선에 배치된 일본군 수비대마저 놀라서 인천 병참감 앞으로 전신을 보냈다.

"일반 동학당도 모두 무조건 살육하라는 말입니까?"

"무조건이다. 무조건 다 죽여 버린다. 모두 없애 버려라."

조선에서는 민란이 일어났을 때 주동자만 처벌하였다. 그러나 일본군은 동학군을 모조리 살육하라는 명령을 내렸다. 일본 정부와 일본 대본영의 방침이 대규모 민중 학살로 정해진 것이다.

전봉준이 일본군의 경복궁 침탈과 동학군 진압 계획에 맞서 삼례에서 재기포하고, 해월 선생으로부터 호서, 기호 동학군의 통령으로 임명된 손병희의 동학군과 합류하러 논산을 향했을 때는 이미 일본군에게 동학군 섬멸 명령이 하달된 뒤였다. 일본군은 동학군의 움직임을 정확하게 포착하여 인천 병참부에 보고했다.

신식 무기를 앞세운 우세한 전력과 긴밀한 통신망의 지원, 그리고 신식 무기로 재무장한 조선 관군을 앞잡이로 세운 일본군 후비보병 제19대대는 한양을 출발하여 동, 중, 서 삼로로 동학군을 압박하며 한반도 남서 해안으로 몰아붙였다. 부산에 상륙한 일본군 1개 대대도 서진과 북진을 하며 경상도 동학군을 토벌하였다.

　화승총을 가진 포수 외에는 변변한 무기도 없이 부적을 붙이고 주문을 외우며 버티던 동학군은 공격과 후퇴를 거듭하며 전세를 뒤집기 위해 애를 썼지만, 전열을 가다듬어 싸울 때마다 무수한 동학군들이 죽어 갈 뿐이었다. 충청도 내륙 산악 지역에서는 싸움과 후퇴를 거듭하고, 소규모로 출몰하며 일본군을 괴롭히는 전술을 써 보기도 하였으나, 결정적인 승기를 잡지 못하였다.

　패퇴를 거듭하며 해안 지대와 남해안 서해안의 섬으로 숨어든 동학군을 쫓아가 토벌하는 데에 군함까지 출동했다. 일본군의 무차별, 무자비한 살육 작전으로 호남, 호서 지역의 동학군들은 수십만의 희생자를 내면서 패산하였다.

　청국군을 만주 지역까지 몰아붙이고 완전히 승세를 굳힌 일본군은 동학군 토벌에 박차를 가했다. 황해도 지역의 동학군들도 마지막 힘을 모아 최후의 일전을 준비했다.

8장/ 다시 서는 사람들

때 이른 추위가 차디찬 바람을 몰고 와 매섭게 휘몰아쳤다. 해주 감영 선화당이 이른 아침부터 부산했다. 해주 감영에서 지내던 접주들은 감영에 더 주둔할 것인지를 의논하였다. 한 달이 되도록 동학군이 감영에 주둔하여 먹을 것이 떨어지자 부자들의 식량을 강제로 빼앗고 백성들에게 수고로움을 끼친다는 소식이 지도부의 귀에 들려왔다. 최유현 수접주는 임종현을 만나러 해주 감영에 찾아왔다.

"해월 선생이 내린 명령에 우리 동학농민군은 칼에 피를 묻히지 않고 이기는 것을 으뜸으로 삼고, 어쩔 수 없이 싸우더라도 사람의 목숨만은 해치지 않으며, 행진하면서 지나갈 때 남의 물건에 해를 끼치거나 민폐를 절대 끼치지 말고, 충신과 효자와 열녀와 존경받는 학자가 있는 동네에서는 절대 주둔하지 말라는 말씀이 있으십니다. 몸가짐을 신중히 할 것을 바라고 왔소."

최유현은 해월 선생으로부터 해주 수접주에 임명된 사람이었다. 임종현은 별다른 대응없이 묵묵히 그 말을 받아들였다. 황해도 동학군 중에 자기를 따르는 접주들도 만만치 않게 많았지만, 동학의 계통을 세우는 면으로는 이쯤에서 그의 말을 듣고 물러나는 것이 좋으리라는 생각도 들었다. 최유현 수접주가 떠난 뒤 감영 안에서 고락을 함께한 접주들을 모이라 일렀다.

"우리가 해주 감영에 들어온 지 한 달이 다 되어 갑니다. 그동안 시급한 민폐 몇 가지는 해결하였으나, 최근 들어 일본 군대가 신무기를 앞세워 동학군 토벌에 열을 올려 보이는 대로 죽이고 있습니다. 우리의 전력으로 이곳을 계속 지키기는 어렵습니다. 일단 이곳을 빠져나가는 것이 지금으로선 최선책입니다. 이대로 물러서자는 것이 아니라 다시 새롭게 준비하자는 것입니다."

임종현은 얼굴이 초췌하고 수염이 거칠게 자라 피곤한 표정이었지만 결코 낙담하는 얼굴이 아니었다. 오히려 동학군의 끈질긴 저력을 알게 되었다. 처음 들어올 때는 썩어 빠진 벼슬아치들을 징벌하자는 것이 주된 목표였으나, 그 사이 싸움의 주적이 달라졌다. 나라를 바로 세우는 일에 더 큰 외부의 적이 날카로운 이빨을 드러내고 있었다.

"오늘부터 해주성에 있는 동학군은 조금씩 밖으로 나가도록 하겠습니다. 우리는 결코 물러서는 것이 아닙니다. 아직은 우리가 갈 길이 멉니다. 우리는 다시 이곳에 올 것입니다."

황해도 감사는 노비의 객사에서 그대로 머무르고 있었다. 11월 6일 해주성을 점령하고 농민군으로서 감사를 자처한 임종현이 부하들을 거느리고 객사를 찾았다. 황해도 감사는 홀쭉하게 야윈 모습이었지만 여전히 추상같은 풍모를 지니고 있었다. 임종현 역시 농민군 지도자로서 조금도 흐트러지지 않은 모습으로 당당하게 마주 앉았다. 나라가 임명한 감사와 백성의 힘으로 옹립된 감사는 잠시 말없이 서로를 바라보았다.

"그동안 불편하였을 텐데 고생이 많으셨습니다. 이제 선화당으로 돌아가 일을 보십시오. 우리는 감영을 떠날 것입니다."

"내가 선화당에 되돌아가는 것은 옳지 못하다. 난리를 만나 책임을 다하지 못하여 나라의 처분을 기다려야 하는 처지다. 나는 여기서 나라의 명을 기다릴 테니 너희들은 썩 이 자리에서 물러가거라."

황해도 감사는 성을 지키지 못한 죄인이니 나라의 처분을 받겠다며 선화당으로 돌아가지 않았다. 꼬장꼬장한 노인네로군. 임종현은 말없이 물러섰다. 나설 때에는 대열을 동서로 나누어 깃발을 세우고 북을 울리며 해주성에서 철수했다. 해주성을 물러나면서도 그대로 여세를 몰아 강령, 장연, 신천, 송화, 문화, 평산 지역을 차례로 점령하며 무기들을 낱낱이 회수하였다.

그 무렵 강령에 주둔했던 동학군은 조선 관군과 스즈키 소위 부대와 상대하여 전투를 벌였으나 수십 명의 사상자와 포로를 남긴 채 후퇴했다. 포로 가운데 두 명은 서울로 압송되었고 나머지 11명과 감영의 장교가 잡은 1명은 효수되었다.

동학군은 옹진에 있는 수군 감영을 급습하여 수군절도사가 있던 군영을 쳤다. 수군절도사가 중상을 입었다. 황해도 수군절도사는 중앙정부에 장계를 올렸다.

"동학농민군 수천 명이 본 감영의 성문을 쳐부수고 감영 안으로 난입하여 활과 총을 마구 쏘아 대고, 군기 창고를 부수어 군수물자를 모두 빼앗아 달아났습니다."

조정에서는 황해도 감사 정현석을 견책하여 파직하고 관서 지방의 선유사 조희일을 황해도 감사로 임명하였다. 그리고 해주 판관도 파직하여 쫓아내고 연안 부사를 임명하여 부임지에 보냈다.

동학군이 해주 감영에서 물러나자 황해도 전역에 일제히 방이 붙었다. 동학군 접주 세 명의 얼굴을 붓으로 그리고 특히 임종현을 잡는 자에게는 두둑한 상금을 내릴 것이라는 내용을 게시하였다. 황해도 모든 일본군이 그의 행적을 계속 추적하며 쫓고 있었다.

동학군이 해주성에서 물러나고 사흘 뒤인 11월 10일 스즈키와 통역관이 딸린 일본군 70명이 해주에 도착하였다. 민가는 텅 비어 있고 관사는 파괴되었다. 해주성 안에 남은 사람은 황해도 감사, 중군, 판관과 그 밑에 있는 관료 일곱 명이 전부였다. 황해도 감사는 일본군을 맞아들여 노고를 치하하고 음식을 준비하여 먹였다.

스즈키는 해주의 사태를 파악하려고 해주 판관을 불렀다. 맨 처음 황해도 감사를 보았을 때 감사의 아버지라고 생각했다. 해주 판관도 감사와 같이 여든이 다 된 노인이었다. 결국 그보다 조금 나이가 아래인 50살 된 사람이 일본군에게 불려 나와 동학군의 상황을 보고하였다.

"해주 부근의 인민은 모두 동비들이오. 해주를 중심으로 동쪽으로 온정, 누천, 평산, 금천, 서쪽으로는 옹진, 장연, 죽산, 남쪽으로는 녹산, 송림 주변에서 강령까지, 북쪽에는 송화, 신천, 문화에서 동학군이 세력을 떨치고 있소. 이것은 산세가 험한 접경지대를 제외한 황해도 전 지역에 해당되는 것이오. 도저히 조선군 병력으로는 진압할 수 없소."

"나는 황해도 일부에만 동학군이 있다고 생각했소. 그런데 어떻게 이렇게나 동학군이 많단 말이오?"

"지역의 촌민으로 구성된 소규모 동학군까지 치면 더 엄청날 것이오. 황해도 백성 셋 중에 둘이 동학군이라고 보면 될 것이오."

스즈키 소대가 해주성에 들어온 다음 날이었다. 강령 현감이 전날 다급하게 사환을 보내 구원 요청을 하였다.

"동학군 6백 명이 모여 강령을 습격할 것이라고 했답니다. 속히 와서 도와주십시오."

11월 12일 동학군이 강령 관아에 쳐들어가 관의 문부와 깃발을 빼앗아 불태웠다. 스즈키가 보고를 받자마자 강령으로 갔으나 일본군 무기가 우세함을 아는 동학군은 대적하지 않고 바로 도망갔다. 스즈키는 불시에 타격을 주려고 밤에 몰래 야행하였다. 강령에 도착한 새벽에는 마을 사람을 보내 상황을 알아보았다.

"이곳에서 남쪽으로 반 리(里) 떨어진 고현 장터에 수백 명의 농민군이 집합하여 있습니다. 종을 울리고 큰북을 치며 깃발을 세우고 있으니 강령을 향해 갈 것 같습니다."

스즈키는 병력을 둘로 나누어 한 부대는 정면에서 다른 한 부대는 측면에서 치기로 했다. 격전을 치른 지 한 시간 만에 농민군은 세 방향으로 나뉘어 흩어졌다. 강령 현감은 강령 사람과 동학군을 구별하려고 도장을 찍은 종이를 모자 안에 붙이게 했다. 동학군에게도 이 소식이 알려졌다.

"강령 현감이 우리를 잡는다고 마을 사람에게 도장을 찍은 문서를 발급했답니다. 여기 한 장 가져왔으니 우리도 똑같이 만들어 가지고 다닙시다."

나무를 다듬는 장인이 나서서 도장을 똑같이 만들어 냈다. 그러나 인장의 색이 달랐다. 스즈키 소대는 산꼭대기에서 한 무리의 사람들을 발견하고 추격하여 체포하였다. 모두 모자에 종이가 붙어 있으나 관인의 색이 달랐다. 옷을 뒤져 가슴 속에서 가짜 관인을 찍은 종이들을 빼앗았다. 궁여지책으로 달았다고 실토하는 동학군을 해주 감영에 보내 참수하였다.

진사 안태훈은 개화파의 추천으로 일본에 파견될 유학생이었으나 갑신정변이 일어나 개화파 사람들이 죽고 망명하는 바람에 고향으로 돌아와 청계동에 은거하였다. 학자들과 인재를 모아 호족으로서 세력을 넓히고 집에서 장정들과 산포수를 모아 훈련시키고 있었다.

황해도 감사가 해주성을 빼앗기고 도움을 요청하는 편지를 보냈을 때 안태훈은 신천 의려소 깃발을 내걸고 동학군 토벌을 위해 의병을 일으켰다. 위정척사파와 개화파 인사들은 동학군과 맞서는 갑오의려(甲午義旅)를 세우고 자진해서 참여했다. 신천 동학군 접주는 안태훈이 동학군과 맞서고 있다는 소식을 듣고 임종현에게 파병을 의논하였다.

"청계산에 사는 안태훈이 신천 의려소를 차리고 70명의 포군을 훈련시키고 있답니다. 듣자 하니 황해도 감사와 같은 개화파 일당이라는데 산포수 중에서 가장 실력이 좋다고 소문난 자가 신천 의려소 훈련을 지도하고 있습니다."

"산포수는 워낙 용병의 성격이 강해 돈의 흐름을 쫓아다니네. 지금 같아서는 우리 쪽에도 산포수의 수는 만만치 않네. 문제는 제대로 된 무기를 확보하는 것이네."

"우리 숫자가 많으니 먼저 밀고 쳐들어가면 승산이 있지 않겠습니까?"

동학군은 안태훈의 신천 의려소로 쳐들어가기로 했다. 안태훈이 의려소를 차리고 싸울 채비를 하자 맏아들인 열여섯 살 안중근도 동학군과 싸우겠다고 나섰다.

"싸움터는 목숨 내놓고 가는 곳인데 아직은 어린 네가 나설 곳이 아니다. 나서지 말거라."

"아버님께서 목숨을 걸고 나라를 위하여 나서시는데 자식 된 제가 어찌 보고만 있겠습니까?"

안태훈이 꾸짖었으나 중근은 싸울 때마다 총을 메고 앞장섰다. 안중근은 갓 결혼한 열여섯 살 어린 신랑이었다. 사냥하기 좋은 짧은 돔방총을 메고 날마다 사냥을 다녔다. 사격술이 뛰어나 짐승이나 새를 잘 맞추었다.

안태훈은 중근이 싸움터에 나가 이기는 일이 많아지자 실력을 인정하고 안심하게 되었다. 동학군이 청계동에서 10리쯤 떨어진 박석골까지 접근하였을 때 밀정을 보내어 동학군이 밤을 틈타 기습한다는 것을 알아냈다. 11월 13일 안태훈은 박석골의 동학군을 한발 앞서 공격하기로 결정하였다.

"우리가 적은 군사라 숫자가 많은 비적과 정면으로 대적하는 것은 힘들 것이니 이대로 기다리는 것보다 오늘 밤 먼저 적병을 습격하는 것이 승산이 있을 것이다."

포수 대장에게 40명의 포수를 맡겨 선제공격을 하게 하고, 남은 병정들은 청계동을 지키게 하였다. 찬 새벽바람을 가르고 박석골까지 간 검은 옷 차림의 포수들은 숲 속에 엎드려 동학군의 동정을 살폈다. 동학군 진지에서 환하게 피운 횃불로 바람에 깃발이 펄럭이는 것까지 잘 보였다. 몸이 빠른 중근이 선봉에 나서 동학군을 살폈다. 동학군의 숫자가 많아 모두들 나서기 꺼렸지만 중근에 보기에 동학군은 잘 훈련된 군사가 아니었다. 더구나 이쪽이 수가 적으니까 어두운 밤에 먼저 공격하여 혼란스럽게 만든 다음 쫓아내는 것이 낫다고 생각했다. 안중근은 산포수에게 선제공격을 건의했다.

"적은 아직 대오를 정렬하지 않고 있습니다. 지금 빨리 공격하는 것이 좋겠습니다."

"저 많은 숫자와 대적하기에는 우리가 너무 약한 형세가 아니겠는가?"

"아닙니다. 저들은 숫자는 많으나 우리처럼 훈련받은 사병이 아니니 지금 치는 것이 유리합니다."

"그럼, 신호와 함께 일제히 총을 쏘며 달려가기로 하세."

고함 소리와 함께 일제히 달려들며 총을 쏘기 시작했다. 칠흑 같은 밤에 컴컴한 상태에서 상대방의 탄환이 쏟아지니 미처 준비를 못한 동학군들이 당황하여 흩어지기 시작했다. 신천 의려소 포수들은 신형 총을 구비하고 있어서 동학군에 비해 화력이 월등했다. 새벽 어스름이 차차 물러나며 서로의 모습이 상대방에게 드러났다. 동학군은 총을 쏘는 상대가 생각보다 적은 수라는 것을 발견하고 다시 전열을 가다듬어 몰려들기 시작했다. 변변한 무기가 없는 동학군이지만 많은 수가 한꺼번에 달려들자 사태가 역전되었다.

이번에는 안중근의 대열이 밀리기 시작했다. 그때 중근의 뒤에서 청계동에 남았던 포수들이 후원병으로 나타나 동학군을 향해 일제 사격을 시작했다. 그 바람에 동학군 몇 명이 쓰러지면서 다시 전세가 역전되었다. 동학군은 새벽안개가 걷힐 무렵 무리의 선두에서 서서 총을 쏘던 붉은 저고리 소년을 잊을 수가 없었다.

안태훈이 이끈 민보군은 전리품으로 많은 총기와 말, 그리고 군량미를 획득했다. 안중근과 부대원들은 만세를 부르며 노획물을 수거하여 돌아왔다. 황해도 감영에 승전 사실을 보고하는 것도 잊지 않았다. 신천 군수는 해주 감영에 공적을 적어 포상을 건의하였다. 이를 받은 황해도 감사도 즉시 중앙정부에 계를 올렸다.

"해주 감영에서 임명한 의려장 신천군 진사 안태훈이 포군 70명, 장정 1백여 명을 모집하여 동학군을 물리쳤습니다. 사살한 비적 우두머리 세 명과 습득한 조총, 환도, 갑주를 올려 보냅니다. 안태훈이 기특한 공훈을 세웠으니 격려하고 포상하는 것이 합당합니다. 황해도 소모관으로 임명하는 것을 건의하오니 분부를 받으면 바로 처리하겠습니다."

11월 20일 해주 감영에서 포군을 모집하니 응모한 자가 하루에 2백 명이나 되었다. 산포군은 용병과 같은 역할을 하여 동학군이 되기도 하고 때에 따라서는 관군으로서의 역할도 했다. 감사는 경군 차림을 모방하여 모자와 옷을 만들어 지급하고 두 사람을 영장으로 임명하여 훈련시켰다. 소를 잡아 푸짐하게 먹이며 포군을 격려하였다.

"비적들은 비록 숫자가 많다 하나 오합지졸에 불과하다. 나라를 위해 한마음으로 적을 토벌하기 바란다."

황해도에서 동학군에 대한 탄압이 더욱 심해질 무렵, 남녘에서 해월의 총기포령이 내려져 해서 수접주 최유현에게 함께 봉기하라는 통지가 당도했다. 갑오년 섣달을 앞두고 황해도 전역의 동학군이 연합하여 대대적인 반격을 시도하기로 의논이 모아졌다. 11월 23일 해서 수접주 최유현은 '창의소' 명의로 각 지역에 통지문을 보냈다.

해주안악 수접주가 창의기포를 촉구하는 통문
평산 수접주에게 보내는 경통(敬通)

생각건대 우리 동도의 충군효친과 광제창생의 근원은 크고 크도다. 그런데 아아, 저 해백, 황해 감사 부자는 왜놈과 더불어 해주와 강령의 동학 도인 1백여 명을 살해하였다. 백성을 도륙한 두 놈은 조선이 열린 오백년 이래 처음 보는 대역 죄인이다. 그 때문에 해서 10여 읍에 일제히 격문을 발포하여 기포해 모인 이가 5만을 넘었다. 취야 북쪽에 진을 치고 그 서쪽으로 식량 보급로와 인적을 끊었음에도 뒤를 따라 기포한 도인의 수가 수없이 많다.

평산읍 각 포의 도인들에게 크게 바라노니, 분발의 탄식이 어찌 없겠는가. 일제히 널리 알리고 만약 이를 받았으면 속히 기포하여 돌장승이 있는 곳에 모여서 주둔하면서 동쪽 식량 보급로를 끊으면 두 놈이 필시 도망하여 곧바로 평산과 금천 북쪽 땅으로 내달릴 것이다. 그러므로 연안, 배천, 평산, 금천의 각 포 수접주에게 이 통문을 돌린다. 연안, 배천 두 읍의 동학도들이 한곳에서 만나 도로를 막고, 평산 금천 두 읍의 동학도들도 작천의 북쪽 땅을 지키도록 하라. 동쪽과 서쪽이 수미상관하니 이놈들을 생포하는 것은 묶음 속에서 물건을 취하는 것과 같다. 더구나 지금 청국 군사가 왜구를 내쫓고 강을 건너 강계와 의주 북쪽 땅에 주둔하고, 조선인으로 왜를 돕는 자는 박멸한다는 뜻의 문서가 해주와 안악의 수접주에게 도착했다. 그러므로 지금 창의한 자들은 황해 감사 부자를 먼저 참하여 그 머리를 청나라 진영에 바치도록 하라. 그 후에야 우리 도인의 얼마 남지 않은 목숨을 부지할 것이다. 서둘러 기포하여 대세를 놓치지 않기를 몹시 바란다.

1894년 11월 23일 묘시 창의소

11월 말 황해도 동학군은 총궐기하기로 했다. 다섯 개의 접이 봉기한 해주가 중심이었다. 최유현 휘하에 있는 동학군의 총집결 장소는 죽천 장터였다. 죽천 장터는 신천과 장연에서 해주로 통하는 교통의 관문이었다.

11월 26일 임종현을 중심으로 모인 황해도 동학군은 취야 장터 북쪽에 진을 쳤다. 취야 장터는 옹진과 마산 쪽에서 해주로 들어오는 길과 장연군에서 두곡면을 지나 해주로 들어오는 큰길이 만나는 곳으로 황해도 남부 일대에서 가장 큰 상업과 교통의 중심지였다. 동학군은 일본군과 함께 동학군 토벌에 앞장서고 있는 황해도 감사를 사로잡기로 했다.

"서쪽의 벽성과 동쪽의 평산을 막아 양쪽에 진을 칩시다. 해주성에서 감사가 빠져나오더라도 후방에서 잡을 수 있을 겁니다. 동서 두

갈래로 나뉘어 해주성의 양쪽을 쳐서 황해도 감사와 일본군을 모조리 잡읍시다."

그러나 일본군이 동학군의 사정을 먼저 알아내었다. 일본군과 관군이 새벽 6시 해주 서쪽 취야 장터 부근에 도착하여 밤새도록 주둔하고 있던 동학군 2천 명을 공격했다. 동학군 초소에 있던 병사가 먼저 알고 발포하였다. 스즈키는 일본군을 동학군의 측면으로 우회시키고 조선 병사는 정면으로 나아가게 하였다. 두 시간 전투 끝에 동학군이 퇴각하였다. 사로잡은 접주들을 닦달하여 동학군의 향후 계획을 탐문한 일본군은 전신을 이용하여 이 사실을 즉각 병참감에 보고하였다.

"비적에게서 뺏은 편지를 보니 해주성을 동서에서 협공할 계획이라고 합니다."

"개성 병참부가 배천, 연안 부근에 적도가 집합한다고 전보를 보내왔습니다."

일본군이 연안에 도착하니 이미 연안 부사가 동학군을 설득하여 해산시켰다. 이 무렵 강령성에는 동학군이 주둔해 있었고 문화현, 송화현, 평산부, 조니진, 오우진, 용매진이 동학군에 함락되었다.

평안도에 있던 관서 선유사 조희일은 조정의 명을 받고 황해도 감사로 부임하기 위해 가마를 타고 역관들과 해주 쪽으로 내려오다 정량이 지휘하는 동학군에게 붙잡혔다. 지방관들이 일본군과 함께 동학군을 토벌하며 무차별 살육을 하고 있어 동학군의 감정이 좋을 리 없었다. 조희일은 노회한 사람이었다. 표정 하나 바뀌지 않고 가마에서 내리더니 정량에게 악수를 하고 바로 설득하기 시작했다.

"나는 전임 감사와는 다른 사람이오. 동학도들이 경복궁을 점령한 일본군을 응징하기 위하여 봉기한 의병인 것을 잘 알고 있소. 나는 무조건 일본군 편도 아니고 동학군을 나쁘게 평가하지도 않소. 내가 어떻게 하는지는 두고 보면 알 것 아니오? 내가 만약 사리에 어긋나는 행동을 하면 그때 나를 잡아도 늦지는 않을 것이오."

정량이 신임 감사를 놓아 주지 않자 그는 감사의 사무 인계가 늦어진다고 설득하기 시작했다.

"감사의 사무인계가 목전에 있소. 만일 나를 풀어주지 않으면 전임 감사가 그대로 일을 볼 것이오."

"이제까지 황해도 감사가 한 일은 일본군과 함께 자기네 나라 백성들을 때려잡는 일이었소. 다시는 동학군을 죽이지 않는다는 다짐부터 하시오."

정량은 새 감사를 상대로 몇 가지 다짐을 받고 풀어 주었다. 감사에게 딸려 온 마부 두 명은 일본 은화를 소지하고 있다가 죽임을 당했다. 열흘 후에 1천여 명의 동학군이 일어나 재령 지방의 관리 세 명을 죽였다. 관리들이 일본군과 함께 곡물과 군수품을 마구잡이로 거두어들였기 때문이다. 물가가 뛰고 양식을 구할 수 없는 농민들은 끼니를 제대로 이을 수 없었다.

이 무렵 동이는 원산항에 있는 하숙집을 정리하고 황해도 초리에 있는 우종수의 집으로 갔다. 산이 적고 들이 넓으며 풀이 많은 곳이라 마을 이름이 초리였다. 대동강과 재령강의 지류로부터 끌어들인 물길이 논과 밭에 넉넉하게 물을 대어 주었다. 알곡을 다 거두어들이고 난 빈 논에는 늦은 가을이 와서 머물고 있었다. 그동안 원산에서 동이가 무역을 하여 번 돈으로 논과 밭이 더 늘어 있었다. 땅은 거짓말을 안 한다며 우종수가 부지런히 사 모은 덕분이었다. 몸이 많이 쇠약해진 우종수는 딸과 사위보다 동이를 더 신임하여 자신의 재산을 동이가 관리해 주기를 원했다.

"나의 선친은 신천의 가난한 농민이었네. 그나마 내가 세 살 때 돌아가셨으니 어머니는 결혼 생활 몇 년 만에 과부가 된 셈이지. 처음에는 남이 버린 황무지를 치마폭에 돌을 담아 나르며 개간했다고 들었네. 10년을 그렇게 살아서 20석을 추수할 만큼의 땅이 생기고 그것을 기반으로 해서 돈이 생기면 또 땅을 사기를 거듭해서 차츰 이 일대를 사들이게 된 것이야."

동네 사람들은 우종수 어머니만 보면 하루 종일 치마폭에 돌을 담아 나르며 밭을 일구던 모습이 생각난다고 했다. 큰형이 일찍 죽어 외아들로 자라난 우종수는 어머니가 고생하며 이룬 재산을 자기 대에서 잃을세라 고심하곤 했다.

"저 땅을 잃지 않고 지키겠다는 일념으로 세월을 다 보냈네. 어머니는 돌아가실 때 주변에 더 베풀지 못한 것을 아쉬워했지만 나는 어머니가 남기신 땅을 하나라도 놓칠세라 제대로 쓸 수 없었지. 저쪽에 산등성이 너머의 땅은 자네가 번 돈으로 산 땅들이네. 자네 몫이니 자네가 알아서 하게. 창고에 있는 곡식도 자네 땅에서 소출한 것은 따로 넣어 두었네."

우종수는 동이의 마음 씀씀이를 잘 알고 있었다. 어쩌다 동네에 빌려준 돈이나 식량을 받아오게 하면 그 집안 형편을 보아 감해 주기도 하고 오히려 제 돈을 보태 주고 오기도 했다. 며칠 후 한눈에 보기에도 빈곤해 보이는 사람들이 수레를 가지고 와서 동이 몫의 쌀을 실어 갔다. 주로 몸이 불편한 사람이 있는 집들이었다. 그들은 동이에게 몇 번이나 허리를 굽히며 절을 하고 돌아갔다. 오히려 동이가 겸연쩍어하며 자리를 피했다.

가끔 해주에 가서 준기를 만나면서 동이는 동학군 쪽에도 쌀을 실어 보냈다. 청일전쟁을 겪으며 일대가 온통 황폐한 전쟁터가 되고 보니 쌀은 나누지 않으면 약탈을 당하는 판이었다. 우종수는 이것을 세상을 사는 과정에 갚아야 하는 빚이라고 생각했다. 아무렴 조선 땅에 들어와 총질하는 딴 나라 놈들 뱃속에 들어가는 것보다는 더 나은 것이 아니냐는 생각도 들었다. 우종수는 동이 말대로 나라가 어서 정신을 차려 청국이니 일본이니 기대지 말고 우리가 번듯하게 서야 한다고 생각했다.

동이는 주로 수연의 집에서 도인들과 함께 수련하는 일에 열중했다. 우종수가 보기에 그곳에 다녀오면 동이는 한결 가벼운 표정이 되어 있었다. 우종수는 동이를 보면서 죽기 전에 자기 집에 와서 어머니를 살려 놓았던 백사길을 떠올리곤 했다. 어느 날 동이는 우종수에게 모든 동학 도인들이 해주성에서 총궐기하기로 하였다며 짐을 꾸렸다.

다음 날 자기 몫의 쌀을 모두 싣고 떠나는 동이의 수레 뒤에 우종수는 자기의 식량을 보탰다. 따라나서는 하인들과 소작인들을 말리지 않았다. 평소에 동이를 따르던 동네 사람들이 부인들과 아이들을 데리고 그 뒤를 이어 따라갔다. 이번에는 모두 일어나 나라를 구해야 한다며 손에 죽창이며 방망이를 들고 나섰다. 나라의 벼슬아치들과 일본군이 힘을 합치고, 나라 망하는 꼴을 보고 싶지 않다고 일부 벼슬아치들이 조정을 떠나 뿔뿔이 산속이나 섬으로 들어갈 때, 평생을 땅에 엎드려 논밭을 갈던 황해도 농민들은 죽창을 들고 일어나 나라를 지켜야 한다며 해주성으로 모여들었다.

그들이 모두 사라지고 보이지 않을 때까지 우종수는 자리에서 떠나지 않았다. 그들이 지나간 자리가 훤하게 밝아서 하염없이 그곳을 바라보고 서 있었다.

9장/ 해주성에서 총궐기하라

11월 27일 새벽 북쪽 대륙의 차가운 바람이 동학군의 품속을 매섭게 파고들었다. 임종현을 중심으로 모인 황해도 동학군은 취야 장터에, 해서 수접주 최유현 휘하의 해주 동학군은 죽천 장터에 모였다. 해주성으로 진군하는 동학군의 붉고 푸른 깃발들이 겨울바람에 펄럭였다. 나라를 생각하는 마음들이 황해도의 산처럼 들처럼 든든하게 모여들었다.

취야 장터에 모인 동학군은 오색 깃발을 흔들고 북과 꽹과리로 기세를 돋우었다. 거뭇하게 수염이 자란 수줍은 표정의 동생 우진은 추울 것을 염려해 어머니 연화가 두툼하게 지어 준 누비옷을 입고 '척양척왜'라고 쓴 깃발을 손에 쥐고 '보국안민' 깃발을 든 형 수진 옆에 의젓하게 서 있었다.

아기 접주 김구도 해월의 첩지를 받은 접주들과 함께 산포수들을 다독이며 해서 수접주가 지휘하는 죽천 장터에 모였다. 팔봉산 아래에 사는 김구는 푸른 비단에 '팔봉도소' 깃발을 만들고 '척양척왜' 깃발과 함께 앞세워 걸었다. 김구의 휘하 부대 뒤에는 해주 텃골 마을 사람들이 뒤를 이었다.

동학군 지도부가 모여서 작전 회의를 열었다. 마침 해주성 안에 주둔하던 일본군이 연안의 동학군을 치러 떠나고 없다는 것을 알고 있었던 지도부는 이 기회를 잡아 해주성을 탈환할 것을 다짐하고 있었다.

"산포수가 많은 팔봉접을 선봉에 배치하는 것이 좋을 것 같소. 임종현 접주 부대가 남문의 선봉에, 김구 접주 부대가 서문의 선봉에 서기로 합시다."

"네, 잘 알겠습니다. 임종현 접주의 선발대가 먼저 해주성 남문을 급습하면 성을 지키는 군사들이 그쪽으로 몰려갈 것입니다. 그때 우리 팔봉접은 최대한 속력을 내어 해주성 서문을 공격하겠습니다. 대도소에서는 정황을 파악하여 허약한 곳을 지원해 주십시오."

둥둥둥. 북소리가 찬 공기를 가르며 울려 퍼졌다. 푸른색 바탕에 붉은 글씨로 '선봉'이라고 쓴 사령기를 들고 임종현이 먼저 남문으로 달리기 시작했다. 그 뒤로 '보국안민' '척왜척양'의 깃발과 함께 휘하 동학군이 뒤를 따랐다. 김구도 사령기를 들고 자기 부대 맨 앞에서 말을 타고 해주성 서문으로 나는 듯이 달려갔다. 해주성 2층 누각의 높다란 성문 위에 때 이르게 내린 눈이 쌓여 희끗희끗했다. 동학군이 해주성 남문과 서문 쪽에 모이니 산등성이가 흰옷 입은 동학군으로 새하얗게 뒤덮였다. 남문을 급습할 선발대 3백 명은 근처 소나무 숲 아래 모여서 출격을 준비했다.

스즈키 부대는 연안에서 해주성 근처로 급히 돌아오고 있었다. 후쿠하라(福原) 병참감이 해주성으로 몰려드는 동학군의 동태를 파악하고 귀환 명령을 내린 것이다. 스즈키는 도중에 황해도 감사의 급보를 한 번 더 받았다. 일본군의 전신선이 동학군의 상황을 빠르게 알리면서 일본군의 행동을 민첩하게 했다. 스즈키가 해주에 도착하니 벌써 해주성의 교외는 총성이 어지럽고 연기가 피어오르고 있었다. 보따리를 꾸려 이고 지고 피난을 가는 사람, 무기를 지니고 이리저리 이동하는 사람들로 분주하였다.

황해도 감사는 동학군의 총공세 소식에 스즈키 부대가 빨리 돌아오도록 연락한 다음 그들이 도착하자 부하들에게도 알리지 않고 몰래 성내로 진입시켰다. 동학군 선발대가 공격하기 전에 신식 무기로 무장한 일본군 40명은 몸을 숨기고 성에 잠입했다.

스즈키 부대는 인적이 드문 해주성 동쪽으로 잠입한 뒤 성문 위로 올라갔다. 몸을 숨기고 해주성 주변을 내려다보니 동학군 수천 명이 새하얗게 모여 있었다. 스즈키 부대는 남녘에 있는 충청도 공주에서 동학군과의 전투를 경험한 부대였다. 동학군의 대열은 어디나 비슷하였다. 성문 앞에 서 있는 사람들은 화승총을 가진 포수들, 다음은 창이나 칼을 가진 사람들이고, 그 뒤로 대부분은 죽창이나 농기구를 들고 나온 사람들이었다. 손에 아무것도 쥐지 못한 사람들은 주먹을 부르쥐었다.

동학군 산포수의 화승총은 일본 보병 부대의 스나이더 소총에 비하면 사정거리가 4분의 1에도 못 미쳤다. 영국제 엔필드 소총을 개량해서 만든 스나이더 소총은 최대 사정거리가 1800m였다. 게다가 화승총은 총구에 화약과 총알을 장전해야 했기 때문에 발사 과정이 복잡했고 적을 보면서도 바로 쏘지 못했다. 서서 전투를 해야 해서 산 위나 성 위에 있는 상대방의 공격을 받으면 제대로 피하기도 힘들었다. 장마철이나 한겨울 추위에는 거의 무용지물이 되는 것도 약점이었다. 동학군이 해주성으로 진군한 것은 11월 27일(양력 12월 23일)로 한겨울이었다.

동학군은 전투 경험이 거의 없고, 주력부대인 산포수 부대도 해주성을 공략하기 위해 새로 조직한 부대였다. 그럼에도 시천주의 주문을 외우면서 흰옷을 입은 동학군이 해주성을 에워싸자 스즈키는 알 수 없는 힘에 압도당하는 느낌이었다. 스즈끼는 그 힘에 압도되기 전에 먼저 동학군의 날카로운 기세를 꺾어야 한다고 생각했다. 해주성 위에서 일본군 부대는 정확하게 표적을 겨냥하며 내려다보고 있었다. 동학군 선발대가 근처 소나무 숲에서 남문을 향해 돌격하는 것이 보였다. 깃발을 든 기수도 선발대를 따라 함께 움직였다.

"돌격, 앞으로!"

"선발대 공격!"

스즈키 소위는 맨 앞에 '척양척왜'의 깃발을 들고 있는 하얀 옷의 동학군을 향해 총을 조준하였다. 스즈키의 총이 불을 뿜자 그것을 신호로 일본군의 총부리에서 불꽃이 튀기 시작했다. 자기를 겨냥하는 일본군을 발견한 순간 우진의 몸은 튕기듯 그 자리에 쓰러졌다. 스즈키의 총에 맞은 것이다. 성 위에 있는 일본군에게 선제공격을 받은 동학군 선발대의 대열이 흩어지기 시작하였다. 그제야 스즈키는 이들 동학군이 자기들처럼 국가에서 조직적으로 훈련받은 정식군대가 아니라는 생각이 머리를 스쳤다. 바보 같은 놈들. 스즈키는 입술을 비틀며 희미하게 웃었다. 상관에게서 조선 인민을 소와 말, 돼지와 개와 같이 취급하라고 훈련을 받았다. 그리고 모조리 살육해 죽이라고 명령을 받지 않았던가? 그는 순간 정복자의 표정이 되어 동학군을 향해 맹렬하게 총을 발사하기 시작했다.

근처에 있던 준기와 수진은 거의 동시에 남문 앞의 '척양척왜' 깃발이 무너지는 것을 보았다. 깃발 아래로 흰옷을 입은 우진이가 피를 뿜으며 거꾸러지고 옆에 있던 동학군이 놀라며 우진을 붙잡는 모습이 보였다.

"아버지, 저기 보세요. 우진이에요!"

"우진! 우진아!"

우진이는 깃발 아래 누운 자세로 피를 흘리고 쓰러져 있었다. 준기는 순간 천지가 아득한 한 점으로 사라지고, 자신은 천지 밖으로 밀려난 듯 아무런 시공간이 느껴지지 않았다. 수진이의 울부짖는 소리가 마치 산 너머에서 울린 메아리처럼 아득하게 느껴졌다. 선홍색 피가 깃발을 순식간에 붉게 물들였다.

"우진아, 정신 바짝 차려야 해. 절대로 죽으면 안 된다."

우진이의 상처를 단단히 묶은 준기는 말 위에 올린 우진이를 수진이 몸에 묶어 취야 장터에 있는 연화에게 가도록 했다. 수진이는 엉엉 울며 동생을 데리고 말을 달려 해주성을 떠났다. 발 빠른 전령 한 명을 붙여서 함께 보내고 준기는 다시 남문 쪽으로 달려갔다. 연화는 취야 장터에서 동학군 부녀자들과 함께 의료와 식사 지원을 하고 있었다.

한편, 서문 공격을 담당한 김구 부대는 일본군이 연안에서 다시 돌아와 선제공격으로 남문 쪽의 동학군 전열이 무너지는 것을 모른 채 하염없이 기다리는 중이었다.

스즈키는 남문 쪽에 포격을 하여도 서문의 동학군이 깃발만 흔들고 포격을 해 오지 않자 무기가 없다고 생각하고 40명의 병력을 둘로 나누어, 20명은 성 위에서 적을 공격하게 하고, 나머지 20명을 이끌고 성 밖으로 나아가서 동학군을 공격하기 시작했다.

일본군이 남문 밖으로 나오자 준기가 이끄는 동학군들은 다시 공격 태세를 갖추고 완강하게 대응에 나섰다. 일본군이 동학군을 향해 전면과 측면에서 십자형으로 사격하여 몇 명을 쓰러뜨렸으나 동학군은 한꺼번에 밀고 올라오며 총을 쏘면 물러나고 잠시 사격을 멈추면 전진하기를 되풀이했다. 제1대가 무너지면 제2대, 제3대가 대신하였다. 오전에 시작한 전투는 정오가 지나도 전진과 후퇴를 수십 차례 반복하면서 끝나지 않았다.

동학군이 점점 더 모여들면서 저항을 그치지 않자 일본군의 탄환이 거의 떨어질 지경이 되었다. 일본군이 일시 사격을 멈추고 두 방향에서 동학군을 향해 돌진하기 시작하였다. 일본군이 탄환이 떨어져 가는 것을 모르는 동학군은 한쪽으로 밀어붙이는 형세에 밀려 마침내 도주하기 시작하였다.

"퇴각하라! 뒤로 물러서라!"

선발대의 신호를 기다리며 한번 제대로 싸워 보자고 벼르던 김구 부대는 제대로 싸우지도 못한 상태에서 대도소로부터 퇴각 명령을 받았다. 남문 밖에서 선발대로 있던 동학군들이 피해를 입는 모습을 본 대도소가 퇴각 명령을 내린 것이다. 1리 반 정도를 추격하던 스즈키 부대는 여러 방면으로 나뉘어 신속히 도주하는 동학군을 보고 관군에게 명령하여 추격하도록 했다. 관군은 해주성 밖 30리까지 동학군을 쫓아갔다.

해주성 공격에 직접 참가한 동학군은 7,000명이었고 10리쯤 떨어진 곳에 1만 명, 재령과 신천, 문화, 장연, 옹진, 강령 등 후방에 있는 동학농민군은 총합 3만여 명에 이르렀다. 일본군은 60명, 관군은 포군 2백 명과 관속배들이 전부였다. 전투는 오전 9시에 시작하여 오후 2시경에 끝났다. 다섯 시간에 걸쳐 벌어진 접전이었다.

스즈키는 『황해도정토약기』에 해주성 전투를 기록하여 남겼다.

"이처럼 강경하게 저항하는 동도는 많이 보지 못하였다. 저들의 총기는 대개 화승총이지만 동학군은 많고 우리는 적으며 휴대한 탄약도 한정되어 있어 고전하였다. 이번 싸움으로 적의 세력이 크게 줄어든 것 같지만, 그들이 모이고 흩어지는 것은 본디 추측할 수 없는 면이 있었다. 그리고 부하 병사들이 소수여서 황해도 감사가 교묘한 수괴들을 추격 체포하는 일이 쉽지 않았다. 게다가 휴대한 탄약도 거의 소모되고 남아 있는 것이 평균적으로 겨우 12~13발에 불과하여 할수 없이 탄약의 보급과 병사의 증대를 병참감에게 요구하였다."

"어머니, 우진이가, 우진이가…."

연화가 하얗게 질린 얼굴로 뛰쳐나와 우진을 받아 안았다. 우진이가 어머니 연화의 품에 안겼을 때에는 이미 피를 많이 흘려 절명한 뒤였다. 연화는 아들을 끌어안고 앉아 머리를 하염없이 쓰다듬었다. 유난히 정이 많아 딸처럼 곰살맞던 우진이가 이렇게 빨리 어미 곁을 떠나다니 믿을 수가 없었다.

취야 장터에서 일하는 부녀자들은 죽어서 돌아온 동학군의 시체를 정성스럽게 수습하고 주변을 정갈하게 하였다. 수진은 동생의 곁을 떠나지 않았다. 한밤중에도 수진이가 흐느끼는 울음소리가 끊이질 않았다.

11월 30일 밤 해주성에서 물러난 동학군은 은율 관아와 장연 관아를 습격하여 무기를 빼앗았다. 평산에서 공사 중이던 일본인들을 공격하고 나서 일본군 검수(劍水) 수비대와 접전을 벌였다. 장연 지방과 정방산성 근처 사리원, 재령 방면의 동학군은 끝까지 일본군과 대항하였다. 12월 10일 정방산성에 비축해 둔 무기를 뺏으려고 서흥 지방 동학군이 나서자 황주 병참감, 검수 수비대, 봉산 수비대 등의 일본군 부대가 이곳으로 몰려들었다.

정방산성은 황해도 사리원에서 동북쪽으로 20리를 가서 다시 5리 가량 산길을 올라야 했다. 가파르고 험준한 지세를 이용하여 쌓은 고려 시대의 성은 둘레가 30리였다. 한반도 서해안 일대에서 남북으로 이어지는 통로이고 황해도 지방의 가장 큰 요새인 이곳에 무기 창고와 군량 창고가 있었다.

동학군 50명이 정방산성의 무기를 사리원으로 운반해 갔다. 다음 날 동학군 30명이 정방산의 무기들을 운반해 성문 밖으로 나왔다가 일본군과 접전하여 다섯 명이 전사하였다. 그다음 날에도 동학군 1백여 명이 우마 3백 마리를 가지고 와서 총기와 탄약, 화살을 싣고 은파로 향하였다. 동학군은 추격해 온 일본군 사카다 부대와 20여 분간 교전을 벌였다. 동학군은 3명당 한 명꼴로 총을 휴대하였고, 나머지는 창과 칼, 깃발을 가지고 있었다.

해주성 전투 후 나흘이 지나서 신임 감사가 황해도 해주 감영에 도착하였다. 발령을 받은 지 거의 한 달이 지난 후였다. 한양에서 난리가 난 지역의 백성을 위로하는 초무사와 의병을 모집하는 소모관을 보내어 해주에 도착했다.

신임 감사는 초무사, 소모관과 함께 동학군 진압을 위해 회합을 가졌다. 그는 일본군이 농민군을 무조건 토벌하는 것에 반대하여 여러

곳으로 설유사와 소모관을 직접 보내 농민군을 설득하였다. 스즈키에게도 자신의 생각을 분명히 밝혔다.

"나는 오래전에 벼슬자리에서 물러나 있다가 새로 부임한 사람이라 나를 아는 사람이 없을 것이오. 개화파도 아니고 전임 감사처럼 비적들과 원한 관계가 없소. 혹시 내가 설득하면 따를지 모르니 적극적으로 시도해 보겠소. 그러니 비적들을 무조건 죽이지 마시오. 그래도 그들이 마음을 바꾸지 않으면 즉시 귀군에게 토벌을 맡길 것이오."

황해도 전 감사 정현석은 신임 감사에게 업무를 인계하고 본가로 떠나는 도중에 강령 현감의 편지를 받았다.

"서울을 출발하여 행차가 고양군에 이르렀을 때 우연히 비적의 괴수 임종현의 부하인 성재식을 만났습니다. 옆에 한 사람만 데리고 가는 것을 쫓아가 노비로 하여금 잡게 하고 고양군의 군졸을 빌려 순무영에 압송하였습니다. 그자는 비적의 괴수인 임종현이 강령 현감으로 임명했던 자인데, 그 자리를 도둑맞은 제가 그를 어찌 잊을 수 있겠습니까? 성재식의 주머니에 옥로가 들어 있었습니다. 옥으로 되어 있는 장식을 보고 나리의 물건인 것을 알았습니다. 댁으로 보내 드립니다. 성재식은 순무영에서 사형에 처했습니다."

정현석은 새삼스럽게 갓을 슬그머니 만져 보았다. 동학군에게 해주성을 빼앗기고 해주 감영의 마당에 무릎이 꿇려졌을 때 누군가가 갓 위에 달린 옥로를 잡아채어 갔던 것이 생각났다. 새삼 그때의 치욕스러움이 생각나자 몸이 부르르 떨리며 얼굴이 일그러졌다. 해주성을 그들에게 한 달이나 빼앗긴 일이 두고두고 수치스러웠다. 서울로 돌아간 후에 정현석은 해주 감영의 소식을 들었다.

"일본군 1백여 명이 더 와서 감영에 주둔하였고, 포병의 숫자도 더해져서 동학군이 뿔뿔이 흩어졌습니다."

스즈키 부대는 재령에 있던 일본군 부대와 합류하여 동학군을 토벌하기 위해 신천을 향해 가다가 장연 지방에 있는 회즙 취착소를 발견했다. 목탄의 재를 채취하여 흙과 배합하는 방식으로 화약을 만드는 곳이었다. 스즈키는 부대원을 시켜 자세히 살펴보게 하였다.

"큰 가마 3~4개를 갖추고 회즙 취착소를 설치하였지만 추위가 심하여 회즙을 얻을 수 없는 상황입니다. 제조도 중지되어서 단지 몇 가마니의 목탄만이 보일 뿐입니다."

"바로 파괴하여 불을 지르고 태워 없애라."

"지금은 이곳보다 관아에 있는 무기들이 문제입니다. 적을 방어하는 무기가 아니라 오히려 적을 위한 무기가 되고 있습니다. 관아가 비적들의 무기 공급소가 되었습니다."

스즈키는 해주로 돌아가다가 박석골 싸움으로 널리 알려진 청계동을 지나게 되었다. 스즈키는 이 지역에서 이름이 널리 알려진 안태훈을 만나 보고 싶다는 생각이 들었다. 입구를 지키는 포수에게 안태훈의 승전을 치하하는 글을 주며 만나 주기를 청하였다. 스즈키의 글을 읽은 안태훈은 쓴웃음을 지었다.

"스즈키라는 일본군 소위가 나에게 의병을 일으킨 일이며 박석골 싸움을 들어 칭찬하며 만나자고 하니 어이없는 일이다. 내가 의병을 일으킨 것은 나라의 녹을 먹은 자로서 나라의 기강을 흐리는 비적들을 잡으려고 했을 뿐이다. 내가 일본놈들과 동지가 되는 사이도 아닌데 만날 이유가 있겠느냐? 아프다고 하여 돌려보내라."

포수가 다시 나와 스즈키 소위에게 말을 전했다.

"지금 병중이어서 며칠 동안 누워 있는 상황이라 만날 수 없는 형편입니다."

돌아오는 길에 일본군 사병이 자기가 주변에서 들었던 말이라며 스즈키에게 투덜거렸다.

"저 안태훈이라는 사람은 명성은 높지만 단지 자기 읍을 지키기만 하지 다른 지방의 비적들을 치는 일은 결코 없다고 합니다."

"어디 안태훈 한 사람만 그렇겠느냐? 부사, 군수, 현감들이 모두 자기가 있는 곳의 안전만을 도모하고 비적들을 치는 일은 소홀히 하지 않더냐?"

스즈키는 결국 만나고 싶었던 안태훈의 얼굴을 보지 못하고 해주로 돌아갔다.

조희일이 평안도 선유사로 있다가 조정의 명을 받고 새로운 황해도 감사로 오자 일본군은 이전 감사에 비해 자기들의 명령을 듣지 않는다고 불평했다. 일본군 병참부는 동학군을 진압하는 과정에서 임종현을 황해도 동학군의 우두머리로 지목하고 지방관을 동원하여 체포하라고 지시하였으나 지방관들은 쉽사리 나서지 않았다.

"휘하의 병사들이 후환을 두려워하여 그를 포박하려는 자가 없습니다. 그는 신출귀몰하다는 소문만 있을 뿐 좀처럼 모습을 나타내지 않습니다."

일본군은 조선 조정에 황해도 지방관의 행태에 대한 불만을 상주하였다.

"우리는 조선 관리에게 국가적 관념이 있기나 한지 의심스럽소. 비적들이 주둔한 곳에 지방관이 동조하여 무정부 상태였소."

일본군은 체포된 동학도가 그 지역 지방관 수중에 넘어가지 않도록 각 부대에 지시하여 동학군 토벌에 조선 관리들의 개입을 배제시켜 버렸다. 관리들이 동학도와 내통하고 있다는 생각에서였다.

갑오년(1894) 12월 말 용산 수비대에서 나카야마 부대가, 을미년(1895) 1월 중순 황해의 용산 수비대에서 제2대대가, 잔여 동학군 토벌을 목적으로 파견되었다. 을미년 1월 말경 해주 지역 동학군은 일본군의 탄압을 피해 은파와 장연 쪽으로 넘어갔다. 일본군은 2월 말에 구월산과 은파의 동학군을 제외하고는 거의 토벌하였다고 상부에 보고했다.

황해 감사 조희일은 체포한 동학군에 대한 처분 방침을 다음과 같이 정하였다. 첫째, 이름 있는 거괴는 모두 경성으로 호송한다. 둘째, 본심으로 또는 잘못 생각해서 동학군에 가담했던 자로서 진심으로 회개해서 귀순을 원하는 자 가운데 가산과 가족이 없어 도둑질할 우려가 있는 자는 부근 각 도서에 나누어 유배형에 처한다. 셋째, 그들 중 가산과 가족이 있어서 양민이 될 것이 확실한 자는 보증인을 세우게 하고 타이른 다음 석방한다. 넷째, 강제로 동학에 끌어들여진 자로 그 정상이 용서될 만한 자는 타이른 다음 석방한다.

황해 감사 조희일이 동학군의 건의 사항을 들어주고 지난 일에 대해서는 벌하지 않겠다는 설유책을 펴자 황해도 지역의 일부 동학군 접주들이 이에 동조하였다. 조희일은 동학군을 설득하여 해산시키면서 동학군을 관직에 임명하기도 하였다. 강령현에 거주하는 동학군 접주를 현오위장과 장수산성 별장에 임명하고, 영중에 배치하였다.

황해 감사의 설유책에 호응하여 임종현을 비롯한 각처의 동학 접주들이 잇따라 서신을 보내 해산과 협조의 뜻을 밝혔다. 실제로 모습을 드러내어 동조하지는 않았지만 피해를 줄이려고 애쓰는 그에게 서신으로나마 마음을 표시하기로 한 것이었다.

도내 각읍의 유생 등 단자(道內各邑儒生等單子)

삼가 바라건대 순상 합하께서는 세심하게 살펴 주시기 바랍니다. 경(經)에서 이르기를, "백성이 국가의 근본이고, 근본이 굳건하면 나라가 평안하다."고 했습니다. 사(史)에서 이르기를 "배가 굶주려서도 먹을 것을 구하지 못하고 추위도 옷을 입지 못하면, 비록 자애로운 아비라도 그 자식을 보호할 수 없다."고 했습니다. 우리나라의 억만 백성들은 열성조께서 사랑하며 키운 적자가 아님이 없거늘, 어찌하여 전임 순사, 감사는 이런 백성을 돌보지 않아, 요역(徭役)이 배로 혹독하고 무고한 자에게 형벌을 가하여 죽여서, 사방에 원망하는 소리가 가득하며 모든 백성들이 흉흉해하니 이 어찌 하늘이 생명을 살리기를 좋아하는 덕이라 하겠습니까. 그래도 천운이 순환하여 이 백성을 버리지 않았으니 얼마나 다행입니까.

오직 우리 순상이 백성들을 살피시는 초기에 은혜로서 깨우치고 삼가서 옛것을 고치고 새것을 따름으로써 널리 백성을 구원하는 은택을 누리게 되었으니 감격하지 않을 수 없습니다. 그리하여 이렇게 감히 간절하고 애틋한 마음을 세세하게 아뢰는 것입니다.

삼가 바라건대 살펴보신 후 호생(好生)의 은택을 특별히 베풀고 태평성대의 백성을 만들어 그 생업에 안도하게 해 주십시오. 군수물자에 이르러서는 내일 수영(水營)으로 수송하여 들일 것이니, 지극한 정성에 부응하게 해 주십시오. 영구히 기릴 교화의 정사가 이루어지도록 천만번 엎드려 축원합니다.

장두 임종현.

삼곡 유생 등 단자(해주·강령)[三谷儒生等單子(海州康翎)]

맹자(孟子)에 이르기를 "인의 마음이 있는데도 자기 부모를 버리는 일은 없으며, 의의 마음이 있는데도 그 군주를 뒷전으로 돌리는 법은 없다."고 했습니다. 무릇 충군효친은 오륜의 으뜸이요, 모든 행동의 근원입니다. 사람이고서 불충하고 불효하다면, 천지 사이에 어떻게 설 수 있겠습니까. 저희들이 비록 외지고 먼 곳에 있다 하더라도, 성세(聖世)의 교화의 은택으로 길러져서 왕의 신하가 아님이 없고, 왕의 백성이 아님이 없으니, 어찌 충효의 의를 알지 못하겠습니까.

근래 화폐가 누차 바뀌어 여러 폐단이 번잡하게 일어나고, 또 수령의 탐욕과 예리의 간교함을 입어 요역이 날과 달로 증가하여 지탱할 수 없습니다. 지난번에 소요를 일으킨 것은 부득이한 데서 나온 것입니다.

그러나 어찌나 다행인지 우리 밝은 순상이 경계에 도착하여 처음 감영에 부임하신 후 포고문으로 거듭해서 깨우쳐 주셨으니 황공하기 그지없습니다. 과거 글을 올린 적이 있는데 갑자기 저절로 받아들여지게 되었습니다. 곧 많은 백성이 곤경에 처해 있음을 아시고, 흘러넘치는 제교에 이르러서는 눈물이 나와 황송하지 않음이 없었습니다. 지금 또 소모사와 좌막(佐幕)이 내린 면유(面諭)를 받들고 보니 더욱더 감사의 마음을 이기지 못하겠습니다.

옛글에 이르기를 "인간이 비록 허물이 없어도 고치는 것이 좋다."라고 했습니다. 저희들은 비록 우매하고 무지하더라도 돌연 과거의 잘못을 깨닫고, 모든 조화가 하나로 귀결되어 영구히 선량한 백성이 되겠습니다. 관의 군기에 대해서는 저희들이 처음에 가지고 나오지 않았습니다. 소위 몇몇 병사가 가진 것은 시골 마을의 화승총 몇 자루를 빌려 얻은 것이고, 각자의 호미와 낫을 모아 장촉(杖鏃)을 주조한 것은 자신을 방어하려는 것에 불과합니다. 지금 귀화하는 처지에서 무기를 풀어 모두 거두어 올리겠습니다.

삼가 바라건대 우리 순상께서는 매우 어진 은택을 베푸시어 궁핍한 백성들의 정경을 불쌍히 여겨 주십시오. 아아, 칼을 팔아서 호미와 소를 사고 각기 그 생업에 안도하게 해 주십시오. 옛날 발해 공수(龔遂)의 덕화를 오늘날에 다시 볼 수 있을 것입니다. 또 백성의 폐단이 되는 것은 추후 조목을 나열하여 올리는 단자를 기다려 일일이 혁파하시어, 근본을 튼튼히 하는 정사를 베푸시기를 천만번 엎드려 기원합니다.

최유현(崔琉鉉), 오응선(吳膺善), 김동춘(金東春), 정헌용(鄭憲鎔), 김용극(金龍克), 강관영(姜寬永), 안주승(安周承).

황해도 동학군은 결코 모습을 드러내지 않았지만 황해 감사의 유화책에 글을 보내어 응대하였다. 이번 기회에 동학당의 거괴들을 전원 체포하여 후환을 없애려던 일본군은 황해 감사의 정책에 제동을 걸고 나섰다. 조희일의 설유책에 대해서는 조선 정부에 항의하였다.

"황해도 감사의 이런 태도는 비적들의 봉기를 방임하는 것이 아니오? 더구나 비적들을 토벌한 평산 부사를 농민군 설유 방침에 따르지 않았다고 파면했다니 이게 무슨 해괴한 짓이오? 감사의 방침이 이러하니 황해도 내의 각 부사, 군수, 현감들이 대개 이 방침을 좇아 비적을 방임하는 것이 아니오? 당장 황해도 감사를 파면하시오."

감사의 설유책이 못마땅한 일본군은 조선 정부에 또 평산 부사를 복직시키라고 요청하였다. 황해도 감사 조희일은 일본군이 무차별로 동학군은 물론 일반 백성들까지 학살하자 희생을 최소한도로 줄이고 싶었다. 아무리 비적이라 하나 조선의 백성이었다. 일본군은 못마땅해했지만 일본군에 반대하는 황해도 지방관과 동학군은 신임 감사의 설유책에 적극적으로 따랐다.

을미년 3월 말 일본대본영은 인천 수비대와 문화에 있는 수비대, 송화와 장연의 예비병들에게 총출동 명령을 내렸다. 황해도 지역 작전에 앞서서 갑오년(1894) 11월 초부터 2월 초에 서울 이남 지역에 농민군 토벌대 독립후비보병 제19대대와 함대 츠크바호(筑波號)와 소코호(操江號)의 육전대 등이 가세하여, 동학군을 한반도 서남 지역으로 몰아붙인 후 진도, 제주도 등의 섬까지 철저하게 수색하여 잔여 동학군마저도 토벌한 일본군의 작전이 있었다. 이와 똑같은 작전을 황해도에서도 실시하여 농민군을 학살하는 토벌 작전이 전개되었다.

"옹진과 해주 부근에 모여 있는 황해도의 잔여 동학군을 송화, 장연, 문화, 신천, 재령, 해주에서 동시에 공격하여 서해안으로 몰아붙여 한 명도 남김없이 쓸어 버린다. 잡는 즉시 죽이고 태워서 일반 백성들에게도 경계로 삼도록 한다."

일본군 각 부대가 동시에 공격을 가하여 포위망을 좁히자 황해도 동학군은 서쪽으로 계속 밀려갔다. 동학군을 몰아붙이며 인근의 마을에는 불을 질러 도망갈 수 있는 길을 아예 차단시켰다. 동학군 최후의 진지는 묘운사였다. 동학군은 이곳을 근거지로 곡물을 저장하여 두고 장기적으로 일본군과의 싸움을 계획하고 있었다. 그러나 묘운사 역시 동학군을 몰아붙이며 황해도 일대를 샅샅이 훑던 일본군의 말발굽 아래 유린되고 말았다. 묘운사에 있던 동학군은 이 싸움에서 수많은 사상자를 내고 사방으로 흩어졌다. 일본군은 묘운사에서 동학군이 비축한 쌀 200석을 찾아냈다. 험한 산길 때문에 식량을 병참부로 옮길 수 없게 되자 그대로 불태워 버렸다.

"식량을 포함하여 비적들의 근거가 될 만한 것은 모두 태워 버려라!"

"주변에 개미 새끼 한 마리도 살지 못하도록 불을 질러라!"

묘운사와 주변 마을이 화염에 휩싸여 초토화되자 사람들은 눈물을 흘리고 가슴을 치며 피눈물을 쏟았다. 조선의 산과 들, 그리고 사람과 짐승들이 활활 타는 불 속에서 한데 뒤엉겨 피울음을 토하며 스러져 갔다. 살아남은 동학군과 백성들은 사방으로 흩어졌다. 동학군과 일반 백성들이 뒤섞여 사방으로 흩어져 갔다. 일본군은 낮에는 물론이고 밤에도 동학군을 수색하여 체포했다. 황해도 서해안의 기린도와 차린도에도 부대를 파견하였다. 기린도는 강령에서 가까운 섬이고 차린도는 강령과 옹진 가운데에 위치한 섬이었다. 야마무라(山村) 대위는 매일 상부에 보고를 올렸다.

"오늘도 수백 명을 생포할 것으로 예상하고 있습니다."

을미년 4월 초 어은동 병참부는 황해도 동학군 지도자 임종현이 가족을 이끌고 종적을 감추었는데 함경도와 평안도로 잠행하였다는 풍설이 있다고 상부에 보고하였다. 서남쪽으로 몰아붙이기 작전으로 잡힌 수백 명의 동학군들은 즉석에서 처형되거나 관아로 끌려가 효수되었다.

갑오년에 '보국안민'과 '척양척왜'의 깃발을 들고 봉기했던 황해도 잔여 동학군은 을미년(1895) 4월 이후에는 황해도의 내륙 지역의 산세를 이용하여 몸을 숨기거나 평안도, 함경도 지역으로 피신하여 흩어졌다. 황해도의 명산인 장수산 자락으로 숨어들어 피신하여 있던 동학군에게 산 아래 수안으로 내려갔던 전령으로부터 연락이 왔다.

"평안도 상원에서 일본이 세운 개화 정부에 반대하는 의병이 일어나 일본군 공격을 피해 황주로 넘어와 수안을 지나가고 있답니다. 황주에서 한바탕 일본군과 격전을 치렀는데 황해도 지역의 동학 접주들에게 동조하여 함께 일어날 것을 요청하고 있습니다."

"지금 어느 쪽으로 가고 있는가?"

"장수산성에서 만나자고 경통을 보내고 있습니다."

"장수산성으로?"

"네, 그곳에서 힘을 모아 해주 쪽을 공략할 생각인가 봅니다."

동학도들은 의병의 요청에 바로 포성을 울리면서 향응하였고 연락을 취하며 장수산성에 들어갔다. 봉산군에서 봉의포 동학 접주는 각 포에 경통을 보내어 장수산성에 집결할 것을 지시하고 먼저 산성으로 들어갔다.

"황해도와 평안도 동학도들은 의병을 환영하여 맞이하고 8월 5일 안으로 장수산성에 모여 하늘에 제를 지내고 산성으로 들어가 기포하여 총궐기하라."

경통을 받은 재령 동학군 화포 영장도 즉시 호응하였다. 사태를 파악한 안악 군수와 재령 군수는 동학군의 동향을 탐지하고 각각 군대에 보고하였다.

"상원의 의병들이 장수산으로 가면서 동학당에 관여했던 자들을 모으고 있고 산에 다수가 운집해 있습니다."

"적당 중에 평양부의 해산 병정이 함께 있으며 황해도 부근의 비적 괴수들을 불러 모으고 있습니다. 동학 비적들도 이에 응하여 포성이 수십 리까지 들립니다."

무더운 여름날 저녁 장수산은 붉고 긴 노을 속에 잠겼다. 흰옷을 입은 여든 명의 무리가 황해도 재령의 장수산성으로 들어갔다. 밤이 되자 이들을 따르는 무리들이 더 성안으로 들어갔다. 상원 의병이 상원에서 사흘간의 행군을 하여 산성에 도착했다. 장수산성은 험한 요새로 성 안에는 일곱 개의 우물과 군대 창고가 있었다. 해주와 80리 떨어진 지점에 있어 해주 공격에 전략상 요충지였다.

황해도 일대의 관군이 장수산성으로 몰려왔다. 성문은 좀처럼 뚫리지 않았다. 붉은 띠를 머리에 두른 한 여인이 성 위에서 조금도 두려워하지 않는 자세로 올라오는 관군을 향해 끊임없이 주문을 외우고 있었다. 수연이었다. 동학군이 일본군에게 학살되어 흔적도 없이 사라지는 것이 안타까웠던 수연은 마지막 동학군의 싸움에 나타나 오직 주문과 기도만으로 그들을 격려하고 있었다.

붉은 띠를 머리에 두른 이 여인은 남자보다 더 담력이 있고 힘이 세어 이미 상원 의병 사이에서 그녀를 연약한 여자로 보는 사람은 없었다. 오히려 상원 의병을 다독거리며 힘을 북돋우는 여장부 역할을 하고 있었다. 의병들과 접전을 벌이다 패하고 돌아선 해주 관찰사는 이들의 동향을 계속 군부에 보고하였다.

"적의 숫자는 80명이 넘고 모두 흰옷을 입었다. 영장 한 명은 아주 용감하여 홀로 진지를 지키며 사람들을 독려했다. 또 여인 한 명이 있는데 역시 크게 씩씩하여 뛰어난 역량이 있다는 소문이다. 8월 초에는 동비의 잔당으로 보이는 1백여 명의 비적들이 청홍색 깃발과 북을 들고 산성에 더 들어갔다."

"평산군 동학 비적들이 무리를 결집시키고 있으며, 석현에서는 동학 접주로 보이는 자가 무리 80여 명을 이끌고 봉산군의 도덕탄을 지나 남쪽으로 향했다고 한다. 이들 역시 장수산성을 향해 간 것으로 보인다."

황해도 일대에서 동학도를 중심으로 세력을 모은 평안도 의병 김원교는 8월 6일 '평안도 창의사 김'이란 이름으로 격문을 발표하였다. 격문과 함께 산포수의 참여를 호소하는 방을 써서 각처에 살포하였다. 격문을 발표한 후 8월 10일 하늘에 제사를 지냈다.

장수산은 황해도의 금강산이라 불리는 수려한 산이고, 동쪽 끝에 있는 장수산성은 자연 절벽과 크고 작은 봉우리를 연결하여 쌓아 둘레가 30리가 넘는 천연의 요새였다. 성 안 여기저기에는 샘들이 많았다. 성 가운데에 여섯 자가 넘는 커다란 사각 연못에는 사시사철 맑은 물이 고여 마르지를 않았다. 낮이면 물속에 파란 하늘과 구름이 뜨고 밤이면 그 속에 달이 담겼다.

그곳에 모인 사람들 모두 하늘에 제를 올렸다. 이것이 이 세상에서 고하는 마지막 인사가 될지도 모른다는 생각이 떠나지 않았으나, 누구도 그 사실을 입 밖으로 내지도, 그것 때문에 자리를 피하려 하지도 않았다. 일본이든 낡은 조선의 벼슬아치든, 불의한 모든 것들이 사라지고 태평성대가 다시 돌아오기를 간절히 기도하였다. 그들이 가진 무기로는 관군이나 일본군이 가진 화력을 이길 수는 없었다. 이기고 진다는 셈을 하고 들어간 것은 아니었다. 차별과 불의에 대한 저항이고 같은 마음을 가진 사람들에 대한 연대였으며, 먼저 저 세상으로 떠난 동도들에 대한 마지막 동지애였다.

상원의 의병들이 황해도 동학군과 연계하여 해주를 쳐들어온다는 소식에 위기를 느낀 해주 관찰사는 즉시 한양 조정의 군부에 무기를 요청하였다. 군부에서는 강화부에 있는 신식 총 150정을 해주부에 보내도록 조치하였다. 외무대신 김윤식은 일본 공사 미우라(三浦)에게 공문을 보냈다. 해주부의 관군과 일본군이 연합하여 회의를 하였다. 회의의 결과는 장수산성에 화약을 살포하고 불을 지르자는 것이었다.

"장수산성에 불을 질러 버립시다. 한꺼번에 소탕해 버리는 방법이오. 저들이 그 안에서 꼼짝 없이 불타 죽을 것이오."

8월 12일 장수산성에 관군과 일본군이 화포를 발사하고 불을 놓아 화염과 연기에 휩싸였을 때 성 안에 모여 있던 의병들과 동학군들은 조상의 신주를 태우는 것처럼 마음 한편이 서늘해지며 안타까움에 목이 메었다. 조상의 지혜가 올올히 박힌 천연의 요새 고구려의 산성의 전각들이 오래도록 불타며 동학군 시체와 함께 잿더미로 변해 갔다.

장수산성에 10여 일간 주둔했던 남은 동학군과 의병은 산성의 북문을 타고 평안도 지역으로 쫓겨 갔다. 용력이 있다고 알려진 여인은 양반 가문 출신으로 해주에 살며, 경상도 동학 도인의 아내였다는 소문이 떠 돌았다.

10장/ 아기 접주 김구, 시대와 국경을 넘다

갑오년 11월 해주성에서 일본군에 쫓기어 퇴각한 팔봉 접주 김구는 해주성 전투의 실패를 만회하기 위해 동학군의 조련에 나섰다. 김구는 지난번 싸움에서 훈련 부족을 절감했던 터라 동학 교도 여부를 가리지 않고 각 지방에서 총을 쏜 경험이 있거나 산포수로 이력이 난 사람을 데려와 훈련시켰다. 어느 날 김구에게 구월산 아래에 사는 정덕현과 우종서라는 사람이 찾아왔다.

"어떻게 찾아오셨습니까?"

"동학군이란 한 놈도 쓸 것이 없는데 들으니 그대가 좀 낫단 말을 듣고 한번 보러 왔소."

김구는 그 말을 듣고 분개하는 부하를 책망하며 밖으로 내보내고 두 사람과 마주 앉았다. 김구가 공손하게 예의를 갖추어 물었다.

"이처럼 찾아와 주시니 감사합니다. 좋은 계책을 가르쳐 주시면 좋겠습니다."

"좋은 계책을 말해도 알아듣기나 할까 모르겠소. 실행할 수 없을 것이오. 동학 접주를 하는 사람들은 호기만 부리고 선비를 우습게 알던데 당신도 그런 사람이 아닌지 모르겠구려."

"제가 어떤 사람인지 선생께서 한번 가르쳐 보시면 알 것이 아닙니까?"

그제야 정덕현은 덥석 김구의 손을 잡으며 자기가 생각하는 계책을 말하였다.

"군대의 기강을 바로잡고, 병졸을 하찮게 대우하지 않되 서로 경어를 쓰고 맞절하는 것을 폐지하시오. 그리고 총을 가지고 민가를 다니며 돈이나 곡식을 모으러 다니는 행위를 엄하게 금하시오. 어진 사람을 구하는 글을 돌려서 널리 좋은 사람을 모으시오. 어진 사람을 구월산에 모아 훈련하고, 재령과 신천 두 마을에 일본군이 쌓아 놓은 쌀 2천 석이 있으니 몰수하여 구월산 패엽사에 쌓아 두고 군량으로 쓰시오."

접 내 지위에 상관없이 경어를 쓰고, 서로 맞절을 하는 것은 동학군으로서의 마지막 자존심과도 같은 중요한 전통이었으나, 그것이 군기를 바로 세우는 데 걸림돌이 되고 결국은 중요한 순간에 전열이 와해되는 핵심 요소라는 지적은 뼈아픈 것이었다. 김구는 잠시 명분을 취할 것인가, 현실적인 방 안을 택할 것인가를 두고 고민하였다. 그러나 눈앞에서 일본군의 총탄에 피를 뿌리며 죽어 가던 동학군들의 시신을 떠올리며 자리를 박차고 일어섰다. 정덕현은 참모로 우종서는 종사관으로 전격 발탁되었다. 김구는 팔봉접 전체 동학군을 집합시키고 두 사람에게 경례를 시켰다.

새로운 체제를 갖추어 전열을 정비하여 구월산으로 본진을 옮길 준비를 하던 김구에게 인근 청계동의 안태훈 진사가 보낸 밀사가 왔다. 정덕현이 나가 밀사를 만나고 돌아왔다.

"우리 부대가 있는 회학동과 천봉산 너머 안 진사의 청계동이 불과 20리 거리라 무모하게 싸우면 서로의 생명을 보장하기 어렵고 좋은 인재를 잃게 되는 것이니 안타까워 좋은 뜻으로 밀사를 보냈다고 합니다."

안태훈은 자기와 가까운 거리에 있는 동학군 접주 김구를 은밀히 조사해 그가 젊고 대담한 사람이며, 휘하 동학군들을 엄한 규율하에 훈련을 시킨다는 것을 알았다. 이런 상황에서 김구가 청계동을 쳐들어오면 서로가 피해를 입고 인재를 잃는 것이 아깝다는 생각에서 밀사를 보낸 것이다.

일본의 혹독한 농민군 진압책에 반대하여 설유책을 펴는 신임 감사의 생각에 동조하는 것도 있었다. 새로 부임한 황해도 감사는 평산 부사가 자신의 지시를 어기고 동학군을 토벌하는 데 주력한다는 이유로 파면시킬 정도였다.

김구는 즉시 참모 회의를 열고 안태훈이 보낸 사람을 불러 말하였다.

"우리를 치지 않으면 우리도 그쪽을 침범하는 일은 없을 것이오. 그리고 양쪽 중에서 어느 한쪽이 어려움에 빠지면 서로 돕는다는 조약도 받아들이겠습니다."

김구는 부대를 구월산 패엽사로 옮겼다. 재령과 신천에 있던 일본 군의 쌀 2천 석도 패엽사로 옮겨야 했다. 2천 석이나 되는 쌀을 어떻게 옮길지 고심하던 김구는 꾀를 내어 대원들에게 말했다.

"지금부터 쌀 한 섬을 지고 오는 사람에게는 서 말을 줄 것이오."

모두들 나서서 쌀 운반에 나서자 하루 만에 일이 끝났다. 김구는 날마다 군사훈련을 하는 한편으로, 동학당을 사칭하고 민간에 행패 하는 자를 엄벌하였다. 그들은 주로 김구의 부대와 마찬가지로 구월 산 주변에 진을 친 이동엽 접주 부대의 동학군들이었다. 그런데 김구 의 팔봉접의 엄격한 군율을 견디지 못한 일부 동학군들이 대열을 이 탈하여 오히려 이동엽 부대에 합류하면서 김구가 이끄는 동학군은 점점 세력이 약해지고 있었다. 이것이 훗날 그의 발목을 잡는 사달이 될 줄은 꿈에도 몰랐다. 차츰 질서가 잡혀 가고 있는 중에 한양에서 보낸 경군과 일본군이 해주를 점령한 뒤에 학령을 넘고 있다는 소식 이 들렸다.

갑오년 섣달이었다. 김구는 갑작스레 온몸에 열이 나 자리에 누웠 다. 패엽사 스님 하은당이 들여다보고는 웃었다.

"이런, 이제 보니 홍역도 못한 대장이었구려."

김구가 홍역을 앓으며 요양을 하고 있는데 구월산 부근의 접주 이 동엽이 패엽사로 쳐들어왔다. 총소리가 나며 순식간에 절 경내에서 싸움이 벌어졌으나, 김구 부대의 세력이 부족하였다. 곧 김구의 접은 이동엽 접에게 포위가 되고, 이동엽이 목표로 한 화포 영장 이용선이 결박되어 끌려 나왔다. 이동엽의 쩌렁쩌렁한 소리가 김구의 귀에 들렸다.

"김 접주에게 손을 대는 자는 사형에 처한다. 동학군의 불화를 조장한 죄로 화포 영장은 바로 처형하라."

김구는 사냥을 잘하는 함경도 포수 출신 이용선을 화포 영장으로 삼았는데, 그로 하여금 민가에 피해를 끼치는 동학군을 눈에 띄는 대로 처벌하게 했다. 그리고 그 대상자는 대부분 이동엽 휘하의 동학군이었던 것이다. 김구는 아픈 몸을 떨치고 일어나 이용선의 앞을 막아나섰다.

"화포 영장은 내 명령을 받아서 일을 한 사람이다. 그가 죽을 죄를 지었다면 나를 죽여라."

"김 접주를 움직이지 못하게 붙잡아라."

이동엽은 동학의 2대 교주 해월에게 직접 접주 첩지를 받은 김구를 감히 어쩌지는 못 하고 그 부대를 모두 흩어 버리는 것으로 분풀이를 대신했다. 부대가 떠난 후 마을 입구로 달려가니 화포 영장 이용선은 총에 맞아 죽었고, 그의 옷은 불타고 있었다. 김구는 옷을 벗어 그의 몸을 감싸 주었다. 그 옷은 그의 어머니 곽낙원이 아기 접주가 된 김구를 위해 손수 지어 준 저고리였다. 김구는 마을 사람들의 도움을 받아 시체를 매장하고 이용선의 원수를 갚으려고 정덕현의 집으로 찾아갔다.

"이제 형은 할 일을 다 한 사람이오. 원수 갚는다는 소리는 하지 말고 나와 함께 떠납시다. 이동엽이 패엽사를 친 것은 제 손으로 자기를 친 것과 마찬가지오. 경군과 일본군이 구월산에 곧 도착한다고 합디다."

이동엽은 며칠 후 일본군에게 잡혀가서 사형을 당하였다. 몽금포 근처에 석 달을 숨어 있던 김구는 정덕현과 함께 텃골에 있는 자기 집으로 돌아왔다. 김구의 부모는 죽은 아들이 살아온 듯 반가워했으나 한편으로는 불안했다. 일본군이 죽천 장터에 진을 치고 동학당을 수색하고 있었다.

"애야, 몸을 숨겨야 하지 않겠니? 어제도 일본군이 동학당을 수색하고 다닌다고 들쑤시고 다녀서 마을이 온통 쑥대밭이 되었다. 어서 멀리 피해라."

정덕현은 청계동 안태훈을 찾아가자고 하였다. 예전에 함께 밀약을 세운 것이 생각났다.

"청계동 안 진사를 찾아갑시다. 일본놈들이 동학군을 닥치는 대로 잡아 그 자리에서 죽여 버린다는데 여기 있다가 개죽음 당합니다."

"나는 패군지장이라 전쟁도 지고 부하도 빼앗기고 쫓겨 다니는 몸인데, 만약 안 진사가 나를 받아들여 준다 하더라도 나를 포로 취급을 하면 어찌하겠소?"

"안 진사가 그때 밀사를 보냈던 것은 교묘하게 꾀를 쓴 것이 아니라 인재를 아끼는 마음으로 형을 생각해서 그랬던 것이오. 염려 말고 같이 갑시다."

정덕현과 김구는 천봉산 자락에 아늑하게 감싸인 청계동으로 갔다. 이름을 적어서 들여보내니 안태훈은 김구를 반갑게 맞이하였다.

"김 접주가 패엽사에서 횡액을 면한 줄은 알았으나 그 후 사람을 풀어서 찾아도 계신 곳을 몰라서 걱정했는데 이처럼 찾아 주니 감사하오. 들으니 부모님이 계시던데 두 분이 편안히 계실 곳은 있으시오?"

"별로 편히 계실 곳이 없는 형편입니다."

안태훈은 수하를 불러 지시했다.

"오 서방, 군사 30명을 붙여 줄 테니 당장 텃골에 가서 김 접주 부모님을 모시고, 우마를 빌려 그댁 가산 전부를 옮겨 오도록 하게."

안태훈은 김구 가족에게 집 한 채를 얻어 주었다. 김구가 청계동에 살게 된 것은 그가 스무살 되던 을미년 2월이었다. 안태훈은 성품이 소탈하고 격의가 없었다.

"날마다 사랑에 와서 내가 없더라도 동생들과 놀기도 하고 사랑에 모인 친구들과 얘기를 하든지 책을 보든지 안심하고 지내면 좋겠소."

안태훈은 아들들 교육을 위해 학자를 모셔 왔다. 고능선은 품행이 점잖고 바른 행실로 알려진 유학자로 안 진사의 초청으로 청계동에 들어와 살고 있었다. 김구를 착실한 사람으로 본 고능선은 자기 집에 올 것을 청하였다. 손녀사위로 맞을 마음이 있어 데려다 학문을 가르쳤다.

"자네가 매일 안 진사의 사랑에 가서 지내는 것도 좋지만 정신 수양에는 효과가 적을 듯하네. 매일 나의 사랑방에서 같이 세상사도 말하고 학문을 토론함이 어떻겠나?"

"그처럼 챙겨 주시니 저는 감사할 뿐입니다."

"성현의 자취를 밟아 힘써 따르면 좋지 않겠는가? 이왕 자네가 마음 좋은 사람이 될 뜻을 가졌다니 몇 번 길을 잘못 들더라도 본심만 변치 않으면 목적지에 달할 날이 반드시 있을 것이니 괴로워하지 말고 행하기만 힘쓰게."

"저는 이미 해월 선생으로부터 동학의 이치를 배운 바 있습니다. 동학 또한 마음을 바로하고 기운을 새롭게 할 뿐만 아니라, 귀천이 사라진 새로운 나라를 꿈꾸는 데도 함께였습니다. 그러나 지금 동학의 일이 이 지경이 되고 보니 동학이 꿈꾸는 바른 세상이 이루어지기에는 아직 때가 이르지 않았다는 생각입니다. 당장은 또 다른 방도를 강구하지 않을 수 없습니다. 이번 싸움을 하며 동학의 큰 뜻을 기치로 내세워 일어났던 일에 후회는 없으나, 결국 우리는 나를 자신하기에 앞서 적의 세를 살피는 지혜가 부족하지 않았나 싶습니다. 이제 우리는 조선과 중국만을 알고 지내던 시대를 보내고 훨씬 더 넓은 세상을 상대하며 살아야 하는 세상에 접어들었다는 생각이 듭니다. 선생님은 지금 우리나라의 형편을 어떻게 보십니까?"

"예로부터 천하에 흥하여 보지 아니한 나라도 없고, 망해 보지 아니한 나라도 없네. 그런데 나라가 망하는 데도 거룩하게 망하는 것이 있고, 더럽게 망하는 것이 있네. 의로써 싸우다가 힘이 다하여 망하는 것은 거룩하게 망하는 것이요, 백성이 여러 패로 갈라져 한편은 이 나라에 붙고 한편은 저 나라에 붙어서 외국에는 아첨하고 제 동포와는 싸워서 망하는 것은 더럽게 망하는 것이네. 이제 왜의 세력이 대궐에까지 침입하여 벼슬아치도 마음대로 내고 들이게 되었으니 우리나라가 제2의 왜국이 아니고 무엇인가? 더욱이 왜국 위에는 그들보다 훨씬 더 강대국인 미국과 영국, 러시아와 프랑스 같은 나라들이 헤아릴 수도 없이 많다 하니, 이제 우리에게 남은 것은 한 몸 죽어 나라를 지키는 것밖에는 길이 없다고 보네."

고능선의 슬픈 얼굴에 김구는 고개를 떨구어 눈물을 흘렸다.

"선생님 생각에 망하는 우리나라를 망하지 않도록 하는 방법은 어떤 것이 있는가요?"

"글쎄, 그 방법은 당장은 알지 못하겠네. 그러나 죽기를 각오하고 나아기로 한다면, 무슨 길이든 가지 못할 길이 있겠는가. 그대는 앞길이 창창하니, 좀 더 넓은 세상으로 나아가 우리나라가 망하지 않을 방법을 찾아보는 것이 어떨까 하네. 청나라는 청일전쟁에서 진 원수를 갚으려 할 것이네. 자네와 같이 실력 있는 사람이 그 나라에 가서 사정도 살펴보고 인물을 사귀어 훗날을 도모하는 것이 필요하네."

고능선의 가르침을 받으며 지내던 김구는 고능선이 가르쳐 준 글귀를 마음속의 화두로 간직했다.

가지를 잡고 나무에 오르는 것은 대단한 일이 아니나

(得樹攀枝無足奇)

벼랑에 매달려 잡은 손마저 놓는다면 가히 대장부로다

(得樹攀枝無足奇 懸崖撒手丈夫兒)

그것은 어쩌면 동학이라는 가지를 이제 놓고 까마득한 절벽 아래
펼쳐진 거대한 바다로 뛰어들라는 예언이자 암시이기도 했다. 그 말
대로 김구는 동학의 꿈을 가슴에 품고, 다시 한 시대의 구비를 넘어
새로운 세기로 나아가고 있었다.

청일전쟁이 일본의 승리로 끝나고 을미년(1895) 봄 청의 전권대신
이홍장이 일본 대표 이토 히로부미와 강화조약을 맺기 위해 시모노
세키에 도착했다. 톈진에서 조약을 체결한 지 10년 만에 두 나라의
상황은 바뀌어 있었다. 무쓰 무네미쓰가 기안한 강화조약안을 놓고
이홍장은 영토 할양과 배상금 규모를 줄이기 위해 개인적인 수모를
감수해야 했다.

"일본이 개혁에 성공한 것은 이토 수상의 현명한 지도력 덕분이오.
이 전쟁은 중국을 깊은 잠에서 깨어나게 했으니 장차 중국의 진보에
크게 기여한 것이오. 많은 중국인들은 당신을 증오하지만, 나는 그래
도 일본에 감사할 일이 있다고 생각합니다."

"당신은 10년 전 톈진에서 협상이 안 되면 싸우자고 했던 사람입니
다. 그때의 그 위풍당당함은 지금 어디에 갔습니까? 중국이 개혁을 하

지 않으면 일본에 따라잡힐 것이라고 내가 그때 말하지 않았습니까?"

시모노세키 조약의 첫 번째 조항은 '조선은 자주국으로 일본과 평등한 권리를 가진다.'는 것이었다. 자리에 있지도 않은 조선의 운명이 회담의 대상이었다. 조선 개화 정부 관리들은 그동안 청나라가 조선에 대해 누리던 기득권이 일본으로 넘어가고 일본이 조선에 대한 지배권을 차지한 내막을 알아차리지 못했다. 일본은 요동반도의 여순과 대련뿐 아니라 무력으로 침공한 대만까지 확보했다.

청나라가 갚아야 할 배상금 2억 냥은 청나라의 3년분 세출 예산이고 일본의 4년분 세출 예산에 해당하는 엄청난 액수였다. 이 돈으로 일본은 금본위제의 기금을 확보하고 군비를 확장하여 제국의 기반을 착실히 닦아 나갔다.

그러나 청일전쟁의 승리로 청국으로부터 요동반도를 빼앗는 등의 전과에 희희낙락하던 일본은 곧 역풍에 휩싸였다. 일본의 급격한 대륙 진출을 우려한 러시아와 독일, 프랑스 세 나라의 간섭으로 요동반도를 다시 돌려주고 말았다. 삼국에 대항하여 이길 승산이 없던 일본은 분을 삭이며 요구를 받아들이지 않을 수 없었다. 그 틈에 조선 조정은 러시아의 힘을 빌려 일본의 전횡을 벗어나고자 아관파천을 비롯한 몸부림을 치고 있었다. 그러나 한번 사냥 맛을 본 일본은 삼국 간섭으로 인한 일보 후퇴를 이 보 전진의 계기로 삼을 계략을 준비하고 있었다.

그해 가을, 일본은 또다시 조선 왕궁을 침탈하였다. 러시아에 급격히 기대어 가는 조선 조정의 정세를 역전시키기 위해 일본은 친러 정책을 진두지휘하는 민비를 제거하기로 결정하고 실행에 들어갔다.

을미년(1895) 10월 5일 새벽 5시, 경복궁의 광화문은 일본군 수비대와 훈련대에 의해 강제로 개방되었다. 궁궐을 지키던 시위대가 일본군과 대치하는 사이 민간인 복장의 군인과 일본 낭인들은 경복궁의 가장 안쪽에 있는 왕비의 처소까지 한걸음에 도발하여 들어갔다.

낭인들이 민비의 침실로 향하자 궁내부 대신은 서둘러 민비에게 변란을 알렸다. 민비와 궁녀들이 뛰쳐나와 숨으려는 순간 자객들이 몰려왔다. 궁내부 대신이 황후를 찾아다니는 자객들을 두 팔로 막아서 제지하였다.

"지엄한 궁전에서 이게 무슨 무엄한 짓이냐? 당장 물러가거라."

"뭐야? 지금 네가 우리를 방해하겠다는 것이냐?"

폭도의 칼이 궁내부 대신의 팔을 사정없이 내리쳤다. 결국 일본인 자객들은 건청궁에 있는 왕비의 침실까지 난입하여 궁녀들 틈에 숨어 있던 민비를 끌어내 참혹하게 살해하였다. 만에 하나의 경우까지 계산하여 민비와 용모가 비슷한 여러 궁녀들도 살해되었다. 자객들의 행동은 거침이 없었다. 증거 인멸을 위해 시신은 옥호루 동산인 녹원에서 불태워졌다. 용산 주둔 일본군이 직접 궁궐을 장악하고, 폭거를 직접 자행한 군인들과 낭인들 외에 공사관 직원, 신문사 기자, 영사관 경찰, 저술가 들이 대거 관여한 치밀한 작전이었다.

용의주도하게 사건을 주도한 일본 공사관의 미우라 공사는 한 달

전에 부임하여 공사관 지하에서 비밀회의를 하며 기회를 엿보았다. 미우라와 알고 지내던 한성신보사 사장이 한성신보사 주필과 기자들을 데리고 동참하였다. 미우라는 이 사건을 조선인에 의한 쿠데타로 보이게 하려고 새벽에 대원군을 집에서 궁궐로 호위해 왔다. 대원군의 쿠데타에 의한 사건인 것처럼 계획적으로 꾸몄다.

대원군이 일본 측 의도대로 움직이지 않아 시간이 지나는 사이에 밤중에 실행될 계획이 새벽으로 연기되고 궁궐 안에 있던 미국인이나 러시아인이 이 광경을 목격하였다.

외국 여론의 비난을 받게 된 일본 정부는 사건의 철저한 조사를 하겠다며 사건에 가담한 사람들을 히로시마 감옥에 수감하였다. 그러나 여론이 잠잠해진 후 일본 정부는 증거 불충분이란 이유로 3개월 정도 지난 후 전원 무죄판결을 내렸다.

그로부터 17년 후인 1912년 김구는 서대문감옥에 수감되어 있었다. 일본 총감부 주도로 억지로 꾸며 낸 안명근 사건에 연루되어 1년여에 걸친 조사와 재판 끝에 15년 형을 언도 받고 복역중이었다. 김구는 그때까지 김구(金龜)로 부르던 이름을 김구(金九)로 개명하고, 호를 백범(白凡)으로 지었다. '우리나라의 가장 천한 사람인 백정이나 평범한 사람(凡夫)이 나와 같은 정도의 애국심을 가진다면 우리나라는 반드시 자주 독립을 되찾을 것'이라는 뜻과 바람을 담은 것이었다.

호를 새로 짓고, 이름을 고쳐 지으며 김구는 동학 입도로부터 20년

이 지나는 동안의 지난 삶을 회고하였다. 다사다난하였으며, 애면글면한 세월이었으나 무엇 하나 제대로 이룬 것 없는 실패의 연속이었다. 한편으로는 후회스럽기 그지없었으나, 또한 죽음을 무릅쓰고 의로운 길을 찾아 헤맨 세월이기에 후회스럽지 않은 세월이었다.

'죽기를 각오하고 나아간다면, 무슨 길이든 길이 아니겠는가.' 청계동에서 만난 스승 고능선이 들려준 말이 떠올랐다. '내일 당장 죽는다 해도 두려울 것은 없으나, 문명된 새 나라를 보기 전엔 눈을 감지 못하리라.' 김구는 지긋이 눈을 감았다. 20년의 세월이 주마등처럼 스치고 지나갔다.

동학의 거대한 물결이 허망하게 흩어지고, 을미년을 맞아 국모 피살의 치욕까지 겪은 후, 중국으로 나아가려던 꿈을 접고 치하포에 이르렀을 때, 그의 눈앞에 일본인으로 여겨지는 스치다가 나타났다. 김구는 그때 그가 민비 살해에 연루되었음을 확신하고, 일격에 그를 살해하였다. 일본의 만행에 치를 떠는 백성들의 의분을 대신하는 길이기도 했고, 그를 따르다 비명에 간 동학군들의 원혼을 달래는 굿판이기도 했다.

김구는 그길로 집에 돌아가 체포되기를 기다렸다. 웬일인지 3개월 만에야 그의 집으로 관졸들이 들이닥쳤다. 김구는 해주 감옥을 거쳐 인천 감옥에 수감되었다. 병신년(1896) 5월이었다. 지리한 재판을 거쳐 그해 10월 사형이 확정되었다. 그러나 '국모 살해범을 향한 복수'의 일념에 일어난 일에 대한 고종 황제의 특사로 사형 전에 형 집행

정지명령이 당도했다. 천만다행한 일이었으나 김구에게는 모든 일이 허망하였다.

그러던 그에게 간수가 들여보낸 책은 또 하나의 전기가 되었다. 논어와 맹자 같은 고전은 물론이고 세계 역사, 세계 지리를 소개하는 신학문 서적을 접하며, 김구는 세계에 대한 새로운 인식을 갖게 되었다. 같이 수감된 죄수들에게 글을 가르치며 기회를 엿보던 김구는 1898년 3월 감옥을 탈출하여 출가승이 되었다. 그해 6월, 그에게 첩지를 내린 해월 최시형이 한양에서 교수형에 처해졌다는 소식을 들었다. 일패도지하며 몸을 숨기기에 급급한 동학군 잔당들을 만나면서 김구는 어떻게든 새로운 길을 찾아 나서고 싶었다. 탈옥자의 신분인 그에 대한 지목이 그치자 다시 환속한 김구는 황해도 일대를 순회하며 교육 운동을 전개하면서 신학문의 세계에 대한 관심을 키워 갔다.

1903년 김구는 기독교에 입문하여 교회를 기반으로 한 교육 계몽 운동에 투신하였다. 이듬해 과부댁의 규수 최준례와 혼인하고 기독교 청년 활동을 계속하였다. 특히 이준, 이동녕 등과 을사조약 파기 운동을 전개하였다. 정부에 상소를 보내거나 사람들이 많이 오가는 광장이나 네거리에서 연설을 통해 조약의 부당성을 알리는 것이었다. 다른 한편 황해도 일대에 신식 학교를 설립하는 교육 운동을 전개하고 1907년에는 신민회에 가입하여 황해도 지역 총책임자를 맡았다. 1908년에는 황해도를 중심으로 한 해서 지역의 신교육 선구자들을 규합하여 해서교육총회를 조직하고 학무총감을 맡았다.

1909년 10월 안중근이 블라디보스토크에서 이토 히로부미를 저격한 사건이 일어나자 김구도 연루자로 지목되어 체포 수감되었다. 스치다 살해 사건 이후 두 번째 수감이었다. 이번에는 한 달 만에 석방되었으나 더 큰 시련이 곧 닥쳐왔다.

1910년 8월 일제에 의해 조선이 병탄된 이후 안중근의 사촌 동생 안명근은 서간도에 인재양성 무관학교를 설립하기 위하여 황해도 부호들을 방문하여 기부금을 모집하였다. 그러나 곧 부호들의 밀고로 일본 헌병대에 체포된 그는 서울 경무총감부로 압송되었고, 그와 동조한 배경진 · 박만준 · 한순직 등도 검거되었다. 이는 황해도 지방에 뿌리를 둔 배일 문화 운동을 말살하기 위한 일제의 의도에 의해 부풀려진 사건이었으나, 이 일로 황해도 일대에서 교육 운동에 투신하고 있던 김구 또한 모진 고문 끝에 15년 형을 선고받고 수감되기에 이른 것이다.

김구는 절치부심하였다. '이대로 죽을 수는 없지 않은가. 살아남으리라. 끝내 살아남아 이 간악한 일본 제국의 끝을 보고야 말리라. 새 나라, 새 세상을 보고야 말리라.'

김구의 그 바람과 약속의 일부는 그로부터 33년 후에야 이루어질 수 있었다. 1919년 3 · 1운동 직후 상해로 망명하여 20여 년간을 중국 대륙 곳곳을 전전하는 동안 부인도 허망하게 잃고, 아들과 딸마저 앞세우며 끊임없이 일제에 저항한 끝에 1945년 11월 23일이 되어서야 해방된 조국 땅에 첫발을 내디딜 수 있었다.

11장/ 다시 동학의 꽃을 피우려

"어머니, 오늘 친구들이랑 화전놀이 갑니다. 솥을 좀 챙겨 주세요."

햇빛이 잘 드는 마당에서 기전은 어머니에게 솥을 준비해 달라고 보채고 서 있었다. 봄이 되면 동네 친구들과 함께 꽃이 많이 피고 넓은 바위가 있는 곳을 찾아 화전놀이하는 것을 좋아하는 소년은 유달리 심성이 보드랍고 고왔다. 가끔 준기가 겪은 일들을 옛날이야기처럼 들려주면 영리한 눈망울로 고개를 끄덕이며 듣곤 했다. 마루에 앉아 기전을 쳐다보고 있던 준기는 10년 전 일이 어제 일처럼 떠올랐다.

준기 가족이 일본군의 소탕 작전에 쫓겨 평안도 구성에 도착한 것은 을미년 늦은 가을이었다. 마을의 풍광은 여전했으나 청일전쟁의 여파가 곳곳에 남아 있고 서리가 내린 논밭들이 유난히 횡하여 쓸쓸했다. 전쟁 통에 노인들은 다 죽고 장인 김자명은 일본군에게 징발되는 것을 피해 이웃에 사는 사촌 동생과 함께 만주에 있는 용정으로 몸을 피하고 없었다.

스무 살을 갓 넘긴 연화의 조카 김정삼이 자기 어머니를 모시고 가장이 되어 집을 지키고 있었다. 마루에는 정삼의 돌잡이 아들 기전이

앙금앙금 기어 다녔다. 그대로 짐을 부리고 구성에 머물렀다. 그때 돌잡이였던 기전이 이제 열 살 소년이 되었다.

정삼의 처는 솥이며 밀가루 그리고 기름을 담은 보퉁이를 기전의 어깨에 들려 주었다. 그 모습을 바라보던 준기가 마루에 함께 앉아 있는 정삼에게 물었다.

"기전이가 서당에 다닌 지 몇 년이나 되었지?"

"예, 햇수로 4년이 넘어갑니다."

"똘똘한 아이일세. 잘 키우게."

"말귀를 잘 알아듣는 것 같아 크면 교당 일을 맡길까 생각하고 있습니다."

"응, 그렇게 하게. 그리하면 오죽 좋겠나!"

준기는 기회가 날 때마다 틈틈이 정삼과 천도교 교당 사람들에게 황해도에서 일어났던 동학군 이야기를 하였다. 10년 전 갑오년에 목숨을 바치며 일본군과 싸웠던 일과 동학 도인들이 이루려고 했던 평등 세상이 세월 속에 허무하게 묻히는 것 같아 아쉬웠다. 한학을 공부하고 있다가 구성 지방 동학 도인에게 입도한 정삼은 이제 대접주가 되었다.

"요즘 서북 지방에는 집집마다 동학이요, 사람마다 주문을 외운다는 이야기가 나올 정도로 동학이 번성한다지?"

"장차 서북 지방에 도운이 있다고 말한 해월 선생의 말에 손병희 선생이 포교에 관심을 가지고 이쪽 지역에 공을 들인 결과입니다."

"해월 선생이 앞을 내다보시는 혜안이 있으셨네. 그 말씀대로 되지 않았는가!"

"수백 개의 포가 만들어져서 평안도가 동학의 성지가 되었다는 말까지 나옵니다."

"갑오년 그 난리 때, 삼남 지방은 물론이고, 경기도와 강원도 그리고 이곳 황해도, 평안도까지 일본군의 말발굽 아래 유린되었고, 동학군들의 피로 강토를 적시고 말았네. 그때 다행히도 그나마 함경도는 전화(戰火)를 비껴 났었지. 아마도 이제 조선 땅 최북단에서 일어난 동학의 새 꽃 소식이 다시금 조선 전역을 가득 채우고야 말 걸세."

준기는 대접주가 된 정삼과 천도교 교당에 나갔다가 평안도 수접주로 동학혁명에 참가했던 홍기조와 나용환을 만났다. 그들은 준기에게 해월 선생을 만난 얘기를 했다.

"저는 병신년(1896) 여름 해월 선생이 상주군 은척면에 계실 때 찾아뵈었습니다. 그때 서북 지역 도인들이 함께 동행했고 다음 해 2월에도 찾아뵈었지요. 해월 선생께서 동학의 운이 점차 북방으로 흘러감을 알고 기뻐하시던 모습이 눈에 선합니다. 선생은 카랑카랑한 목소리로 오직 성경신, 정성 공경 믿음을 실행하라고 하셨습니다."

"저는 무술년(1898) 봄에 도인들과 함께 찾아뵈었습니다. 그때는 관으로부터 지목을 받는 중이어서 선생을 만나는 것이 쉽지 않았지요. 강원도 원주의 섬배에 사는 도인 집에서 손병희 선생을 만나고 밤중이 되어서야 5리가량 떨어진 송골마을로 가서 해월 선생을 만났습니다. 앓고 나서 회복 중이셨던 해월 선생님은 그때 72세 노인이셨는데 초당에 앉아 계시면서 우리 도의 운이 북쪽에 있으니 더욱 힘쓰라고 하셨습니다. 그리고 한 달 뒤에 체포되었다는 소식을 들었습니다."

그 말을 듣던 홍기조는 다시금 가슴이 무너져 내리는 것 같았다. 목소리가 떨리며 울음이 배어 나왔다.

"그렇게 보드라운 마음을 가지신 분이 좌도난정율이라는 죄명을 얻어 순도하시다니 참으로 안타까운 일입니다. 하루빨리 원통함을 풀어 드려야지요."

스승의 유지를 받들어 동학의 도통을 이어받은 이래 35년을 피신해 다니며 동학의 불씨를 보존하고 실천하던 해월은 무술년(1898) 4월에 송경인이 이끄는 관졸들에게 체포되었다. 우주 만물이 한울님을 모신 거룩한 존재이니 공경하라고 설법하던 동학의 2대 교주 해월은 좌도난정률이란 죄목을 받아 6월 2일 순도하였다. 해월이 선고를 받은 날부터 순도하는 날까지 한양에는 내내 비가 퍼부었다.

1903년 이후에 평안도의 동학 교세가 전국에서 가장 왕성해지자 구성 군수는 동학도를 체포하여 가두었다가 풀어 주기도 하였다. 다음 해에 러일전쟁이 일어나 일본의 연합 함대가 인천 앞바다에서 러시아 함대를 기습 격파하고 단숨에 서울을 장악하였다. 동학도들은 또다시 일본에 의해 한바탕 곤욕을 치러야 했다.

갑오년 이후 지하로 잠복했던 동학도들이 문명개화 운동으로 방향 전환을 하며 세력을 규합해 진보회를 조직하였다. 이 진보회는 동학혁명 당시 손병희 휘하에서 수차례 대일 항전에 참여했던 대접주 출신의 이용구가 손병희의 지시로 책임을 맡았다. 이용구는 진보회를 동학의 여당으로 지목하여 탄압을 가하는 조선 정부의 손길을 피한다며 친일 단체 일진회와 합동을 단행하였다. 그 이후 조선 정부의 직접적인 탄압에서 벗어나게 되었으나, 이번에는 친일 행위를 한다며 각지 의병들의 공격을 받는 처지로 내몰렸다. 그 무렵 일본에 망명 중이던 의암 손병희는 이용구를 출교 처분하고 1905년 12월 1일 동학을 천도교로 개편하여 신문에 대대적으로 광고하였다. 의암은 천도교대헌을 공포하고 서울에 천도교중앙총부를 설치했다.

"앞으로 국권 회복을 해야 할 것이다. 반드시 10년 안에 내가 이것을 이루어 놓으리라."

일본에 의해 1910년 경술국치를 당하자 손병희는 우이동 골짜기에 봉황각을 짓고 3년에 걸쳐 전국 천도교 중견 간부들에게 특별수련을 시행하였다. 김정삼도 봉황각의 49일 특별수련에 참가하였다.

수련 기간 중 손병희는 여러 차례에 걸쳐 설교와 강론을 하였는데, 그중 핵심은 이신환성(以身換性), 즉 육신 관념을 성령 관념으로 바꾸라는 것이었다. 갑오년 이래 수많은 동학 도인들이 걸어간 그 길, 일신의 안위를 돌보기에 앞서 큰 나, 한울의 자리에서 세상을 보고, 시대를 보고, 나아갈 길을 정하는 원리가 바로 이신환성이었다.

"이 몸뚱아리로 말하면 오래 살아야 100년입니다. 그러나 우리 안에 있어 자신을 우리 되게 하는 성령은 한울님의 모습 그대로이므로 영원하고 또한 나지도 않고 죽지도 않습니다. 성령이 지속적이며 무궁하며 주체적 존재라면, 육신은 의존적인 일시적인 객체이지요. 우리의 삶이 참되고 복되고 아름다워지는 길은 성령을 중심에 두고 생각하고 말하며 살고 죽기를 결정하는 데 있습니다. 그러나 그 길은 대체로 육신의 고통이라는 대가를 치르게 됩니다. 육신에 치중하면 안락할 것이나 그것은 한순간에 불과합니다. 일찍이 수운 대신사(大神師-崔濟愚)와 해월 신사(神師-崔時亨)는 육신의 안락한 삶을 버리고 성령의 삶을 택하신 분입니다. 또한 갑자년(1863) 이래 동학을 버리지 않기 위하여 기꺼이 죽음을 감내했던 동학 도인들, 갑오년부터 갑자년(1904, 갑진혁신운동) 사이에 피 흘리며 순도하신 동학군들은 모두 육신의 안락한 삶을 떨쳐 버리고 성령의 참된 삶을 위하여 고생과 죽음을 기꺼이 감내하신 분들입니다. 그분들의 보이지 않는 도우심이 있어 오늘 천도교는 또다시 성세를 맞이하였고, 이제 독립의 과제가 다시금 우리 앞에 주어졌습니다. 여기 수련에 참여하신 여러분은 한 개의 몸이나 여러분 안에는 수백, 수천, 수만의 동학군 성령이 함께하고 있다는 걸 깨달아야 합니다. 이 한 몸을 바쳐 동학군의 길을 감으로써 우리나라는 독립을 이룩하게 될 것이니 명심하시고 명심하십시오."

김정삼은 준기에게서 얘기 듣던 것과는 또 다른 감응에 휩싸여 온 몸이 떨리는 것을 느꼈다.

1919년 3월 1일 대한독립만세를 외치는 함성이 울려 퍼졌다. 평안도 구성 지방에도 기미독립선언문이 전달되었다. 구성에서 3·1만세 시위는 3월 10일부터 시작하여 4월 초에 이르기까지 계속되었다. 구성에서 천도교인들이 주도한 3월 말 시위에는 8천여 명이 모였다. 조선 민중들의 함성이 그치지 않자 놀란 일제는 4월 1일에 자경단을 조직하여 진압을 시도하였다.

무자비한 사격에 수많은 사람들이 현장에서 즉사하거나 치명상을 입었고, 앞장선 사람들은 대거 체포되어 모진 고문에 시달리며 반죽음이 되어 갔다. 그러고도 남은 사람들에게는 형식뿐인 재판을 통해 1년에서 3년 형까지의 징역형이 언도되었다. 그러나 재판정에 선 만세 참여자들은 당당하게 독립의 정당성을 주창했다.

"조선 민족으로서 만세를 부른 것이 무슨 죄가 되며, 이번 사건에 조선 민족인 2천만을 모두 벌줄 수 있겠는가. 또 이와 같이 일시적인 고역을 당한다 하여도 결코 우리 민족의 독립 사상은 소멸되지 않을 것이다. 우리에게 가혹한 악형을 가할수록 도리어 독립의 의지만 커져 갈 것이니, 장래에 피차간의 순망치한의 탄식이 생겨서 동양 평화에 큰 불행을 초래할 것이다. 재판장은 통촉한 다음 지혜로운 안목으로 타당하게 처결하기를 바란다."

"깊은 산골에서 생활하는 촌사람들과 어린아이들까지 조선독립만세를 부른 데 관해서 본인도 양심에 분발심이 생겨 1천여 명 군중 가운데 가담하여 독립만세를 불렀다. 만일 죄가 있다면 파리강화회의에 있다고 생각하며 가령 보안법 위반이라고 한다면 온 민족이 독립 만세를 불렀는데 누구에게 죄가 있다고 할 것인가."

준기는 만세 시위의 주모자로 지목을 받아 일본 헌병에게 감시를 받는 신세가 되었다. 끊임없는 감시와 회유에 위협을 느낀 연화는 용정으로 피신하라고 권하였다.

"차라리 용정에 있는 아버지께 가세요. 거기서 훗날을 도모하는 것이 낫지 않겠어요? 일본 경찰에 잡혀서 고초를 겪는 사람이 한둘이 아니라고 합니다. 고문이 심해서 감옥에 나와 며칠 후에 죽는 사람도 있대요."

짐도 제대로 꾸리지 못하고 그대로 구성을 떠난 준기가 장인이 있는 만주 지역 용정에 도착한 것은 여름이 다 지나갈 무렵이었다. 장인 김자명은 머리가 하얀 노인이 되어 초가집에서 사촌과 함께 한약방을 하고 있었다. 목소리는 여전히 우렁차서 준기는 내심 마음을 놓았다

준기는 장인에게 용정으로 오던 시기의 이야기를 듣게 되었다. 청일전쟁 당시 졸지에 전장의 한복판에 놓이게 된 김자명의 한약방에 어느 날 일본군이 들이닥쳐 치료를 요구하였다. 오직 병자만을 바라보고 재빠르게 부상병을 치료하던 김자명은 일본군 소좌의 눈에 띄어 일본군에 꼼짝없이 끌려갈 지경이 되었다. 그러나 찾아온 부상자를 치유해 주는 것과 종군하며 일본군의 치료를 도맡는 것은 전혀 다른 문제였다. 김자명은 사촌 동생과 함께 일본군을 따돌리고 고향을

떠나 목숨을 걸고 두만강을 넘었다.

용정에서도 3월 초순에 3만여 명의 조선인들이 모여 대대적인 만세 시위운동을 전개하였다. 그러나 만주 지역에서의 조선인 세력의 확장을 우려한 중국 군대가 조선인 시위대에 발포하여 사상자가 발생하였고, 일본군의 외압에 의해 평화적인 시위운동은 곧 한계에 맞닥뜨리게 되었다. 이후 용정을 비롯한 만주 일원의 조선인 집거지를 중심으로 평화 시위를 대신하여 독립운동으로 방향이 바뀌었다. 수많은 무장 독립군 부대가 창설되고, 일반적인 신식 학교들도 독립군 양성을 위한 무관학교로 개편되어 갔다. 독립군들은 크고 작은 전투를 치르며 일본군과 대치하였다.

김자명과 준기는 경상자 치유는 물론 치명상을 입은 독립군들을 극적으로 치료하여, 어느덧 독립군들 사이에 명사가 되었다. 점점 세력을 키우고, 전력을 강화한 무장 독립군은 이제 압록강과 두만강을 넘어 조선 본토로 들어가 일본군의 통신 시설을 파괴하거나 군 시설을 공격하기도 했다. 독립군을 상대하는 용정의 일본군이 1920년 청산리전투와 봉오동전투에서 김좌진, 홍범도 대장이 이끄는 조선인 독립군 부대에게 전대미문의 패배를 당하자 일본군은 대대적인 보복전을 전개했다. 만주 관동군과 조선 주둔 일본군 부대까지 파견하여 무차별 살육을 감행한 이른바 경신 대참변이었다.

일본 군대는 만주 전역에서 수많은 조선인 마을을 불태우고 조선인들을 닥치는 대로 학살하였다. 기미년 1년 동안 한반도 전역에서 죽은 사람보다 더 많은 3만여 명의 조선인들이 단 몇 개월 사이에 만주에서 학살되었다. 또다시 김자명과 준기는 숱한 죽음의 고비를 넘기고 도망을 다니면서 사람들을 치료하는 데 전력하였다. 그러나 한 사람을 살리면 열 사람의 주검을 처리해야 하는 나날들이 이어지자 마음의 고통은 극에 달하였다.

1920년 겨울로 넘어가는 늦가을 밤에 만주에 파견되어 온 일본군 스즈키 대위는 토벌대를 이끌고 노루바윗골로 향했다. 아직 날도 새지 않은 새벽에 마을 남자들을 모두 묶어 교회당에 가둬 놓고 조 짚단을 교회당 안에 채워 놓은 다음 석유를 부어 불을 질렀다. 뛰쳐나오는 사람은 총에 달린 창으로 찔러 불 속에 다시 밀어 넣었다. 부녀자들은 곁에다 끌어다 놓고 끝까지 지켜보게 했다. 그리고 난 후 태연한 얼굴로 천장절(천황 생일) 축하 행사를 하러 갔다.

일본군이 떠나자 울부짖던 유족들은 처참하게 그을린 시체에 옷을 입혀서 겨우 장사를 지냈다. 닷새가 지나자 일본군이 다시 찾아왔다. 매장한 시체를 다시 파내 모으라고 한 뒤 다시 조 짚단을 쌓아 놓고 불을 질렀다. 그리고는 시체를 뒤적거려 재가 되도록 휘저었다. 살아남은 사람들은 공포와 슬픔이 뒤범벅이 된 채, 잿더미를 긁어 모아 그 자리에 합장하여 무덤을 만들 수밖에 없었고, 마을은 더 이상 사람이 살 수 없는 폐허가 되어 황무지로 변했다.

일본의 잔인한 만행을 지켜본 미국인 선교사는 '피에 젖은 만주 땅이 바로 저주받은 인간사의 한 페이지'라고 탄식했다. 김자명과 준기가 다친 사람을 돌보느라 몸살을 앓을 무렵 구성에서 보따리를 머리에 이고 어깨에 짊어진 아내 연화와 아들이 찾아왔다.

10년 동안 서당에 다닌 기전은 18세인 1911년 천도교 교리강습소에 입학하여 1년 동안 신학문을 배웠다. 기전은 준기가 자기를 무릎에 앉혀 놓고 해 준 동학 도인 백사길 이야기며 갑오년 해주성에서 싸우던 동학군 이야기를 잊지 못했다. 기자 활동을 하던 김기전은 3·1운동을 주도한 손병희와 천도교 간부들이 투옥되면서 교단 활동이 침체하게 되자 손병희의 사위 방정환과 서북 지방 출신 청년들을 중심으로 천도교청년회를 만들었다.

그의 손으로 1920년 첫여름에 월간 잡지 『개벽』이 창간되었다. 창간호의 표지화는 흰 구름 사이로 언뜻언뜻 보이는 푸른 하늘을 반 이상 배치하고 둥근 지구 위에 걸터앉아 오른쪽 너머를 바라보며 커다랗게 입을 벌린 호랑이 모습을 그린 그림이었다. 김기전과 방정환은 표지화 그림을 가운데 두고 한참을 골똘히 들여다보았다. 기전은 그림을 보고 마음이 흡족했다.

"호랑이가 날카로운 기세로 표효하는 모습이 우렁찬 소리가 귀에 들리는 듯 아주 실감이 나는군. 우리나라 지도를 호랑이로 그려낸 사람도 있지 않은가? 창간호 표지로 적당하네그려."

"『개벽』이라는 잡지 제목과도 잘 어울리네. 마치 개벽을 알리는 옹

골찬 소리가 울려 나오는 것 같아."

그러나 꿈에 부풀어 만들어 낸 『개벽』 창간호는 일제의 검열을 통과하지 못하고 전부 압수되어 폐기되고 말았다. 일본에는 없고 한국에만 있는 백두산 호랑이, 그 호랑이 모습이 한국인의 기상을 상징한다는 이유였다. 김기전의 시 '금싸락' '옥가루', 차상찬의 '경주회고' 등도 압수 사유의 하나였다. 종로경찰서 뒷마당에서 『개벽』 창간호는 갑오년 당시 동학군의 목을 자를 때 사용했던 것과 같은 작두 아래서 싹둑싹둑 잘려서 난도질되고 말았다.

〈금싸락〉

북풍한설 까마귀 집 귀한 줄 깨닫고

가옥가옥(家屋家屋) 우노라

유소불거(有巢不居) 저 까치 집 잃음을 부끄려

가치가치(可恥可恥) 짖누나

명월추당(明月秋堂) 귀뚜리 집 잃을까 저어서

실실실실(失失失失) 웨놋다

〈옥가루〉

황혼 남산 부흥이 사업 부흥하라고

부흥부흥(富興富興) 하누나

만산모야(滿山暮夜) 속독새 사업 독촉하여서

속속속속(速速速速) 웨이네

경칩 만난 개구리 사업 저 다 하겠다

개개개개(皆皆皆皆) 우놋다

나라 잃은 민족의 부끄러움과 나라를 되찾으려는 의지를 담은 김
기전의 시는 창간호 대신 만들어진 호외 호에도 실리지 못한 것은 물
론 결국 우여곡절 끝에 나오게 된 임시 호에서는 묵자(墨字) 처리된 채
선보이게 되었다. 인류의 평화와 공존을 이야기하면서도 끊임없이
조선 민족의 자긍심을 고취하고, 사상적 철학적 의식의 고양을 독려
하던 개벽의 기사들은 일본의 검열에 수시로 걸려 폐기 처분되었다.

"이 원고가 들어가면 어떻게 될까? 이번에도 검열에 걸릴까?"

김기전은 불기 없는 추운 사무실에서 원고를 뒤적이며 언제나 고
심하였다. 정성 들여 만든 원고를 보내고 경무국의 검열을 받아 허가
를 기다리는 편집진은 늘 마음 한편이 무거운 돌덩이에 눌리는 고문
을 당하는 심정이었다. 그 밖의 날들도 하루하루가 살얼음판을 걷는
형국이었다. 언제 일본 경찰이 들이닥칠지 모르는 형편이었다. 게다
가 편집진들은 툭하면 종로경찰서에 불려 다녀야 했다. 궂은일에는
앞장을 서지만, 늘 뒤에서 말없이 일하는 것을 좋아한 김기전은 『개
벽』에 내내 글을 실으면서도 열에 아홉은 자신의 본명을 밝히지 않
고 여러 가지 필명을 썼다.

1920년 6월호로 창간된 이래 제72호를 발행할 때까지 발매금지(압

수) 34회, 정간 1회 등의 수난을 겪은 『개벽』 잡지는, 1926년 8월호를 끝으로 강제 폐간되었다. 그 후 1930년대에는 차상찬이, 해방 이후에는 다시 김기전이 『개벽』을 간행하였으나 모두 10호를 넘기지 못하고 발행을 중단할 수밖에 없었다. 일제가 『개벽』의 예봉을 꺾어 버린 사이에 친일적인 잡지들이 우후죽순 격으로 기세를 펼쳐 『개벽』의 설자리를 빼앗아 버린 때문이었다. 폐간호가 된 『개벽』 72호는 경무국에서 가져가서 작두로 썰어 모두 폐기처분하였다.

김기전이 『개벽』의 편집인으로 일하면서 유독히 관심을 기울인 부문은 어린이 운동이었다. 일선에 나서서 어린이 운동을 전개하는 것은 방정환과 천도교청년회 청년들, 어린이지 담당 기자들이었으나, 김기전은 그들에게 끊임없이 이론적인 배경을 제시해 주었다. 물론 그 바탕은 수운 선생의 시천주 가르침과 해월 선생의 어린이 존중 법설이었다.

"어린이도 한울님을 모셨으니 어린이를 때리는 것은 곧 한울님을 때리는 것입니다."

해월의 이 말씀은 그대로 천도교소년회의 기본 강령이자, 어린이 운동의 기본 정신이 되었다. 김기전은 방정환 같은 청년들을 앞세워 소년회 지도위원으로서 '어린이의 날'을 선포하고 어린이를 위한 각종 행사를 시행하였다. 세계 최초의 어린이 헌장 '소년 운동의 기초 사항'을 만들어 선포하고 어린이에 대한 글을 썼다.

1. 어린이를 윤리적 압박으로부터 해방하여 그들에 대한 완전한 인격적 예우를 허하게 하라.
2. 어린이를 윤리적 압박으로부터 해방하여 만 14세 이하에 대한 무상 또는 유상의 노동을 폐하게 하라.
3. 어린이 그들이 고요히 배우고 즐거이 놀기에 족한 각양의 가정 또는 사회적 시설을 행하게 하라.

김기전과 방정환은 앞서거니 뒤서거니 어린이 운동에 매진하였다. 어린이야말로 조선의 미래요, 수운 이래 수많은 선열들이 목숨을 바치며 꿈꿔 온 동학 세상을 열어 줄 주인공이라고 여겼다. 두 사람은 틈만 나면 어린이를 섬기는 말을 했다.

"나무를 보십시오. 그 줄기와 뿌리의 전체는 오로지 그 작고 작은 햇순 하나 떠받치고 있지 아니한가요?"

"죄 없고 허물없는 평화롭고 자유로운 한울나라! 그것이 어린이의 나라입니다. 우리는 언제나 이 한울나라를 더럽히지 말아야 할 것이며 이 세상에 사는 사람사람이 모두 깨끗한 나라에서 살게 되도록 우리의 나라를 넓혀 가야 할 것입니다."

김기전은 방정환과 함께 경어 쓰기 운동도 펼쳤다. 집에서 자기 아들에게도 어른들에게 하듯 똑같이 경어를 썼다. 아들 친구들이 처음에는 놀라서 눈이 휘둥그레지다가도 몇 번 와서 보고는 으레 기전의 집에서는 존댓말을 쓰는 것으로 알았다.

어느 날 김기전은 한 소년이 자기 집 지붕의 파란 기와를 가져다 팔려고 몰래 올라갔다가 내려오는 것을 보았다. 성큼성큼 다가오는 기전을 본 아이는 그만 두려움에 떨며 오줌을 지리고 말았다. 그 모습을 본 기전이 아이보다 더 놀라며 입이 벌어졌다. 얼른 사다리를 가져와 아이를 내려 주고 기와도 손에 들려 주었다.

"많이 놀랐을 텐데. 어디 다친 곳은 없나요?"

"……?"

"이까짓 기와가 무어 그리 대단하다고 몰래 가져가려 했어요? 가지고 가겠다고 말만 하면 몇 장이라도 주었을 텐데요."

쳐다보던 동네 사람들은 김기전이 어디가 모자란 사람인 모양이라고 수군거렸다. 기전이 도둑질한 아이에게까지 경어를 쓰는 것이 이해가 되지 않았다. 그러나 기전은 그 어린아이를 버리지 않고 바로 세워 주고 북돋워 주는 것만이 조선 사람들이 살고, 이 세상이 살아날 길임을 믿고 있었다.

『개벽』의 주필과 어린이 운동을 하며 바쁜 중에도 농민, 노동, 상민, 여성 운동까지 소홀히 하지 않은 기전은 다만 집안 살림만은 제대로 돌볼 수 없는 무능한 가장이었다. 집안 살림은 모두 옷감 행상을 하는 아내의 몫이었다. 끼니조차 잇기 힘들어 아침을 거르고 근처에 살던 방정환의 집으로 가곤 했다.

김기전은 교인들을 중심으로 조선 독립의 핵심 구심점을 형성하기 위하여 1920년대 초부터 불불당(不不黨), 오심당(吾心黨)이라는 비밀결사를 조직하여 심신의 단련을 심화해 오고 있었다. 그러나 공안 정국을 조성하여 대대적인 검색에 나선 일본 경찰의 촉수에 노출되어 1934년 전국적으로 230명 핵심 당원들과 함께 검거되고 말았다. 기전은 3개월 동안의 취조를 마치고 그해 겨울 불구속으로 송치되었다. 다음 해 폐병 3기의 진단을 받고 해주 요양원에 들어갔다가 완쾌되지 않자 수운이 거처했던 용담정에서 3개월을 지내고 우이동에 있는 봉황각에 올라와 수행하였다. 10년 동안 날로 거세지는 탄압과 병마 속에서 수도와 수행에 대한 글을 『신인간』에 기고하며 지내던 그는 신앙의 힘으로 병을 이겨 내고 1945년 해방을 맞이하자 천도교 청우당을 부활시키고 『개벽』을 속간하였다.

1946년 봄 김기전은 지난해 겨울 귀국한 대한민국임시정부 김구 주석을 모시고 우이동 계곡 산자락에 있는 의암 손병희의 묘소를 찾았다. 갑오년에 청산을 출발하여 우금티 전투를 치르고 그 이후 일본 망명길에 올랐다가 동학도들을 다시 규합하여 천도교를 일으켜 세운 손병희는 김구에게도 또 다른 은인이었다.

3·1운동 이후 해외 독립운동의 흐름은 임시정부를 수립하는 방향으로 나아갔다. 그때 3·1운동을 앞서서 이끈 손병희는 임시정부 수반인 대통령 후보에 오르기도 했다. 그러나 서대문감옥에 수감 중이던 손병희는 해외에 자유로운 몸으로 있는 동지들이 임시정부를 잘 이끌어 주기를 바란다는 뜻을 비밀리에 전해 오고 거액의 자금을 상해로 보내어 초창기 임시정부 수립의 틀을 닦아 주었다.

그해 여름 김구는 경운동 천도교 대교당을 찾아갔다. 많은 천도교 인들이 그를 반겨 맞았다. 김구로서는 해월 선생의 손자를 비롯한 혈육을 만나는 일이 감격스러웠다. 그에게 새 나라 새 사람의 꿈을 심어준 해월 선생. 그 자손에게 중국 땅에서 독립을 꿈꾸며 함께 마음을 나누었던 해월 선생의 아들 최동휘와의 인연도 이야기해 주었다.

"나는 그대 조부님과 부친에 이어 그대까지 3대에 걸쳐 인연을 맺게 되었소. 이 또한 한울님이 명하신 인연이라 할 만하지 않습니까?"

천도교중앙대교당 단상에 서서 김구는 감개 어린 목소리로 연설하였다.

"저 김구는 수운 선생이 쓰신 『용담유사』에 왜적은 불구대천의 원수라는 구절을 마음에 새겨 독립운동을 하고 오늘에 이르렀습니다. 해월과 의암의 유지를 잘 받들어서 도덕의 기초 위에 새로운 문화 국가를 건설하는 것은 저와 여러분들에게 주어진 유일한 숙제입니다. 이 대교당은 저와도 무관치 않습니다. 아시다시피 이 대교당을 건립하려고 모은 돈으로 3·1운동을 일으킬 수 있었고, 3·1운동이 있었기에, 우리 민족의 유일 정부인 상해임시정부가 있었으며, 상해임시정부를 굳건히 지켜 왔기에, 오늘 우리의 광복이 있게 되었습니다. 이 대교당이야말로 새 나라 건설의 출발점이 되어야 합니다. 나는 일찍이 해월 선생을 뵈옵고 양반과 상놈의 차별이 없는 새로운 세상을 맞이할 꿈을 꾸게 되었습니다. 기나긴 세월을 지나왔지만, 오늘 이곳에 서고 보니 그 꿈은 여전히 진행 중이라는 것을 알게 되었습니다.

동덕 여러분! 우리 모두 힘을 합쳐 지난날의 순도 순국한 선열들의 성령이 모두 일어나 춤출 만큼 아름다운 새 나라를 건설합시다!"

천도교중앙대교당에 운집한 수천 명의 천도교인들과 시민들이 일제히 환호하였다. 어쩌면 우금티를 마침내 넘어선 동학군의 함성이, 아니, 해주성을 함락하고 보국안민의 기치를 높이 세운 동학군의 함성이 들리는 듯하였다.

그러나 동학 참여 이후 한순간도 평온할 날이 없었던 김구의 시련은 끝나지 않았다. 해방과 함께 38선이 그어지고 좌우익의 공방전으로 마침내 남한만의 단독선거로 분단의 위기에 처했을 때 김구는 피를 토하며 단정 수립에 반대하는 한편, 당국의 저지를 무릅쓰고 북조선의 김일성을 방문하여 담판을 시도하였다. '죽을 자리를 마련해 두고' 민족 단결에 의한 통일 조국을 바라며 노력하던 김구는 1949년 6월 대낮에 경교장에서 안두희의 흉탄에 맞아 쓰러져 그대로 운명하였다.

남북으로 분단된 이후, 38선 이북 지역에서는 일제강점기 내내 숨죽이고 지내던 천도교인들이 속속 다시 교당을 찾아 입도식을 거행하였다. 하루아침에 수백만 교인들이 대거 교당을 찾아오자 이들을 교육시키는 일이 급선무로 대두하였다.

북쪽 천도교에서 교육을 담당할 사람의 파견을 요청하자 교리와 수행에 밝은 이돈화와 김기전이 월북하여 평안도로 가게 되었다. 구성의 천도교당에서 검정 무명 두루마기와 회색 바지저고리를 입고 천으로 된 신발을 신은 소탈한 표정의 김기전을 만난 청년 표영삼은 김기전의 말을 한마디도 빼놓지 않고 머릿속에 간직하려고 애썼다.

"사람들은 일할 때 타성에 젖기가 쉬우나 천도교를 짊어지고 나갈 여러 청년들은 다시 보고 다시 생각하는 습관을 지니고 창의력을 발휘하여야 합니다."

북쪽에서 1946년 11월부터 1948년 3월 16일까지 활동하던 김기전은 어느 날 갑자기 행방불명되어 연락이 되지 않았다. 어느 날 한 사람이 천도교 서울 총부로 찾아왔다.

"어떻게 오셨습니까?"

"저는 김기전 선생님의 심부름으로 온 사람입니다."

"지금 북쪽에 계시다가 연락이 안 되는 상태인데요."

"네, 저에게 서울 천도교당에서 가서 머리 가운데 부분에 하얀 점이 있는 사람이 조만식 선생과 같이 감방에 있으니 이 사실을 전해 달라고 하셨습니다. 그렇게만 말하면 알 것이라고 하던데요."

김기전의 머리에는 특이하게 생긴 하얀 점이 있었다. '조선 사회의 지극한 보물', '천심을 잃지 않는 진인'이라 불리던 김기전은 그날 이후 다시는 연락이 되지 않았다. 가족들 또한 살아생전에 다시는 그를 볼 수 없었다. 항일을 위해 고된 삶을 바쳤던 사람들이 새롭게 권력을 잡은 사람들과 친일 세력에 의해 하나둘씩 스러져 갔다. 한반도의 수많은 후손들이 아버지와 형, 어머니와 동생이 언제 어디서 죽었는지 모르는 상황에서 제사상을 차려야 했다.

12장/ 동이의 꿈

"톡, 톡, 톡….''

소년은 잔돌을 발로 톡톡 차면서 산길을 올라갔다. 자그마하니 동그란 얼굴에 뺨이 발그레했다. 절 옷을 입은 까까머리 소년은 주지 스님의 심부름을 가는 중이었다. 산등성이를 두 개나 넘어 암자를 찾아가야 하는 일이었다. 언 땅이 무르게 녹아 푹신해진 길을 심심하게 오르던 소년의 눈망울이 순간 반짝 빛났다. 저 멀리 흰 엉덩이의 황갈색 노루가 보이는 것 같았다. 소년을 본 노루가 재빠르게 달아나기 시작했다. 소년은 노루를 놓치지 않으려고 달리기 시작했다. 열심히 쫓아가던 소년은 갑자기 무언가에 걸려 넘어지며 정신을 잃었다.

소년이 정신을 차렸을 때 웬 노인이 환하게 웃으며 바라보고 있었다. 놀란 소년이 일어나려 하자 노인은 따스한 손으로 더 누워 있으라고 이불을 다독거려 주었다.

"여기가 어디예요?"

"네가 낭떠러지에 떨어져 다리가 다쳤더구나. 아프지는 않느냐?"

"조금…요.''

"며칠 치료를 하며 다친 곳을 살펴보아야겠는데 나와 함께 있겠느냐?"

소년은 무언가 잠시 생각을 하는 눈치였다. 제일 먼저 할머니 얼굴이 떠올랐다. 지금도 할머니가 살아 계셨다면 당연히 빨리 돌아가고 싶었을 것이다. 그러나 얼마 전에 할머니는 소년을 홀로 남겨 두고 세상을 떠났다. 할머니가 돌아가셨을 때 자기를 돌보아주겠다며 맡아준 주지 스님의 얼굴도 떠올랐다. 스님이 걱정할지도 모르겠지만 다쳐서 가는 것보다는 나아서 가는 것이 좋을 것 같았다. 방 안에는 한지로 만든 봉지들이 약초 냄새를 풍기며 매달려 있었다. 소년의 발목에는 짓찧은 생지황이 삼베로 묶여 있었다.

"네, 그런데…."

"집으로 연락을 해야 하겠지?"

"아니오, 저는 집이 없어서 절에 살아요. 얼마 전에 할머니가 돌아가셔서 혼자예요."

아이는 더 이상 집에 대해 말이 없었다. 노인은 자애로운 눈으로 소년을 바라볼 뿐 더 이상 묻지 않았다. 노인은 소년의 동그란 얼굴을 바라보며 이맘때의 자신의 모습을 생각해 보았다. 꼭 그때의 자기 자신을 보는 것 같았다. 참 세월이 빨리도 지나갔다. 그래, 거두어야 할 인연을 이렇게 만나는 게지.

동이가 백두산에 도착한 것은 불혹의 나이를 훨씬 지나서였다. 백두산을 찾은 것은 그저 유람을 온 것도 아니었고 만날 사람이 있는 것도 아니었다. 동이는 스승의 백두산 이야기를 마음 한구석에 새겨 놓고 있었다. 동이는 외삼촌 준기가 스승에게 침통을 물려받은 날을 기억했다. 그날 준기는 백사길에게 물었다.

"선생님, 개벽이 무엇입니까?"

"그것은 이 세상 사람들에게 다가올 새로운 세상이라고 할 수 있네."

"지금의 세상과는 어떻게 다릅니까?"

"그때는 많은 사람들이 깨달음을 얻을 것이야. 하지만 그전에 큰 혼란과 어지러운 시기가 닥쳐 와서 많은 사람이 고통을 겪게 되네. 그러나 그 환란을 줄이는 방법이 있지. 그것은 모든 사람이 깨달음을 얻어 성자가 되는 것이야."

"어떻게 하면 살아생전에 그런 세상을 맞이할 수 있을까요?"

"나보다 남이 먼저 깨달음을 얻기를, 나보다 남이 더 잘되기를 바라는 사람이 많이 나오면 그런 세상을 맞이할 수 있을 것이네. 우리나라는 세계에서 가장 많은 성자가 나오게 될 것이야."

"그것은 어째서이지요?"

"우리는 차별 없는 세상을 꿈꾸는 민족이고 하늘을 향해 정결한 마음으로 빌 줄 아는 신심이 있는 민족이네. 그 마음으로 너와 내가 다르지 않다고 깨우치는 그날 개벽은 이루어지네. 백두산의 좋은 기운이 우리를 도와줄 것이네. 사실은 우리에게 그런 때가 한 번 있었다네. 아주 오래… 전에."

동이는 그때 백사길이 빙그레 웃으며 먼 하늘을 바라보던 것을 생각해 냈다. 이제 동이는 그때의 스승보다 훨씬 나이가 많은 노인이 되어 스승과 같은 웃음을 지었다. 스승님의 말씀을 이제야 깨닫게 되었다. 그런 세상을 내가 만들어 가리라. 이곳에서 다시 시작하리라. 차별도 없고 미움도 없고 고통도 없는 세상을 살아서 보리라. 크고 작은 소용돌이와 여울이 잔잔한 강물이 되었고 이제 막 바다에 이르고 있었다.

동이는 누워 있던 소년이 자기를 물끄러미 바라보고 있는 것을 느끼고 아이의 손을 꼭 잡아 주었다. 아이도 노인의 따스한 손을 마주 잡고 수줍게 웃었다.

"할아버지, 왜 그렇게 웃어요?"

"그러는 너는 왜 웃느냐?"

"할아버지가 웃으시니 그냥 좋아서요."

"네 이름이 무어냐?"

"선비요. 장선비."

"호오, 거 참 좋은 이름을 가졌구나."

"할아버지, 왜 웃었어요?"

"음, 할아버지의 스승님을 생각했단다. 옛날얘기도 잘해 주시고, 날아다니는 잠자리에게도 한울님이 있다고 가르쳐 주시고, 백두산 얘기도 해 주셨지. 이제 와 생각해 보니 스승님이 해 주신 말씀과 내게 보여주신 행동이 다 그대로 나에게 살아 있구나. 스승님이 돌아가셨을 때는 며칠 밤을 울면서 잤더랬다. 자다 깨면 또 눈물이 나서 울면서 잠들곤 했지. 너무 허전하고 무섭고 아쉬워서, 그리고 그리워서. 그런데 이제 보니 스승님은 그냥 가신 것이 아니었다. 온전히 나에게 다 주고 가셨다. 그런데 너, 내 말이 무슨 말인지 알아듣겠느냐?”

“다 알지는 못하지만 좋은 말씀인 것은 알아요.”

산그늘이 호롱불에 지친 몸을 누이고 산등성이에는 오늘도 커다란 달이 휘영청 걸렸다. 주먹만한 별이 그리 멀지 않은 곳에 선명하게 떴다. 동이는 자기 안의 한울님을 생각하며 조용히 심고를 올렸다.

‘나의 도는 무위이화(無爲而化)니라. 그 마음을 지키고 그 기운을 바르게 하고 그 성품을 거느리고 그 가르침을 받으면 자연한 가운데서 되는 것이니라.’

(吾道無爲而化矣 守其心正其氣 率其性受其教 化出於自然之中也,『동경대전』논학문)

● 참고문헌 및 자료

『갑오동학농민혁명의 쟁점』, 한국정치외교사학회, 집문당, 1994.

『건건록』, 무쓰 무네미쓰, 범우사, 1994.

『개벽의 꿈 동아시아를 깨우다』, 박맹수, 모시는사람들, 2012.

『구한말 평안도지방의 동학』, 조규태, 서강대학교 동아연구소, 1990.

『국립민속박물관홈페이지-서울, 경기 의주길(2)』, 최용석 기자, 2015.

『김구』, 송건호, 한길사, 1982.

『다시피는 녹두꽃: 동학 농민군 후손 증언록』, 역사문제연구소, 역사비평사, 1994.

『독립운동의 성지 간도를 가다』, 주성화 · 최미란 · 김창희 · 주향숙 · 김태국, 산과
글, 2014.

『동학1, 2』, 표영삼, 통나무, 2004, 2005.

『동학농민전쟁기 일본군의 정보수집활동』, 박맹수, 역사비평사, 2008.

『동학농민전쟁과 일본』, 나카츠카 아키라 · 이노우에 가쓰오 · 박맹수, 모시는사람
들, 2014.

『동학농민혁명기 일본의 군사통신』, 사토 세이지, 2008.

『동학농민혁명의 지역적 전개와 사회변동』, 동학농민혁명기념사업회, 새길, 1995.

『동학농민혁명사일지』, 동학농민혁명참여자명예회복심의위원회, 2006.

『동학농민혁명국역총서』, 동학농민혁명참여자명예회복심의위원회, 2007.

『백두산설화』, 최인학, 밀알, 1994.

『백범일지』, 도진순, 돌베개, 2010.

『불멸』, 이문열, 민음사, 2010.

『성자들의 예언』, 류인학, 자유문학사, 1995.

『생명의 눈으로 보는 동학』, 박맹수, 모시는사람들, 2014.

『소춘 김기전전집』, 소춘김기전선생문집편찬위원회, 국학자료원, 2010.

『신인간』, 백사길 편, 구성교구사 편.

『우리명산답사기』, 류인학, 자유문학사, 1995.

『우리 학문으로서의 동학』, 김용휘, 책세상, 2007.

『이단의 민중반란』 박맹수 · 조경달, 역사비평사, 2008.

『임종현, 황해도 농민전쟁의 지도자』, 송찬섭, 함께보는 우리역사 34, 1994.

『조약으로 본 한국 근대사』, 최덕수 · 김소영 · 성숙경 · 한승훈 · 김지형, 열린책
　　　들, 2010.

『천도교창건사』, 이돈화, 천도교중앙종리원, 1933.

『파랑새는 산을 넘고』, 이이화, 김영사, 2008.

『한국사데이터베이스』, 황해도동학당정토약기, 1894.

『한국사데이터베이스』, 갑오해영비요전말, 1894.

『한국의 잊혀진 페스탈로치 소춘 김기전』, 서은경, 중등우리교육, 1993.

『한말 전기의병』, 김상기, 한국독립운동사연구소, 2009.

『한울마음여인들』, 천도교여성회, 혜화종합상사, 2010.

『황해도지방의 농민전쟁의 전개와 성격 』, 송찬섭, 새길출판사, 1995.

『황해 · 평안도의 제2차 동학농민전쟁 』강효숙, 한국근현대사연구 2008년 겨울호
　　　제47집.

『1894년 농민전쟁연구 1-5』, 한국역사연구회, 역사비평사, 1995.

http://sambolove.blog.me/150118719547 다산을 찾아서.

■ 한국사·동아시아사
● 북한

연도(간지)	날짜·내용
1860 경신	4월 5일 수운, 동학 창도하다
1861 신유	해월, 용담으로 찾아가 입도하다
	12월 수운, 교룡산성 은적암에서 지내며 전라도 일대 포덕하다
1862 임술	■임술민란, 단성민란, 진주민란 등 전국에서 민란이 성행하다
1863 계해	8월 14일 수운, 해월에게 도통 전수(37세)하다
1864 갑자	3월 10일 수운, 대구장대에서 순도(41세), 해월, 高飛遠走하다
	●3월 백사길, 황해도 문화현으로 유배
1871 신미	3월 10일 이필제, 영해 교조신원운동 일으키다
1872 임신	해월, 태백산 적조암에서 49일 기도하고 동학 재건에 나서다
1876 병자	■강화수호조약 체결되다
1880년대	초반 해월, 충청도 평야지대와 전라도에 동학 전파하다
	중반 동경대전, 용담유사 목판본을 여러 지역에서 간행하다
1884 갑신	■김옥균, 박영효 등이 갑신정변을 일으키다
1889 기축	●9월 함경도 관찰사 조병식 방곡령 발포하다
1892 임진	10월 20일 공주집회, 11월 삼례집회 개최하다
1893 계사	2월 11일 광화문 복합상소, 소두 박광호, 의암 손병희 등 참여하다
1894 갑오	1월 10일 고부봉기 시작, 조병갑 축출하다
	3월 20일 무장기포-포고문 반포하다
	3월 25일 호남창의대장소(백산), 4대강령, 12개조 군율 선포하다
	4월 7일 동학군, 정읍 황토현에서 전라감영군 격파하다
	4월 23일 동학군, 장성 황룡천에서 경군 격파하다
	4월 27일 동학군, 전주성 함락, 조정은 청국에 동학 진압 요청하다
	5월 7일 동학군과 관군, 전주화약 체결하고 동학군 집강소 활동하다
	6월 21일 일본군이 경복궁을 강제 점령하다
	6월 23일 일본군이 청군을 기습공격하여 청일전쟁 도발하다
	7월 15일 동학군 수만 명이 모여 남원대회를 개최하다
	7월 충청도, 경상도, 강원도, 황해도 동학군 본격 기포하다
	●9월 10일경 전봉준 재봉기를 위해 전라도 삼례에 대도소를 설치하다
	9월 18일 해월, 청산에서 동학도 총기포령 내리다
	9월 29일 카와카미 소로쿠 병참총감, 동학당 학살 명하다
	●10월 6일 강령현을 습격하여 무기를 획득한 뒤 해주성에 진입하다
	●10월 27일 풍천부관아 탈취 각 관청을 둔소로 삼고 기거하다
	●10월 말 강령, 문화, 재령, 해주, 장연에서 황해도 동학군 기포하다
	●11월 1일 동학군, 재령에서 황주병참감 파견 소대와 접전 벌이다
	●11월 5일 동학군, 평산 부근 총유병참감으로 가는 양곡을 탈취하다
	●11월 6일 해주 감영을 점령한 임종현이 해주성에서 철수하다

연도(간지)	날짜·내용
	●11월 7일 동학군, 용산수비대와 평산에서 격전 벌이다
	11월 8일 우금티 전투, 4~50차례 공방 끝에 패퇴하다
	●11월 10일 용산수비대 일본군 70명 해주성 입성하다
	●11월 11일 강령을 공격하여 군기를 빼앗고 관아를 파괴하다
	●11월 11일 용산수비대가 해주로 행군, 동학농민군 접전 벌이다
	●11월 12일 동학군, 강령 공격하여 일본군 5~6백 명과 격전 벌이다
	●11월 13일 의병장 신천 진사 안태훈, 신천에서 일본군과 전투 벌이다
	●11월 13일 강령성 주둔 문화, 송화, 평산부, 조니진, 오우진, 용매진 함락하다
	●11월 14일 동학군, 장연부 신천군 장수산성 수양산성 함락하다
	●11월 14일 동학군 700여 명. 용산수비대가 옹진에서 격전 벌이다
	●11월 15일 황해도 동학군, 옹진수영 급습하다
	●11월 15일 동학군, 강령에서 교졸과 일병과 접전 벌이다
	●11월 17일 동학군, 연안부 급습하다
	●11월 19일 황해도 동학군, 안태훈의 포군 70명, 촌정 100명과 격전 벌이다
	●11월 20일 동학군, 황해 수영 급습하다
	●11월 21일 황해도 동학군, 백천군과 강령현 점령하다
	●11월 23일 해주안악수접주 최의현, '창의소' 명의로 창의기포 촉구하다
	●11월 23일 동학군 2천 명, 취야장 일본군 50명 관군 100명과 전투 벌이다
	●11월 24일 안현 동학군, 해주성 포군 200명과 접전 벌이다
	11월 24일 나주성 전투, 동학군 패퇴하다
	●11월 26일 동학군 2천 명, 해주에서 일본군과 접전 벌이다
	●11월 27일 동학군 3만 명, 해주성 일본군 및 관군과 접전 벌이다
	●11월 27일 김구 등 황해도 동학군 해주성 공략, 동학군 패배하다
	●11월 30일 동학군 4~5백 명 은율 관아, 장연 관아 습격하다
	12월 3일 김개남 처형되다
	●12월 3일 봉산수비병이 사리원, 검수수비병이 서흥에서 동학군과 대치하다
	●12월 11일 동학군 300명, 서흥에서 검수수비대와 접전 벌이다
	●12월 12일 동학군 30명, 정방산의 무기 운반중 일본군과 접전 벌이다
	●12월 13일 동학군 250여 명, 은파에서 황주수비병과 교전 벌이다
1895 을미	●1월 동학군, 서흥 대석교동에서 일본군과 접전 벌이다
	●1월 5일 봉산수비병이 은율에서 동학군과 접전 벌이다
	●1월 27일 문화 구월산 동학군 천여 명, 신천읍 공격하다
	●2월 23일 황해도 동학군 천여 명, 장연군과 문화읍 공격하다
	●3월 인천수비대 천여 명, 황해도 동학군과 격전 벌여 45~50명 살상하다
	●3월 5일 송화, 장연의 예비대, 문화, 신주 수비병, 인천수비대 총공격하다
	●3월 5일 해주송림 동학군 500여 명, 일본군과 교전 벌이다
	●3월 7일 송화 동학군 천여 명, 관군과 격전 벌여 60명 전사하다
	●3월 7일 옹진 퇴각 동학군, 일본군에게 200명 체포되다
	3월 29일 전봉준 최경선 손화중 김덕명 성두환 등 처형되다
	●3월 29일 어은동 병참 일본군, 은파 사리원에서 황해도 동학군 접전 벌이다
	●7월 26일 동학군 600명, 평안도 상원군수 습격하다
	●7월 26일 동학군 82명, 장수산성으로 퇴각, 해주관병이 공격하다

연도(간지)	날짜·내용
	■8월 20일 일본군인과 낭인 경복궁을 점령 명성황후를 살해하다(을미사변)
1896 병신	●3월 9일 김구, 치하포에서 일본인 죽여 을미사변 응징하다
	●6월 김구, 해주감옥에 투옥되다
1897 정유	●2월 나용환, 상주군 은척면에서 해월 선생 만나다
	■10월 12일 대한제국 선포하다
	12월 24일 의암(37세), 해월로부터 도통을 이어받다
1898 무술	●3월 홍기조 강원도 송골마을에서 해월 선생 만나다
	6월 2일 해월, 한양 육군형장에서 교수형으로 순도하다
1903 계묘	●6월 20일 평안도 구성 군수, 동학도를 체포하다
1904 갑진	■2월 8일 러일전쟁(일본군 뤼순군항 기습공격) 일어나다
1905 을사	■7월 29일 가쓰라 태프트 밀약 체결되다
	■11월 17일 일본과 강제로 을사조약(늑약)을 체결하다
	12월 1일 의암, 동학을 천도교라는 근대종교로 개신하다
1906 병오	■2월 1일 일제, 통감부 설치하다(초대 통감 이토 히로부미)
1907 정미	수운과 해월, 정부로부터 신원되다
1909 기유	●10월 26일 김구, 안중근 의거 사건으로 체포 수감되다
1912 임자	■일제, 105인 사건을 조작하여 민족주의자 탄압 시작하다
1914 갑인	■7월 28일 1차세계대전 시작되다(오스트리아, 세르비아에 선전포고)
1918 무오	■11월 11일 1차세계대전 종결되다
1919 기미	■1월 18일 파리강화회의 개최하다
	●4월 상해 대한민국임시정부 수립하다
1920 경신	●가을 만주 스즈키부대, 일본 토벌대를 이끌고 조선인 학살하다
	●초반 김기전 불불당 오심당이라는 비밀결사를 조직하다
1923 계해	●9월 1일 동경 대지진 일어나다
1926 병인	●8월 『개벽』 잡지 1926년 8월호를 끝으로 강제 폐간되다
1927 정묘	■2월 16일 경성방송국 방송 시작하다
1929 기사	■10월 30일 광주학생운동 발발하다
1931 신미	■9월 18일 만주사변(류타오후 사건 빌미) 일어나다
1932 임신	■1월 8일 이봉창 의거 벌이다
	■4월 29일 윤봉길 의거 벌이다
1937 장축	■9월 18일 중일전쟁(노구교 사건) 일어나다
	■12월 13일 난징대학살 일어나다
1939 기묘	■9월 1일 2차세계대전 시작되다(독일 폴란드 침공)
1941 신사	■12월 7일 아시아태평양전쟁 발발하다(일본군, 진주만 기습)
1945 을유	■8월 15일 조선, 일본으로부터 해방, 천도교청우당 재건 부활하다(이북 47년)
	●11월 23일 김구, 해방된 조국에 귀국하다
	●여름 김구, 천도교중앙대교당에서 연설하다
1962 임인	10월 3일 정읍 황토현에 갑오동학혁명기념탑 건립하다
1964 갑진	수운, 순도 100주년 맞아 대구 달성공원에 동상 건립하다
1994 갑술	동학농민혁명 100주년 맞아, 동학에 대한 관심 고조되다
2004 갑신	3월 5일 동학농민혁명 참여자 등의 명예회복에 관한 특별법 의결되다
2010 경인	●남북 천도교인 해주성 조사사업 위한 논의 본격화하다
2014 갑오	10월 11일 동학농민혁명120주년 기념대회 서울에서 개최되다

여성동학다큐소설을 후원해 주신 분들

Arthur Ko	김미영	김인혜	명천식	방종배
Gunihl Ju	김미옥	김재숙	명춘심	배선미
Hyun Sook Eo	김미희	김정인	명혜정	배은주
Minjung Claire	김민성	김정재	문정순	배정란
Kang	김병순	김정현	민경	백서연
강대열	김봉현	김종식	박경수	백승준
강민정	김부용	김주영	박경숙	백야진
고려승	김산희	김지현	박덕희	변경혜
고영순	김상기	김진아	박막내	(사)모시는사람
고윤지	김상엽	김진호	박미정	들
고은광순	김선	김춘식	박민경	서관순
고인숙	김선미	김태이	박민서	서동석
고정은	김성남	김태인	박민수	서동숙
고현아	김성순	김행진	박보아	서정아
고희탁	김성훈	김현숙	박선희	선휘성
공태석	김소라	김현옥	박숙자	송명숙
곽학래	김숙이	김현정	박애신	송영길
광양참학	김순정	김현주	박양숙	송영옥
구경자	김승민	김환	박영진	송의숙
권덕희	김연수	김희양	박영하	송태회
권은숙	김연자	나두열	박용운	송현순
극단 꼭두광대	김영란	나용기	박웅	신수자
길두만	김영숙	네오애드앤씨	박원출	신연경미
김경옥	김영효	노소희	박은정	신영희
김공록	김옥단	노영실	박은혜	신유옥
김광수	김용실	노은경	박인화	심경자
김근숙	김용휘	노평회	박정자	심은호
김길수	김윤희	도상록	박종삼	심은희
김동우	김은숙	라기숙	박종찬	심재용
김동채	김은아	류나영	박찬수	심재일
김동환	김은정	류미현	박창수	안교식
김두수	김은진	명연호	박향미	안보람
김미서	김은희	명종필	박홍선	안인순

양규나	이미숙	이혜정	정용균	주영채
양승관	이미자	이희란	정은솔	주진농씨
양원영	이민정	임동묵	정은주	진현정
연정삼	이민주	임명희	정의선	차복순
오동택	이병채	임선옥	정인자	차은량
오세범	이상미	임소현	정준	천은주
오인경	이상우	임정묵	정지완	최경희
왕태황	이상원	임종완	정지창	최귀자
원남연	이서연	임창섭	정철	최균식
위란희	이선엽	장경자	정춘자	최성래
위미정	이수진	장밝은	정한제	최순애
위서현	이수현	장순민	정해주	최영수
유동운	이숙희	장영숙	정현아	최은숙
유수미	이영경	장영옥	정효순	최재권
유형천	이영신	장은석	정희영	최재희
유혜경	이예진	장인수	조경선	최종숙
유혜련	이용규	장정갑	조남미	최철용
유혜정	이우준	장혜주	조미숙	하선미
유혜진	이유림	전근숙	조선미	한태섭
윤명희	이윤승	전근순	조영애	한환수
윤문희	이재호	정경철	조인선	허철호
윤연숙	이정확	정경호	조자영	홍영기
이강숙	이정희	정금채	조정미	황규태
이강신	이종영	정문호	조주현	황문정하
이경숙	이종진	정선원	조창익	황상호
이경희	이종현	정성현	조청미	황영숙
이광종	이주섭	정수영	조현자	황정란
이금미	이지민	정영자	주경희	
이루리	이창섭			
이명선	이향금			
이명숙	이현희			
이명호	이혜란			
이미경	이혜숙			

여러분의 후원에 감사드립니다.

이름이 누락된 분들은 연락주시면 이후 출간되는 여성동학
다큐소설에 반영하겠습니다. / 전화 02-735-7173